DAS MÄDCHEN IM WALD

JENNIFER McMAHON

DAS MÄDCHEN IM WALD

Roman

Aus dem Amerikanischen
von Barbara Ostrop

Weltbild

Die amerikanische Originalausgabe erschien 2007 unter dem Titel
Promise Not to Tell bei St. Martin's Press, New York

Besuchen Sie uns im Internet:
www.weltbild.de

Genehmigte Lizenzausgabe
für Verlagsgruppe Weltbild GmbH,
Steinerne Furt, 86167 Augsburg

Übersetzung: Barbara Ostrop
Umschlaggestaltung: Hauptmann & Kompanie,
München - Zürich
Umschlagmotiv: Mädchen: Getty Images,
München (© Ariel Skelley); Wald: Haka-Archiv
Gesamtherstellung: CPI Moravia Books s.r.o., Pohorelice
Printed in the EU
ISBN 978-3-8289-9163-7

2011 2010 2009 2008
Die letzte Jahreszahl gibt die aktuelle Lizenzausgabe an.

Für meine Mutter, die mich gelehrt hat,
an Geister zu glauben – und meinen Vater,
den ewigen Skeptiker

Prolog

7. November 2002

21.30 Uhr

Als die Kartoffeltrine ermordet wurde, schnitt der Mörder ihr das Herz aus dem Leib. Er vergrub es, aber am nächsten Tag ist sie auferstanden – und zwar genau an der Stelle, wo ihr Herz vergraben lag.» Wie um seine Worte zu bekräftigen, stieß Ryan mit einem Stock ins Lagerfeuer, und eine Fontäne von Funken stob in den Nachthimmel auf.

Opal rückte näher an Ryan heran. Er war fünfzehn und irgendwie süß auf seine Art, Farmersohn durch und durch. Tori behauptete, Ryan sei total in Opal verknallt. Tori war diejenige, die die ganze Sache angeleiert und gesagt hatte, es würde Spaß machen, in den Wald zu gehen und mit den älteren Jungs rumzumachen. Opal war zwölf und hatte noch nie einen Jungen geküsst, aber das würde sie nicht zugeben, nicht einmal gegenüber ihrer besten Freundin.

«Was denn, wie ein Zombie?», fragte Tori. Opal war still – sie hasste die Geschichten von der Kartoffeltrine. Sie hasste sie, weil sie wusste, dass sie wahr waren.

«Genau, sie kehrte von den Toten zurück wie ein Zombie. Das ist wie bei einer Kartoffel: Wenn man sie in Stücke schneidet und eins davon in der Erde vergräbt – und da reicht schon ein winziges Stückchen Schale, wenn Augen daran sind –, dann wächst eine neue Kartoffelpflanze daraus.» Ryan zerbrach den Stock, der wie ein Knochen zersplitterte, und warf ihn ins Feuer.

Opal zitterte. Sie dachte an den Besuch, den sie an diesem Nachmittag erhalten hatte. Aber nein, an so etwas durfte sie nicht denken. Und sie war gescheit genug, den anderen nichts davon zu erzählen. Die würden sie für eine Lügnerin oder eine Verrückte halten – wenn nicht sogar für beides.

«Und sie geht jetzt in den Wäldern hier um», fügte Sam hinzu. «Wisst ihr, woran man merkt, dass sie kommt? Am Geruch. Dieser Geruch nach fauligen Kartoffeln. Den riecht man dreißig Meter weit.»

«Ach, komm schon, hör auf mit dem Scheiß!» Tori verdrehte die Augen. Sam und sie gingen sozusagen miteinander.

«Also, jetzt aber mal Klartext – du glaubst doch nicht wirklich an die Kartoffeltrine?», fragte Ryan ungläubig.

«Ich glaube, dass sie einmal gelebt hat. Das weiß ich sogar. Meine Mom ist mit ihr zur Schule gegangen. Sie war einfach nur ein armes Kind, das ermordet wurde. Und diese ganze Gespensterscheiße? Das ist ein ... wie heißt das noch? Ein moderner Mythos.»

«Mein Gott, Tori, hast du etwa vergessen, dass Dan und Chris sie letzte Woche gesehen haben, und zwar genau hier?», warf Opal ein. «Und was ist mit Becky Sheridans kleiner Schwester Janey? Sie sagt, die Kartoffeltrine ist ihr auf dem ehemaligen Griswold-Feld begegnet und hat sie in den Kartoffelkeller gesperrt.»

Und was würdest du erst zu meiner Geschichte sagen, dachte Opal.

«Mensch, seid doch nicht kindisch. Dan und Chris waren wie üblich bekifft. Und Janey hat Unsinn angestellt und ist dabei in die Klemme geraten.» Tori hob die Hände. Was soll das Theater, sagte ihre Geste.

«Klar», erwiderte Opal. «Die Tür war von außen verriegelt, Schlaumeier. Wie soll sie das wohl hingekriegt haben?»

«Ich sag ja nur, dass es Erklärungen gibt.»

«Und ich sag ja nur, dass es für manche Dinge eben keine Erklärungen gibt», gab Opal zurück.

Opal wusste, dass Tori ihr noch immer böse war. Wegen der Jacke. Tori hatte heute Nachmittag vor dem Treffen mit den Jungs herausgefunden, dass Opal sich ihre Windjacke ausgeliehen hatte – ohne vorher zu fragen. Das war allein schon schlimm genug, aber blöderweise hatte Opal die Jacke obendrein getragen, als sie ihre Fahrradkette montierte, und jetzt war Tori wütend wegen der schwarzen Schmiere auf dem linken Ärmel. Opal hatte ihr versprechen müssen, die Jacke in die Reinigung zu bringen und dafür zu zahlen. Und bis das gute Stück zurück war, musste Opal Tori ihre eigene Jacke leihen. Nur gehörte aber Opal diese Jacke genau genommen gar nicht. Es war die älteste Jacke ihrer Mutter, die Lieblingsjacke, und Opal hatte sie schon so oft ausgeliehen, ohne zu fragen, dass ihr das inzwischen ganz streng verboten war. Es war eine rehbraune Wildlederjacke mit Fransen vorn und an den Ärmeln. Sie sah aus, als gehörte sie einem Country- oder Rockstar, und stand, wie Opal zugeben musste, Tori, die ein bisschen älter war und schon weibliche Rundungen hatte, eindeutig besser. Die beiden Mädchen hatten den gleichen Haarschnitt (von Shirley im Friseursalon Hair Today am Stadtrand) und waren beide blond, aber da hörte die Ähnlichkeit auch schon auf. Opal wusste, dass Tori die hübschere war, diejenige, nach der sich die Jungs umschauten. Aber das war ihr, ehrlich gesagt, meistens vollkommen schnuppe. Opal hatte andere Sorgen.

Sie wusste, dass ihre Gewohnheit, sich Sachen auszuleihen, andere Leute nervte und sie selbst vermutlich irgendwann einmal in die Bredouille bringen würde, konnte es aber einfach nicht lassen. Oft passierte es ihr ganz ungewollt. Wie kürzlich, als sie Toris Windjacke angezogen hatte – das hatte sie überhaupt erst gemerkt, als sie schon fast zu Hause angekommen war. Manche Leute rauchten. Manche kauten Fingernägel. Opal lieh sich Sachen aus. Stehlen konnte man das eigentlich nicht nennen. Sie nahm ja nur die Sachen von Leuten, die sie kannte und mochte und denen sie sich nahe fühlte. Und sie gab sich wirklich Mühe, alles unbeschädigt zurückzugeben, bevor überhaupt auffiel, dass etwas fehlte. Irgendwie versetzte ihr das Ausborgen einen Kick. Wenn sie so ein Leihstück bei sich trug, kam es ihr so vor, als wäre sie plötzlich mehr als nur ein zwölfjähriges Mädchen. Diese Sachen waren wie Amulette, Talismane, die irgendwie etwas von der Seele ihrer eigentlichen Besitzer in sich aufgenommen hatten.

***

Die Nacht war kalt. Die vier Jugendlichen saßen dicht beim Feuer, und die Jungs gaben noch mehr Kartoffeltrinen-Geschichten zum Besten. Tori schwieg meistens, rauchte die Camel Lights, die sie von ihrem Dad stibitzt hatte, wobei sie sich gelegentlich das Haar zurückstrich; bei den abwegigsten Storys schnaubte sie verächtlich und schüttelte den Kopf.

Es gab mehr als genug Geschichten, da musste sie nicht auch noch ihren Senf dazugeben. Jedes Kind in New Canaan hatte sein ganzes Leben lang immer wieder gehört, dass die Kartoffeltrine im Wald, wo sie ermordet worden war, herumspukte, auf der Suche nach ihrem Mörder, und dass sie sich dabei an jedem rächte, der ihr über den Weg lief.

«Ich wette, sie geht deswegen um, weil ihr Mörder immer noch unter uns ist. Sie kennt ihn und findet keine Ruhe, bis er tot ist», meinte Ryan.

«Aber sie ist nicht nur auf ihn böse … sondern auf die ganze Scheißstadt. Sie hat die *ganze* Stadt verflucht», bemerkte Sam.

«Fluch hin oder her, ich muss mal pinkeln. Ich bin gleich wieder da.» Tori stand auf und zog die Wildlederjacke enger um ihren Körper.

«Nimm die Taschenlampe mit», sagte Sam.

«Der Mond scheint. Ich finde mich schon zurecht», erwiderte Tori und trat aus dem Feuerschein ins Dunkle.

«Pass auf! Ich rieche faulige Kartoffeln», rief Sam ihr nach.

«Arschloch!», schrie sie zurück.

Sie lauschten auf ihre Schritte, auf das Rascheln von Laub und morschen Zweigen, das sich immer weiter entfernte und dann ganz verstummte. Einmal hörten sie Tori leise fluchen – wahrscheinlich hatte sie sich mit dem Fuß in einer Ranke verfangen. Das Feuer knisterte. Sie erzählten sich noch ein paar Geschichten.

Nach fünf Minuten sagte Opal, Sam solle Tori suchen. Die Jungs taten das mit der Bemerkung ab, Mädchen brauchten immer ewig zum Pinkeln, und rissen dann Witze darüber, was die immer so lange trieben.

Nach zehn Minuten riefen sie nach Tori, bekamen aber keine Antwort. Die Jungs behaupteten, Tori versuche, ihnen einen Schrecken einzujagen. Das sei einfach nur ein blöder Scherz.

«Okay», sagte Opal schließlich. «Ihr beiden Helden könnt ja hierbleiben. Ich geh sie suchen.» Sie schnappte sich Ryans Taschenlampe und verschwand in der Dunkelheit.

***

Ryan und Sam blieben beim Feuer zurück und amüsierten sich darüber, wie hysterisch die Mädels manchmal reagierten. Waren sie denn nicht genau deswegen hierhergekommen? Genau wie zahllose Jungen vor ihnen? Damit die Mädels sich im Wald ein bisschen ängstigten und man sie trösten musste. War dieser ganze Gespensterquatsch nicht nur ein Vorwand, um in den Wald zu gehen und rumzumachen? Lagen im Wald hinter der ehemaligen Griswold-Farm nicht überall leere Flaschen und gebrauchte Kondome herum? Zurückgeblieben war hier so einiges, aber gewiss nicht der Geist eines gequälten kleinen Mädchens.

Opals Aufschrei riss sie aus ihren Witzeleien. Sie rannten weg vom warmen Feuer, dorthin, wo der schrille Schrei im dunklen Dickicht des Waldes erklungen war. Sie sahen das schwankende Licht der Taschenlampe zwischen den

Bäumen und hörten beim Näherkommen Opals Schluchzen.

Ryan war als Erster da – er blieb abrupt stehen und trat einen Schritt zurück.

«Scheiße, was ist das?», stieß er hervor.

Unter einem großen, knorrigen Ahornbaum lag Tori. Sie war nackt und hatte einen Strick um den Hals. An der linken Brust fehlte ein säuberlich herausgeschnittenes, quadratisches Stück Haut. Ihre Kleider lagen sorgfältig zusammengelegt neben ihr auf einem Stapel. Opal stand über Tori gebeugt, hatte die Hand an die Wange gelegt und stieß schreckliche, schluchzende Laute aus. Die Taschenlampe tanzte über Toris blasse Haut hinweg.

«Die verarscht uns», schrie Sam und lachte, ein schrilles, verrückt klingendes Lachen. «Das ist doch totale Scheiße. Komm schon.» Er stieß Tori mit dem Fuß an und schob ihr Gesicht in den Schein der Taschenlampe. Zwischen blau verfärbten Lippen stand die Zunge ein kleines Stück heraus. Die Augen, aufgerissen und glasig wie Puppenaugen, traten aus ihren Höhlen. Sam begann zu schreien.

Ryan war dann derjenige, der den Bann brach, Opal die Taschenlampe aus der Hand nahm und sagte, sie müssten Hilfe holen. Die Jungen rannten los und merkten gar nicht, dass Opal, die ihnen zunächst gefolgt war, noch einmal kehrtmachte.

Das Schluchzen zurückhaltend und fest entschlossen, die Leiche der Freundin nicht anzusehen, ging sie zur Lichtung zurück und dort sofort zum Kleiderstapel. Die Wildlederjacke lag ordentlich gefaltet ganz zuunterst. Sie legte die anderen Kleider zur Seite, und dabei fiel ihr der weiße Spitzenslip auf, der gefaltet zuoberst auf dem

Stapel lag und im Mondlicht schimmerte wie eine große Motte.

Sie zog die Jacke an – Toris Körperwärme hing noch darin, und ihr wurde fast schlecht. Sie warf einen letzten Blick auf die Leiche. Das Mädchen lag lang ausgestreckt auf dem Waldboden, leblos wie eine Schaufensterpuppe. Unmöglich, dass das derselbe Mensch war, der sie nur wenige Stunden zuvor wegen der verdreckten Windjacke zusammengestaucht hatte. Das Mädchen, das es ablehnte, an Geister zu glauben.

Opal hatte das Gefühl, beobachtet zu werden, und zwar nicht von dem leeren Blick ihrer toten Freundin, sondern von jemand anderem; *etwas* anderem. Langsam und widerstrebend drehte sie sich um.

Und dann erhaschte sie einen kurzen Blick darauf: eine kleine, bleiche Gestalt in einem langen Kleid, die sich keine sechs Meter entfernt hinter einem Baum verbarg. Opal sah zu, wie die Gestalt sich zurückzog, wie sie im Zickzack zwischen den Stämmen der Ahornbäume zurückwich, bis das Dunkel des Waldes sie verschluckte.

Opal rannte, so schnell sie konnte, um die Jungs einzuholen, das Herz hämmerte in ihrer Brust, und sie biss sich auf die Zunge, um nicht zu schreien. Dass sie jetzt die Jacke trug, die Tori den ganzen Abend angehabt hatte, würde den beiden, wie sie inständig hoffte, entgehen. So war es auch. Und sie würde ihnen bestimmt nicht erzählen, was sie gesehen hatte, als sie noch einmal umgekehrt war, um die Jacke zu holen.

Erst einige Stunden später, als die Polizei sie befragt und der Coroner Toris Leiche mitgenommen hatte, wurde Opal klar, was für einen Fehler sie gerade begangen hatte.

Sie hatte nicht erklären wollen, warum die Ermordete die Jacke von Opals Mutter getragen hatte, die Opal ja eigentlich nicht mehr ausleihen durfte. Aber war das denn nicht inzwischen scheißegal? Und was war eigentlich mit ihr los, dass sie an so eine blöde Jacke auch nur einen Gedanken verschwendete? Jetzt hatte sie Beweismittel an einem Tatort manipuliert, und das war bestimmt ein Verbrechen. Am besten hängte sie die Jacke wieder in den Schrank und erzählte niemandem etwas von der Sache. Und genau das tat sie dann auch, als ihr auffiel, was an der Jacke fehlte.

Der Stern. Der grauschwarz angelaufene Sheriffstern, den sie erst am Nachmittag angesteckt hatte, war verschwunden.

«Shit», sagte sie, als sie die beiden kleinen Löchlein befühlte, die von der Anstecknadel zurückgeblieben waren.

Der Stern musste irgendwo im Wald abgefallen sein. Ihr blieb nichts anderes übrig, als noch einmal zurückzugehen und ihn zu suchen. Das musste sie erledigen, bevor sein Fehlen auffiel.

Zum hunderttausendsten Mal sagte sie sich: «Das war's. Schluss mit dem Ausleihen.» Und sie glaubte wirklich, dass es ihr diesmal Ernst damit war.

17. November 2002

22.20 Uhr

Ich heiße Kate Cypher und bin einundvierzig Jahre alt.

Heute Nacht habe ich einen Menschen getötet.

Ich habe mich immer für jemanden gehalten, der unfähig ist, einen Mord zu begehen. An Selbstmord habe ich vielleicht ein- oder zweimal gedacht, aber an Mord? Niemals. Ich bin die reinste Friedenstaube. Die auf Friedensmärschen dabei ist und regelmäßig für Amnesty International spendet. Ich arbeite als Gesundheitspflegerin an einer Schule, Herrgott nochmal, und tröste die Kinder mit einem Smiley auf dem Wundpflaster.

Aber all das ändert nichts daran, dass ich, keine andere als ich selbst, den Abzug gedrückt und ein gut gezieltes Loch in das Herz eines anderen Menschen geschossen habe.

Um das alles zu erklären, müsste ich die ganze Geschichte erzählen. Ich müsste nicht nur zu Tori Millers Ermordung im Wald zurückgehen, die jetzt zehn Tage zurückliegt, sondern zu einem Mord, der vor mehr als dreißig Jahren geschah. Zu einem Zeitpunkt also, als ich mit einem Mädchen namens Del Griswold in die fünfte Klasse ging. An diesen Namen erinnert sich hier eigentlich keiner so recht. Gleichzeitig aber hat jeder schon von der Kartoffeltrine gehört. Sie ist zweifellos die bekannteste Einwohnerin New Canaans. Merkwürdig, wenn man bedenkt, dass sie zu Lebzeiten nur ein mageres Kind mit verschorften Knien war, das es, wie man schon auf den ersten Blick sehen konnte, niemals weit bringen würde.

Wie sehr wir uns da doch irrten.

Erster Teil

Damals und heute:
Frühjahr 1971
7.–16. November 2002

Ein Kartoffel, zwei Kartoffel,
drei Kartoffel, vier,
Sie hat einmal bei uns gelebt –
jetzt ist sie nicht mehr hier

Erstes Kapitel
1971, Ende April

Fass ihn an», sagte sie.

«Auf gar keinen Fall. Igitt.»

«Los, du Angsthase.»

«Kommt nicht in Frage. O Gott, was ist nur mit den Augen passiert?»

«Ausgehackt, nehme ich an. Oder einfach vertrocknet und rausgefallen.»

«Grässlich.» Ich erschauderte. Zum Teil wegen des kalten Windes, zum Teil beim Gedanken an diese Augen. Es war Frühlingsbeginn. Der Boden war matschig und noch immer halb gefroren. In der Woche davor hatten wir den letzten Schneesturm dieses Winters gehabt, und noch klebten Schneereste am Boden und zerschmolzen zu Lachen und Rinnsalen, die durch die Ackerfurchen liefen.

«Los, Kate, du musst machen, was ich dir sage. Bei mir zu Hause bestimme ich. Schließlich habe ich dich auf unserem Land erwischt. Ich könnte dafür sorgen, dass du eingesperrt wirst. Oder meinen Daddy rufen, damit er mit seinem Gewehr kommt. Und jetzt fass ihn an.»

«Okay, wenn du ihn auch anfasst.»

Dels blasses Gesicht verzog sich zu einem Lächeln. Sie streckte ihre Hand mit den dreckigen Fingernägeln aus und strich dem toten Vogel vom Kopf bis zu den Schwanzfedern. Die Berührung wirkte beinahe zärtlich – als wäre der Vogel ein Wellensittich und ihr Haustier gewesen. Als hätte sie ihm einen Namen gegeben und ihn gefüttert. Als hätte er sein Leben lang für sie gesungen. So ein niedlicher kleiner Tweety, ein Vogel, der Polly-will-Futter sagen kann.

Die halb verweste Krähe baumelte schwer an ihrem Draht. Del gab ihr einen Schubs, sodass sie auf mich zuschwang. Es war, als spielten Del und ich eine perverse Art von Federball. Ich wich zurück. Del warf den Kopf mit dem strähnigen blonden Haar in den Nacken und lachte. Sie riss dabei den Mund auf, und ich bemerkte, dass ihr rechter Schneidezahn angeschlagen war. Es fehlte nur eine kleine Ecke, und es fiel gar nicht auf, wenn man nicht genau hinsah.

Der linke Fuß der Krähe war mit weiß beschichtetem Draht umwickelt, der, wie Del mir erklärte, haltbarer war als Schnur. An diesem Draht baumelte der Vogel etwa einen Meter über dem Boden von einem hohen Holzpfahl herab, der in der Mitte des kleinen, mit unregelmäßigen Reihen von Erbsenpflanzen bestellten Feldes in den Boden getrieben war. Entlang der Reihen bot rostiger, an kleineren Pfählen festgenagelter Maschendraht den jungen Pflänzchen Halt zum Wachsen.

Del sagte, ihr Bruder Nicky habe die Krähe vor zwei Wochen geschossen. Er habe sie beim Aufpicken der noch ungekeimten Erbsensaat erwischt und mit seinem Luftgewehr abgeknallt. Dann hätten Nicky und ihr Daddy die Krähe wie jedes Jahr im Feld aufgehängt, als Warnung für die anderen Krähen.

Ich streckte die Hand aus und berührte die fettigen schwarzen Federn des zerfetzten Flügels. Dort krabbelten Käfer herum, die unter die Federn krochen und sich ins

Fleisch hineinbohrten. Metallisch grün glänzende Fliegen legten ihre Eier in die Körperöffnungen des kleinen Kadavers. Der Vogel, obgleich tot, vibrierte von Leben. Er stank wie eine alte Frikadelle, die in der Sonne gelegen hat. Wie der Waschbär, den meine Mutter einmal unter unserer Veranda entdeckt hatte, damals in Massachusetts, ganz weit hinten unter dem Bretterboden, wo man nicht daran kam. Wir mussten ihn liegen lassen, bis er ganz verwest war. Meine Mutter bestreute ihn durch die Ritzen zwischen den Brettern hindurch mit Kalk, den sie wie Weihnachtsschnee auf den aufgequollenen Kadaver rieseln ließ. Wochenlang lag der Gestank über der Veranda, drang durch Fenster und offene Türen ins Haus und blieb in Kleidern, Haut und Haaren haften. Der Geruch des Todes ist unverwechselbar.

Vor diesem Nachmittag, an dem Del mich erwischte und mir die Krähe zeigte, hatte ich schon fast einen Monat lang den Weg über die Felder der Griswolds genommen, wenn ich von der Schule nach Hause ging. Ich hatte gehofft, ihr zufällig zu begegnen. Eigentlich hatte ich gehofft, sie kurz aus der Ferne zu sehen – einen Blick auf sie zu erhaschen, ohne selbst gesehen zu werden. So hätte ich vielleicht in Erfahrung bringen können, ob die Gerüchte stimmten – Gerüchte, dass ihr Daddy in Wirklichkeit ihr Bruder sei, dass in ihrem Bett Hühner schliefen oder dass sie sich nur von rohen Kartoffeln ernähre. Und dann noch das tollste Gerücht von allen: Sie habe ein hinkendes Pony, auf dem man sie, wie einige Kinder behaupteten, schon nackt auf den Feldern hinter dem Haus habe umherreiten sehen.

Ich war klug genug, mich mit einem Mädchen wie Delores Griswold nicht anfreunden zu wollen. Ich wohnte zwar erst seit etwa einem halben Jahr in New Canaan, aber das reichte, um die Regeln zu kennen. Wenn man die fünfte Klasse lebend überstehen wollte, lautete die erste Regel, dass man sich nicht mit der Kartoffeltrine anfreundete. Nicht, wenn man auch mit den anderen Kindern klarkommen wollte. Del war hier der Paria. Das Kind, das von allen mit Begeisterung gehasst wurde. Sie war zu mager und kam in abgetragenen, schmutzigen Kleidern in die Schule, die sie oft von ihren Brüdern geerbt hatte. Sie war zwei Jahre älter als die meisten anderen Fünftklässler, weil sie länger im Kindergarten geblieben war und die vierte Klasse wiederholt hatte.

Der Dreck an ihrem Hals war so dick, dass es aussah, als wäre sie aus der Erde gebuddelt worden wie die Kartoffeln, die ihre Familie anbaute. Bleich genug war sie jedenfalls. Und wenn man in ihre Nähe kam, nahm man einen modrigen Erdgeruch wahr.

Wenn ich damals irgendwelche anderen Freundinnen gehabt hätte, wenn ich schon irgendein Bündnis eingegangen wäre, hätte ich vielleicht, nur vielleicht, nicht die Abkürzung über die gefrorenen Felder genommen, um einen Blick auf die nackt auf dem Pony reitende Del zu erhaschen. Vielleicht wäre ich ihr dann niemals über den Weg gelaufen. Dann hätte sie mir nicht ihr Geheimnis im Kartoffelkeller gezeigt und mich auch nicht gedrängt, die tote Krähe anzufassen.

Aber ich hatte keine Freundinnen und war genau wie Del eine Außenseiterin. Ein New-Hope-Kind, das mit einer Proviantdose voller gekochtem Gemüse, dicken Scheiben selbst gebackenem Vollkornbrot und einem Trockenobstnachtisch in die Schule kam. Wie sehnte ich mich damals danach, eins von den Mädchen zu sein, die Weißbrot mit Mortadella aßen. Oder mir meinetwegen sogar, wie Del, mit den alten Blechmarken, die an die armen Kinder ausgeteilt wurden, täglich ein warmes Mittagessen in der Cafeteria zu holen. Irgendetwas, das mich irgendeiner Gruppe zugehörig machte, damit ich mit anderen Kindern zusammen sein konnte, statt wie eine Aussätzige ganz allein am Tisch zu sitzen, mein Hippie-Essen zu mampfen und jeden dämlich anzulächeln, der vorbeiging.

Die Griswold-Farm lag am Fuße des Bullrush Hill. Oben auf dem Hügel lagen die fünfundvierzig Hektar von New Hope, der Landkommune, der meine Mutter sich im Herbst des Vorjahres mit fliegenden Fahnen angeschlossen hatte. Damals in Worcester, wo meine Mutter als Sekretärin arbeitete und wo ich richtige Freundinnen hatte – Freundinnen, die ich schon mein ganzes Leben lang kannte und die mir auch für den Rest meines Lebens gereicht hätten –, hatte sie einen Mann namens Lazy Elk kennengelernt. Lazy Elk – dessen richtiger Name Mark Lubofski lautete – nahm sie im Handumdrehen für sich ein und überredete sie, mit ihm nach New Canaan, Vermont, zu ziehen, wo er seit beinahe einem Jahr mehr oder weniger durchgängig lebte. Er erzählte, ein Mann namens Gabriel werde dort etwas Revolutionäres aufziehen: eine utopische Gemeinschaft.

Um die Wahrheit zu sagen, war ich genauso in Lazy Elk und seine Geschichten verliebt wie meine Mutter. Er hatte ein freundliches Gesicht mit tief eingefurchten Falten um Augen und Mund. Da sein Haaransatz immer weiter zurückwich, trug er einen breitkrempigen Lederhut mit einer braun-weiß gestreiften Truthahnfeder. Den Hut nahm er nur zum Schlafengehen ab, und selbst dann lag er oft am Fußende des Bettes, wo manchmal auch eine der Katzen aus der Nachbarschaft nächtigte. Er erklärte mir, die Feder, die er hinter New Hope im Wald gefunden hatte, sei ein Talisman – ein Objekt mit magischer Kraft, das ihm helfe, geistig frei zu bleiben.

Also fuhren wir Freigeister in einem orangefarbenen VW-Bus los und erwarteten, das Paradies zu finden. Stattdessen fanden wir ein paar heruntergekommene Gebäude, einen Brunnen mit rostiger Handpumpe, eine Herde Ziegen, die nichts als Teufeleien im Kopf hatten, und ein Tipi aus Segeltuch, in dem wir viele Jahre leben würden. Diese Details hatte Lazy Elk in seiner Beschreibung von New Hope sorgfältig ausgelassen, doch obwohl meine Mutter und ich unsere anfängliche Enttäuschung nicht verbargen, glaubten wir doch noch, uns wie versprochen ein neues und besseres Leben aufbauen zu können. Entschlossen und hoffnungsvoll legte meine Mutter daher das Tipi mit bunten Webteppichen aus und sorgte für saubere Bettwäsche. Sie putzte die dreckigen Glasaufsätze der Öllampen und brachte Lazy Elk bei, vor dem Eintreten seine verdreckten Stiefel auszuziehen. Unser kleines, rundes Zuhause war zwar bei weitem nicht das Paradies, aber wenigstens sauber und hübsch.

Am Fuß des Bullrush Hill, wo unser Zufahrtsweg in die Railroad Street mündete, die selbst damals schon befestigt war, lag die Farm der Griswolds. Ursprünglich war sie eine Milchfarm gewesen, doch vor einigen Jahren hatte man die Kühe verkauft. Wenn es regnete, roch es aber noch immer nach Kuhdung. Wie der Geruch des Todes bleibt auch Stallgeruch lange haften.

Das Farmhaus der Griswolds war windschief und der

weiße Anstrich schon mehr als erneuerungsbedürftig. Am Dach fehlten Schindeln, die kahle Stellen hinterlassen hatten. Unter der Dachkante nisteten Schwalben. Die verblichene rote Scheune mit dem alten Blechdach war vor langer Zeit in sich zusammengefallen, und die Ruine bot Dutzenden von wilden Katzen Unterschlupf. Dort lebten auch mehrere Hunde mit verschiedenen Gebrechen (der eine hatte nur drei Beine, einem anderen fehlte ein Auge, ein dritter war voller Geschwüre). Im Vorgarten, dessen festgetretene Erde nur sehr spärlich mit Gras bewachsen war, hing neben dem großen schwarzen Briefkasten mit dem Namen der Griswolds ein weißes Schild mit einer von Hand aufgemalten roten Beschriftung:

EIER
HEU
SCHWEINE
KARTOFFELEN

Hinter diesem Schild und etwa drei Meter von der Straße entfernt stand ein kleiner, nach vorne offener Holzschuppen mit einem rostigen Blechdach. Dort lagen jeden Tag drei oder vier Dutzend Eier in Eierkartons, und daneben standen ein paar Körbe mit Kartoffeln, Bohnen, Mais oder was man sonst gerade geerntet hatte. Der Preis stand jeweils auf einem mit Reißbrettstiften an die Wand gehefteten Stück Karton, und das Geld konnte man in ein Metallkästchen legen.

NEHMEN SIE SICH IHR WECHSELGELD SELBST – SEIEN SIE EHRLICH! DANKE stand auf einem Zettel, der auf den zerbeulten grauen Metalldeckel geklebt war. Von der Decke hing eine Waage herab, aber als meine Mutter sie einmal benutzen wollte, funktionierte der Zeiger nicht, weil innen die Feder zerbrochen war.

Auf einem anderen Schild stand, man solle im Haus nach Heu, Schweinefleisch, Ferkeln und abzugebenden Kätzchen fragen.

Bevor in New Hope eigene Hühner angeschafft wurden, gingen meine Mutter und ich regelmäßig den Hügel hinunter, um am Stand der Griswolds Eier zu kaufen. Wir begegneten Mr. Griswold selten, sahen ihn aber manchmal in der Ferne auf seinem Traktor sitzen. Seine Frau war, wie wir gehört hatten, vor Jahren an Krebs gestorben und hatte ihm eine ganze Kinderschar zurückgelassen. Oft sahen wir eines seiner Kinder auf dem Hof bei irgendeiner Arbeit, oder wir hörten einen Jugendlichen unter der Motorhaube eines rostigen, auf Hohlblocksteinen aufgebockten Wagens auf Metall herumhämmern. Es waren schrecklich viele Kinder – mit Del acht. Sie war das einzige Mädchen.

***

«Du lebst bei den Hippies, nicht wahr?», fragte mich Del, als wir uns an jenem Tag auf dem Erbsenfeld gegenüberstanden, um uns herum die Erbsenpflanzen, deren zarte, bleiche Ranken in die Höhe strebten, zwischen uns die tote Krähe.

«Ja.»

«Bist du ein Hippie?»

«Nein.»

«Hippies sind blöd», sagte sie.

Ich antwortete nicht, sondern trat nur gegen einen getrockneten Matschklumpen.

«Hippies sind blöd, hab ich gesagt.» Ihre hellen, graublauen Augen funkelten mich böse an.

«Ja, sicher.» Ich trat einen kleinen Schritt zurück, aus Angst, sie könnte mir eine runterhauen.

«Was, ja sicher?»

«Sicher, ich denk schon, dass Hippies blöd sind.»

Del lächelte, was ihren kaputten Zahn zum Vorschein brachte.

«Ich kann dir was zeigen. Ein Geheimnis. Willst du es sehen?»

«Ja, schon», antwortete ich, etwas besorgt, weil sie mir vor ein paar Minuten genau dieselbe Frage gestellt hatte, bevor sie mich zu der verwesten Krähe führte.

Ich folgte Del durch die Reihen junger Erbsenpflanzen und dann über die Beete mit Spinat, Karotten und Rüben. Ich erkannte die Pflanzen wieder, die auch im Gemüsegarten von New Hope wuchsen. Unser Boden war aber dunkler und lockerer als der der Griswolds. Und der Garten war zwar kleiner, wirkte aber gepflegter und ordentlicher, und zwischen den einzelnen Beeten waren mit Sägespänen ausgestreute Pfade angelegt. Die Felder der Griswolds waren mit Steinen, rostigen Pflugscharen und liegen gebliebenen Stacheldrahtrollen übersät, und wir trampelten direkt zwischen den krummen Reihen der Pflänzchen hindurch. Wie eine Ermahnung an alles Lebendige, nur ja nicht zu wachsen, baumelte mittendrin die Krähe mit dem Kopf nach unten an ihrem Draht.

Del und ich kamen an einer kleinen, eingezäunten Weide vorbei, auf der eine große graue Stute stand und

Heu fraß. Daneben stand ein geflecktes Pony. Bei unserem Anblick erschrak es und flüchtete hinter den Stall, und da sah ich, dass es leicht hinkte.

«Ist das dein Pony?»

«Ja. Er heißt Spitfire – *Giftspritze*. Er beißt.»

Unmittelbar hinter der Pferdeweide kam der Schweinepferch, wo sich fünf riesige Schweine zusammen mit etwa einem Dutzend Ferkeln im grauen Matsch suhlten. In der hinteren rechten Ecke des Pferchs war ein Sperrholzverschlag, der wie eine große Hundehütte aussah. Vorne am Zaun standen ein großer Metalltrog mit Wasser und ein Trog mit schleimigen Essensresten.

Ich blieb stehen, stellte mich auf die unterste Strebe und beugte mich über den Zaun, um mir die Ferkel anzuschauen. Meine Nase kribbelte von dem scharfen Gestank des Schweinedrecks. Ich sah in die winzigen Äuglein einer großen Sau mit geschwollenen Zitzen und dachte gerade, dass ich irgendwo einmal gehört hatte, Schweine seien klug, sogar noch klüger als Hunde, als Del sich hinter mich schlich und mir einen Stoß versetzte. Es war ein kräftiger Stoß, nicht so ein kleiner spielerischer Schubser. Ich prallte mit dem Bauch gegen die oberste Strebe, und Kopf und Schultern flogen nach vorn. Beinahe wäre ich über den Zaun und kopfüber in den Dreck gefallen.

«Vorsicht», hänselte mich Del. «Sonst fressen dich die Schweine. Wenn du da reinfällst, bleiben nur ein paar Knochen von dir übrig.»

Ich sprang vom Zaun und fuhr zu Del herum, um ihr eine zu knallen, aber sie lenkte mich schnell ab, und meine Wut verflog.

«Siehst du die Muttersau da?», fragte sie und zeigte auf

die Sau, die ich gerade betrachtet hatte. «Letzte Woche hat sie drei von ihren Ferkeln aufgefressen. Schweine sind wilde Bestien.»

Ich öffnete die geballten Fäuste und atmete durch.

Del führte mich hinter das weiße Haus, das auf einer kleinen Anhöhe stand, und beschrieb mir die Szene, wie Mutter Sau ihre Kinder verschlungen hatte.

«Zähne wie Rasierklingen», sagte sie. «Hinterher waren nur noch drei kleine Schwänzchen übrig.»

Knapp zwanzig Meter hinter dem Haus kamen wir zu einer Holztür, die in den Hang eingelassen war. Sie erinnerte mich an die Stahltür, die in unserem alten gemieteten Haus in Massachusetts in den Keller geführt hatte. Del bückte sich, entriegelte die schwere Tür und zog sie auf. Eine grob gezimmerte Holztreppe führte in eine dunkle Grube hinunter, die wie ein Kerker oder ein Luftschutzbunker wirkte.

«Los. Du zuerst. Ich muss die Tür hinter uns zumachen.»

Ich stieg langsam die Treppe hinunter und stellte fest, dass ich mich in einem Kartoffelkeller befand: einem kleinen Raum, gut zwei mal zwei Meter, mit Wänden aus Hohlblocksteinen, die mit Regalen vollgestellt waren. Auf den durchhängenden Regalbrettern standen reihenweise Einmachgläser mit Obst und Gemüse und Körbe voller weicher, gekeimter Kartoffeln, angefaulter Äpfel und schlaffer Karotten. Del schloss die Tür, und es war plötzlich stockdunkel. Ich befürchtete, dass sie mir einen Streich gespielt und mich in diesem feuchten Loch eingesperrt hatte, um mich bei lebendigem Leibe zu begraben. Vielleicht war das hier schließlich doch ein Kerker, eine

Art Folterkeller. Ich schnappte nervös nach Luft. Es roch nach feuchter Erde und vergammeltem Gemüse. Genau wie Del.

«Del?»

«Moment noch, ich zünde ein Streichholz an.» Sie streifte mich, dann hörte ich, wie sie auf dem Regal herumtastete, eine Streichholzschachtel schüttelte, ein Streichholz herausnahm und es anstrich. Der kleine Raum schimmerte orangegelb auf. Del holte ein altes Marmeladenglas mit einer Kerze darin vom Regal und zündete die Kerze an. Sie blies das Streichholz aus und beleuchtete mein Gesicht mit dem Kerzenstummel im Glas, als wüsste sie nicht recht, was von mir zu halten sei.

«Okay, wenn ich dir mein Geheimnis zeigen soll, musst du mir versprechen, es niemandem zu verraten. Du musst es mir schwören.» Es war, als blickten ihre hellen Augen durch mich hindurch.

«Einverstanden.»

«Schwörst du es bei deinem Leben?»

«Ja», murmelte ich. Sie nahm die Kerze von meinem Gesicht weg und stellte sie auf das Regal, neben eine Reihe staubbedeckter Weckgläser mit Tomaten.

«Hand aufs Herz und Stein und Bein?»

«Hand aufs Herz und Stein und Bein.»

«Ich hab eine Tätowierung», erzählte sie. Dann knöpfte sie ihre schmutzige gelbe Bluse auf, die mit kleinen Lassos, Hüten und Pferden bestickt war.

Ich wollte sie daran hindern und ihr sagen, dass ich ihr auch glaubte, ohne die Tätowierung zu sehen, doch dafür war es schon zu spät. Die Bluse war herunter. Zu meiner Erleichterung trug sie ein schmuddeliges weißes

Baumwollunterhemd mit einer gestickten rosa Blüte in der Mitte des Ausschnitts. Auch das zog sie ohne Zögern aus, und ich schaute verlegen zu Boden und dachte, dass die Geschichten, die ich gehört hatte, womöglich wahr waren – und doch stand ich hier mit der Kartoffeltrine im Keller. Was hatte ich mir dabei eigentlich gedacht? Wenn irgendeiner von meinen Schulkameraden das jemals spitz kriegte … Ich erschauderte und suchte krampfhaft nach einer Entschuldigung, um mich schnell zu verdrücken. Der Geruch von Erde wurde stärker.

«Also, willst du jetzt nicht hinschauen, oder was?»

Langsam hob ich den Blick von der gestampften Erde des Fußbodens zu Dels nacktem Oberkörper.

Del war ein mageres Kind – ich konnte bei ihr praktisch jede einzelne Rippe zählen. Sie sah aus, als wäre alle Farbe aus ihr herausgewaschen worden – selbst die Brustwarzen wirkten blass. Und dort, auf dem knochigen Rippenbogen, über der Stelle, wo ich das Herz vermutete, prangte der Buchstabe M. Ich trat näher, um ihn genauer zu betrachten, und verdrängte so gut wie möglich, dass es die Haut eines fremden Mädchens war, die ich ansah. Und nicht einfach nur Haut, sondern die Stelle, wo später einmal die Brüste sein würden. Ich konnte schon den ersten Ansatz davon erkennen, kleine Schwellungen, die an Dels magerem Körper fehl am Platz wirkten. Doch was mich interessierte, waren nicht Dels sich entwickelnde Brüste und der Unterschied zu meiner eigenen flachen Brust, sondern es war die Tätowierung.

Es war ein großes, zierlich verschnörkeltes M in Kursivschrift. Es war ihr mit schwarzer Tinte in die Haut geritzt worden, und zwar vor so kurzer Zeit, dass die Stelle noch immer rot und geschwollen war. Sie wirkte leicht entzündet, schmerzhaft. Ich zuckte zurück.

Die einzige Tätowierung, die ich bis dahin gesehen hatte, war ein verblasster Anker, den ein ehemaliger Freund meiner Mutter, der bei der Marine gedient hatte, auf dem Unterarm trug. Diesen Anker kannte ich, und dann natürlich Popeye, aber in der Situation, in der ich mich plötzlich befand, zählten Comicfiguren wohl nicht.

Ich bemühte mich, cool zu wirken. Als wäre das nichts Besonderes. Aber eine Tätowierung? Bei einer Fünftklässlerin? Del erschien mir fremdartiger denn je.

«Wofür steht das M?», fragte ich.

«Das darf ich dir nicht sagen.» Sie lächelte, ganz erfüllt von ihrem Geheimnis.

«Wer hat es dir gemacht?»

«Jemand, der mir etwas bedeutet.»

«Hat das denn nicht wehgetan?»

«Eigentlich nicht.»

«Es sieht aber so aus, als würde es jetzt wehtun.»

«Es tut gut weh.»

Ich fragte nicht, wie es denn war, wenn etwas schlecht wehtat. Ich hatte keine Gelegenheit mehr, überhaupt irgendwas zu fragen, denn plötzlich ging die Holztür auf, und Licht fiel in den Kartoffelkeller. Ich blickte auf und sah oben auf der Treppe die Silhouette eines schlaksigen Jungen.

«Del, was zum Teufel treibst du hier? Und wer ist die andere da? Jesus Maria, macht ihr beiden miteinander rum oder was?» Er hatte eine kratzige Stimme, als hätte er Halsschmerzen und es täte ihm weh, laut zu sprechen.

Del wandte sich hastig ab und streifte ihr Unterhemd über.

«Hau ab, Nicky!», rief sie, ihm den Rücken zugewandt, und mir wurde klar, dass dort der Krähenmörder stand. Ich blinzelte gegen das Licht, um sein Gesicht zu erkennen. Ich sah struppiges, blassblondes Haar und sonderbar lange Arme, die unbeholfen herabhingen. Orang-Utan-Arme. Als meine Augen sich an das Licht gewöhnten, fiel mir auf, dass der Junge so braun gebrannt war wie Del blass. Ein dunkelhäutiger Affenjunge in zerrissenen Jeans und einem weißen T-Shirt. An den riesigen Füßen trug er schwere Arbeitsstiefel.

«Ja, ich hau sofort ab», sagte er mit seiner heiseren Stimme. «Ich hau ins Haus ab und erzähl Daddy, was ich da gerade gesehen hab.»

«Du Scheißkerl», zischte Del zu ihm hinauf.

«Wer ist deine Freundin da?», fragte er mit einem schmallippigen, durchtriebenen Lächeln.

«Geht dich ’nen Dreck an», antwortete Del.

Der Junge lachte mit weiß aufblitzenden Zähnen in seinem gebräunten Gesicht und zog sich dann langsam aus der Tür zurück.

«Mannomann, ich möcht’ nicht in deiner Haut stecken. Jetzt beziehst du aber gehörig Dresche von Daddy.» Damit lief er zum Haus und ließ die Tür des Kartoffelkellers offen.

«Du gehst jetzt besser», wies Del mich an. «Aber komm morgen wieder. Wir treffen uns nach der Schule auf dem Feld. Bei der Krähe. Okay?»

«Okay», antwortete ich.

Sie stürmte die Treppe des Kartoffelkellers hinauf, blieb

oben noch einmal stehen und rief zu mir hinunter: «See you later, alligator!» Dann jagte sie hinter ihrem Bruder her ins Haus.

Ich blies die Kerze aus, schlich langsam die Holztreppe hinauf und spähte, an der Tür angekommen, vorsichtig nach rechts und links. Als ich niemanden sah, rannte ich los und wagte nicht, mich noch einmal nach dem Haus und nach Del und Nicky umzuschauen. Ich rannte an den Schweinen mit den rasiermesserscharfen Zähnen und an der Pferdeweide mit dem hinkenden Pony vorbei, über Spinat- und Möhrenbeete und über das Feld mit den jungen Erbsenpflanzen, wo noch immer die Krähe an ihrem Draht baumelte wie eine kaputte Marionette.

Hinter dem letzten Beet begann der Wald, und ich fand den Pfad, der auf den Bullrush Hill hinaufführte, zurück nach New Hope. Ich brauchte nur eine Viertelstunde für den Weg, doch nach diesem Besuch bei Del schien mir mein Zuhause Lichtjahre entfernt. In nicht mehr als einer Stunde hatte Del mir ein vollständiges, weit entferntes Universum mit vollkommen eigenen Regeln und Gefahren gezeigt. Ich brannte darauf zurückzukehren.

Zweites Kapitel
7. November 2002

Ich kenn dich.»

Das waren die ersten Worte meiner Mutter, als ich heimkehrte, ihre Begrüßung, als ich sie in die Arme nahm. Ihr Körper blieb schlaff und reagierte nicht auf meine Umarmung. Die Arme baumelten kraftlos herunter, und beide Hände waren mit dicken Verbänden umwickelt. Mumienhände. Ich war dreitausend Meilen gereist, um sie zu besuchen, und sie erwiderte nicht einmal meine Umarmung. Ich zog mich mit ungeschickten, mechanischen Bewegungen von ihr zurück. Die Mumie begegnet dem Robotermädchen. Fehlte nur noch Lon Chaney oder Bela Lugosi, dann hätten wir die komplette Besetzung für einen netten, kleinen Horrorstreifen gehabt.

«Schön, dich zu sehen, Ma.» Ich zwang mich zu einem Lächeln.

Sie wiederholte ihre ersten Worte:

«Ich kenn dich.»

Sie stand vor mir, zerzaust und in einem abgetragenen Flanell-Nachthemd. Das Haar – lang, glatt und weiß wie Birkenrinde – hing ihr in wirren, fettigen Strähnen um den Kopf. An den Füßen trug sie Turnschuhe mit offenen Schnürsenkeln. Auf ihrem Kinn war ein gelber Fleck, vielleicht getrocknetes Eigelb. Ich schluckte die Antwort herunter, die mir auf der Zunge lag: *Tja, vielleicht weißt du ja, wer ich bin, aber wer zum Teufel bist eigentlich du?*

Ich hatte gerade eine einstündige, wenig erfreuliche Besprechung mit Raven und Gabriel hinter mir, zwei der letzten drei verbliebenen Mitglieder – wenn man meine Mutter nicht mitzählte – von New Hope. Das dritte Mitglied war Ravens zwölfjährige Tochter Opal, die irgendwann in unsere Besprechung hineinplatzte, eine Fahrradkette in der Hand.

«Hey, habt ihr vielleicht so einen großen Schraubenschlüssel gesehen?», fragte sie im Hereinstürmen, warf dabei einen Stuhl um und schlenkerte die fettige Kette in der dreckigen Hand. Sie hatte eine Baseballkappe auf, mit der Krempe nach hinten, und trug eine blau-weiße College-Jacke, auf der der Name eines anderen Mädchens stand.

Opal hatte sich in den zwei Jahren seit unserer letzten Begegnung gerade so weit verändert, dass ich einen Augenblick stutzte. Sie war größer und dünner geworden, und obgleich sie gerade wie der sprichwörtliche Elefant im Porzellanladen hereingetrampelt war, wirkte sie anmutiger als das kleine Mädchen, an das ich mich so gut erinnerte.

Als sie sich umdrehte, fiel ihr Blick auf mich, und sie strahlte mich begeistert an. Sie ließ die Kette fallen und schloss mich in ihre ölverschmierten Arme. «Ich dachte, du würdest erst heute Abend kommen», sagte sie. «Mensch, ich muss gerade tausend Sachen auf einmal erledigen – ich muss mein Rad wieder flottkriegen, und dann bin ich mit ein paar Freunden verabredet – aber wir sehen uns später. Morgen! Okay? Morgen. Ich hab so viele neue Tricks dazugelernt. Den Sprung von der Scheune hab ich jetzt voll drauf. Ich kann sogar im Flug noch einen Salto drehen! Und ich hab gerade ein neues Buch über Wingwalking gekriegt, mit tollen Bildern. Das musst du dir ansehen!»

Opal war ein mageres, sommersprossiges Mädchen, das seit seinem siebten Lebensjahr erklärte, dass es später einmal Stuntwoman werden wolle. Bei meinem letzten Besuch hatte sie sich bei einem Sprung vom Heuboden der großen Scheune ziemlich übel den Arm gebrochen.

Raven war damals gerade in Rutland gewesen, um irgendwas zu besorgen, und so war ich mit Opal in die Ambulanz gefahren und hatte dort mit ihr gewartet. Sie hatte sehr erschüttert gewirkt, nicht nur von dem Sturz, sondern von irgendetwas, das unmittelbar vor dem Sprung vom Heuboden passiert war. Sie behauptete, jemand wäre bei ihr in der Scheune gewesen, aber als Gabriel hochstieg und nachsah, fand er nur ein paar verrostete Heugabeln, die an der Wand lehnten, und ein paar Ballen längst verrotteten Heus.

«Wen hast du denn da oben gesehen?», hakte ich nach, bekam aber nie eine Antwort.

Um sie während der endlosen Wartezeit zwischen den Untersuchungen, den Röntgenaufnahmen und dem Anlegen des Gipsverbands abzulenken, bat ich sie, mir von ihren Lieblings-Stunts zu erzählen. Sie antwortete, sie habe Bücher über die Zeit des Barnstorming und über Wingwalking gelesen.

«So hat Charles Lindbergh angefangen», berichtete sie. Aufgeregt und vor Bewunderung übersprudelnd, fing sie dann an, von den Frauen zu erzählen.

«Da war so eine Frau, Gladys Ingle hieß sie, die hat vom oberen Flügel ihrer Curtiss Jenny mit Pfeil und Bogen geschossen.»

«Von ihrer was?», fragte ich.

«Curtiss Jenny. Das ist ein Doppeldecker. Ich habe ein Modell davon im Tipi hängen. Jedenfalls war Gladys Ingle auch berühmt dafür, dass sie mitten im Flug von einem Flugzeug zum anderen sprang. Ist das nicht cool?»

«Ziemlich cool», stimmte ich ihr zu.

«Und dann gibt es noch Bessie Coleman. Ich hab in der Schule ein Referat über sie gehalten. Sie war die erste afro-amerikanische Pilotin. Und außerdem auch Wingwalkerin. Ach, und dann noch Lillian Boyer – «Kaiserin der Lüfte» –, die hat ihren Job als Kellnerin geschmissen, um das Wingwalking zu erlernen.»

«Das ist ja beruflich ein ganz schöner Sprung.»

«Von Buffalo Bill hast du bestimmt schon gehört. Aber ich wette, du kennst seine Nichte Mabel Cody nicht. Die hat als erste Frau den Sprung vom Schnellboot aufs Flugzeug geschafft.»

Als Opal im Jahre 1936 angelangt war, als die Zeit des Wingwalking damit endete, dass der Gesetzgeber das Verlassen des Cockpits unterhalb von fünfhundert Meter Flughöhe verbot, war der geheimnisvolle Besucher auf dem Heuboden vergessen. Und nach unserem dreistündigen Aufenthalt in der Ambulanz war ich die neue beste Freundin des zehnjährigen Mädchens. Die restliche Zeit meines Besuchs wich Opal nicht mehr von meiner Seite, sie zeigte mir die Fotos von Wingwalkern in ihren Büchern und ihre selbst gebastelten Doppeldeckermodelle. Die Curtiss Jenny hing an einer Angelleine hoch oben im Tipi von einer Zeltstange herunter. Opal hatte ein kleines Plastikfigürchen auf den oberen Flügel geklebt, eine Frau, die sie mit einem winzigen, aus einem Stöckchen und einer Schnur gefertigten Bogen sowie Pfeilen aus Zahnstochern ausgestattet hatte. Auf der gegenüberliegenden Flügelspitze befand sich eine Zielscheibe.

Zumindest für mich als Außenstehende schien es so, als liebte Opal das Leben im Tipi, und das wurde mir besonders deutlich, als sie mir an jenem Nachmittag ihr mit einem Vorhang abgeteiltes Zimmer zeigte und das Flugzeug mit den Fingerspitzen anstupste und über unseren Köpfen kreisen ließ. Ich schaute mich mit einem eigenartigen Gefühl von Déjà-vu um und musste mir in Erinnerung rufen, dass das hier nicht das Tipi war, in dem meine Mutter und ich gelebt hatten, sondern seine dritte oder vierte Reinkarnation.

Nun aber musste auch dieses Tipi ersetzt werden, und daran war meine Mutter schuld.

***

Nachdem Opal verschwunden war, um ihr Fahrrad zu reparieren, kamen Gabriel, Raven und ich wieder auf meine Mutter zu sprechen. Wir saßen an dem langen Holztisch in der großen Scheune, die früher einmal als Gemeinschaftsküche und Versammlungsraum gedient hatte. Die Scheune wirkte wie eine riesige, leere Höhle, in der sich unsere Stimmen verloren.

New Hope war im Laufe der Jahre ganz allmählich zum Auslaufmodell geworden. Gabriels Vision von Utopia war dabei irgendwo unterwegs abhanden gekommen und hatte das Schicksal der zerfallenen Häuser und überwucherten Gärten geteilt. Jetzt war das Zuhause meiner Kindheit kaum mehr als eine Geisterstadt; von dem, was einst gewesen war, war nur eine leere, zerfetzte Hülle geblieben, und trotz meiner Enttäuschung überraschte mich das nicht im Geringsten. Ich mag wie eine Skeptikerin klingen, aber ich bin schon immer der Meinung gewesen, dass Biogemüse und Gesprächsrunden nicht ausreichen, um eine utopische Gesellschaft zu realisieren.

Raven war zehn Jahre jünger als ich und zu meiner Zeit das einzige andere Kind in New Hope gewesen. Sie wurde während meiner dritten Nacht dort geboren. Ich schlief kaum in jener Nacht und lauschte auf die Schreie ihrer Mutter, die aus der großen Scheune drangen. Diese war mit einem feierlichen Ring von Kerzen und mit Hilfe eines jungen Hippies namens Zack, der abwechselnd *Happy Birthday* und die Titelmelodie von *The Lone Ranger* auf der Gitarre spielte, in ein «Geburtszentrum» verwandelt worden. Ich lag wach und fragte mich, warum zum Teufel meine Mutter mich an einen Ort geschleppt hatte, wo die Babys noch nicht einmal im Krankenhaus zur Welt kamen.

Als Raven klein war, wechselte ich ihr die Windeln, und später brachte ich ihr bei, sich die Schuhe zu binden. Mehr hat sie nicht von mir bekommen – ein paar versehentliche Pikser mit der Schnürsenkelspitze und eine kleine Geschichte, in der der lose Schnürsenkel ein Kaninchen ist, das man durch ein Loch schicken muss – und auch an diese wenigen Dinge erinnerte sie sich vermutlich nicht mehr.

Raven war zu einer eindrucksvollen Frau herangewachsen – beinahe ein Meter achtzig groß, mit langem dunklem Haar und hohen Wangenknochen. Sie arbeitete halbtags als Sekretärin im Town Clerk's Office und bereitete sich in

Abendkursen auf einen Abschluss in Psychologie vor. Als ich aufs College ging und kaum noch nach Hause kam, wurde Raven rasch zur Ersatztochter meiner Mutter, eine Tatsache, die mir ein bisschen zu schaffen machte und mir immer, wenn meine Mutter sie erwähnte, einen Stich der Eifersucht versetzte, vermischt mit schlechtem Gewissen. Raven, die nicht einmal mit meiner Mutter verwandt war, war die gute Tochter. Die Tochter, die da war und versprach, für immer zu Hause zu bleiben, und die meiner Mutter das Enkelkind schenkte, das sie von mir nicht bekam. Ich dagegen war das magere Kind auf den Fotos, die meine Mutter im Tipi stehen hatte – und die Sommersprossen wurden von Bild zu Bild blasser, wie um zu zeigen, dass eines Tages auch ich selbst vollkommen verschwunden sein würde. Ich war die unsichtbare Frau, die einmal wöchentlich anrief, um zu berichten, wie hart es im College war, in der Schwesternschule und schließlich in der Ehe, wie sehr mich das alles beanspruchte – immer eine gute Ausrede, um nicht nach Hause kommen zu müssen. Aber das spielte eigentlich gar keine Rolle, weil Raven da war und in ihren ordentlich gebundenen Schuhen neben meiner Mutter stand.

Ravens eigene Mutter, Doe, war an Pankreaskrebs gestorben – es war eine dieser Horrorgeschichten, wo jemand wegen Bauchschmerzen ins Krankenhaus geht und drei Wochen später schon alles vorbei ist. Ravens Vater, na ja, keiner wusste so recht, was aus ihm geworden war. Für sein Verschwinden, oder zumindest für das, was dahintersteckte, war ich verantwortlich, aber ich war die Einzige, die das wusste. Das war noch so ein Punkt in einer langen Liste von New-Canaan-Geheimnissen, die ich mein ganzes Leben mit mir herumschleppte – eine schwere und verhasste Bürde.

Raven war achtzehn, als sie mit Opal schwanger wurde, nur wenige Monate nach Does allzu frühem Tod. Damals war ich in Seattle und durch die wöchentlichen Telefonate mit meiner Mutter über die ganze Schwangerschaft bestens informiert – die morgendliche Übelkeit, mit rohen Mandeln und Ingwertee erfolgreich kuriert; die langen Fahrten zu speziellen geburtsvorbereitenden Yoga-Kursen in Burlington; die Suche nach einer Hebamme, die bereit war, die Geburt in einem Tipi zu betreuen, in dem es nicht einmal fließendes Wasser gab. Die Frage, wer wohl Opals Vater sein mochte, wurde niemals direkt angesprochen, aber ich war immer von irgendeinem Hippie ausgegangen, der auf Durchreise in New Hope gewesen war. Falls irgendjemand, Opal eingeschlossen, sich auch nur das Geringste aus Opals «Vaterlosigkeit» machte, war es mir zumindest niemals zu Ohren gekommen.

Gabriel war mit seinen zweiundachtzig Jahren sowohl körperlich als auch geistig noch immer in ausgezeichneter Verfassung. Mit seiner runden Brille, dem weißen Bart und den roten Hosenträgern sah er aus wie ein schlanker Weihnachtsmann, der sich in der Jahreszeit vertan hat. Er war der Partriarch von New Hope gewesen, die Gründerfigur. Mimi, mit der er zusammengelebt hatte, war im Vorjahr gestorben, und nun schlurfte er allein durch die riesige Scheune und erinnerte sich zweifellos an ruhmreichere Zeiten. An die Tage, als es viele Mäuler zu stopfen und stille Revolutionen zu planen galt.

Bei seiner Gründung hatte New Hope nur vier Mitglieder gehabt: Gabriel und Mimi sowie ein weiteres Paar,

Bryan und Liz. Im Laufe der Zeit waren es mehr geworden. Als meine Mutter und ich im Herbst 1969 nach New Hope zogen, waren wir zu elft (mehr wurden es nie), die Collegestudenten und -studentinnen, die nur den Sommer über blieben, und ein paar Nichtsesshafte, die kamen und gingen, nicht eingerechnet. Die elf Leute damals waren Gabriel und Mimi, Bryan und Liz, Shawn und Doe, die neugeborene Raven, Lazy Elk und meine Mutter, ich und der neunzehnjährige Zack, der einzige Single und inoffizieller Sänger von New Hope. Aber wie viele Menschen auch immer New Hope ihr Zuhause nannten, es war zu jedem Zeitpunkt klar, dass sie auf Gabriel blickten, der der Gemeinschaft die Richtung vorgab und Utopia definierte.

***

Während ich einen von Gabriels Kräutertees trank, der wie Lakritze mit Schlamm schmeckte, hörte ich geduldig zu, wie er und Raven mich über die Verfassung meiner Mutter ins Bild setzten. Sie warnten mich, dass sie mich vielleicht nicht erkennen werde. Sie habe eine schlimme Woche hinter sich. Der Brand liege erst fünf Tage zurück, und der habe schließlich den Ausschlag gegeben – danach hätten sie sich dazu durchgerungen, mich anzurufen und mir zu sagen, dass ich zurückkommen und irgendeine Entscheidung über eine langfristige Pflege meiner Mutter treffen müsse. Sie berichteten, dass meine Mutter sich gegen Gabriel zur Wehr gesetzt hatte, als er sie aus dem Zelt zerrte, und ihn dabei so fest in den Arm biss, dass er genäht werden musste. (Seine Wunde war, wie ich bemerkte, mit einem sauberen, sterilen Verband abgedeckt, nicht mit einer Kompresse aus scheußlich stinkenden wilden Kräutern, wie zu Mimis Zeiten.)

Beim besten Willen konnte ich mir meine sanfte, friedliebende Mutter nicht als die Wahnsinnige denken, die mir da beschrieben wurde. Ich versuchte, sie mir schäumend vor Wut und Funken sprühend vorzustellen.

«Seit dem Brand», erklärte Gabriel, «geht es rapide mit ihr bergab, und sie ist unglaublich aggressiv.»

Na, na, na.

Als sie mir die sich ständig verschlechternde Verfassung meiner Mutter erschöpfend beschrieben hatten, erklärte ich ihnen, wie ich vorgehen wollte. Ich hatte mir aufgrund des familiären Notfalls in der Lakeview Elementary School, wo ich als Gesundheitspflegerin arbeitete, einen dreiwöchigen Urlaub genehmigen lassen. In wohlgesetzter Rede, als spräche ich vor der Schulbehörde, setzte ich ihnen auseinander, dass ich mir in der nächsten Woche mit ihrer beider Hilfe ein Bild von der Verfassung meiner Mutter machen und eine langfristige Entscheidung treffen würde, was höchstwahrscheinlich auf die Unterbringung in einem Pflegeheim hinauslaufen würde. *Und wenn sie weiter so bissig bleibt, kriegt sie einen Maulkorb*, schoss es mir durch den Kopf, doch das schluckte ich hinunter. Zugegeben, ich klang eher wie eine Sozialarbeiterin als wie eine Tochter, aber so fühlte ich mich in gewisser Weise auch. Dies hier war meine Pflicht, und ich hatte vor, meiner Verantwortung gerecht zu werden – aber seit meinem Weggang als Siebzehnjährige war ich keine richtige Tochter mehr gewesen.

Gabriel und Raven nickten, zufrieden mit meinem Plan

und meiner vernünftigen Art. Sie waren froh darüber, wenn auch vielleicht ein bisschen erstaunt, wie wenig mir das Ganze auszumachen schien. Aber war das nicht meine Aufgabe? Hatten Sie mich nicht genau deswegen hergeholt? Damit ich etwas tat, das, wie sie wussten, getan werden musste, das sie aber nicht gern selbst anpacken wollten. Nun würde also ich die Entscheidung treffen, meine Mutter einzusperren und ihr die Freiheit zu rauben, nur zu ihrem eigenen Besten, wie ich ihr versichern würde. Keiner der beiden wollte das auf dem Gewissen haben. Und wer hätte ihnen daraus einen Vorwurf machen können? Sie schoben mir den Schwarzen Peter zu, ich musste, kaum heimgekehrt, die Böse spielen, und ich schlüpfte so mühelos in diese Rolle, als wäre sie mir auf den Leib geschrieben.

***

«Ich hab dir gesagt, Doe, dass ich sie nicht hier haben will.» Meine Mutter, ein Meter fünfundfünfzig groß und fünfundvierzig Kilo schwer, stand in der Tür und stellte sich auf die Zehenspitzen. Auf und ab wippte sie, damit sie größer wirkte, wie eine Schlange, die ihr Opfer hypnotisiert. Ich trat zurück, um ihr Platz zu machen, und meinte schon fast, sie zischen zu hören.

Raven griff sich seufzend an die Stirn. «Ich bin Raven, Jean. Does Tochter. Und das hier ist deine Tochter Kate.»

«Ich weiß, wer sie ist», fauchte meine Mutter und blickte von Raven wieder zu mir. «Ich kenn dich!» Dabei beugte sie sich vor. Speicheltröpfchen sprühten mir ins Gesicht. Ihre Hände hingen schlaff herunter wie viel zu große weiße

Pfoten, zu nichts zu gebrauchen. Raven und Gabriel hatten recht. Das hier traf mich vollkommen unvorbereitet. In den Augen meiner Mutter glomm ein Feuer, das ich dort nie gesehen hatte. Ich trat noch einen Schritt zurück.

«Also, Kate übernachtet hier. Sie ist hier in deinem Haus zu Besuch.»

«Das hier ist nicht mein Haus.»

Raven änderte ihre Taktik.

«Jean, wo ist Magpie?» Sie öffnete ihre Schultertasche und holte eine Dose Thunfisch heraus. Das Gesicht meiner Mutter entspannte sich, und sie lächelte fast.

«Drinnen. Sie ist bestimmt drinnen. Unter dem Schrank. Oder im Bett. Magpie! Hierher, Miss Magpie! Frühstück!» Meine Mutter drehte sich um und ging, nach der Katze rufend, hinein. Raven nickte mir zu, und wir folgten ihr in die Hütte.

Ich hatte das kleine Häuschen meiner Mutter schon vor zwei Jahren besichtigt, damals, bei meinem letzten Besuch. Sie hatte es, siebzigjährig, mit eigenen Händen gebaut, und als sie mir die Hütte zeigte, fehlten lediglich ein paar letzte Kleinigkeiten bei der Inneneinrichtung. Zu jener Zeit hatte New Hope noch ein paar weitere Einwohner gehabt, und die hatten ihr geholfen, das Fachwerk zu errichten und das Dach aufzusetzen. Opal und einige Freunde hatten die Grube für das Aborthäuschen ausgehoben. Davon abgesehen aber war alles das Werk meiner Mutter. Sie hatte die Hütte mit ihren vier Räumen nahezu vollständig aus Material errichtet, das sie geschenkt bekommen oder aus Bauschutt geborgen hatte. Damals, bei der ersten Besichtigungstour, war mir das Häuschen eher als Kunstwerk denn als Wohnung erschienen. Stolz hatte sie mir die fest installierten Regale gezeigt, den Boden aus alten Silo-Brettern, den Raven mit ihr zusammen festgenagelt hatte, und die Steinplatten, die sie vom Schutthaufen hinter einem Granitwerk in Barre geholt hatte und die ihr jetzt in der Küche als Arbeitsfläche dienten.

Nachdem meine Mutter viele Jahre lang im Tipi und dann auf dem Heuboden der großen Gemeinschaftsscheune gelebt hatte, hatte sie sich nun ein Haus gebaut, das wirklich ein Zuhause war. Hier wollte sie alt werden, in diesem Häuschen, das etwa hundert Meter hinter der großen Scheune lag, am Rand des bewaldeten Hangs, der den Hügel hinunter zu den Feldern führte, die früher einmal den Griswolds gehört hatten.

***

Wenn ich auf jenen letzten Besuch in New Hope zurückblickte, musste ich mir sagen, dass es auch damals schon Anzeichen für die Erkrankung meiner Mutter gegeben hatte. Immer wieder kleine Hinweise, aber nichts, was bei mir die Alarmglocken ausgelöst hätte und jene beiden Worte laut und deutlich hätte losschrillen lassen: *Alzheimer. Demenz.* Sie hatte ein bisschen geistesabwesend gewirkt, ein wenig zerstreuter als sonst. Sie wiederholte sich und vergaß alles Mögliche, was ich ihr erzählte. Geistesabwesend und ein wenig gereizt war sie mir erschienen. Ich hatte mir gesagt, dass der anstrengende Hausbau seinen Tribut forderte. Schließlich war meine Mutter über siebzig.

Bei dem Besuch vor zwei Jahren bekam ich mit, dass sie mit ihrem Auto einen Unfall gehabt und beschlossen hatte, sich kein neues zu kaufen. Als ich sie fragte, was passiert war, antwortete sie, sie sei am Steuer eingenickt. Das Auto sei im Straßengraben gelandet. Zum Glück sei sie mit dem Schrecken und ein paar blauen Flecken davongekommen. Es sei in der Nähe von Lancaster, New Hampshire, passiert.

«Aber was hattest du denn mitten in der Nacht in Lancaster zu tun?», fragte ich. Sie tat die Frage mit einem Achselzucken ab. Hinterher erfuhr ich von Raven, dass sie sich hin und wieder verfahren und dann jedes Mal gründlich verirrt hatte. Normalerweise war ihr dann irgendwann das Benzin ausgegangen, und sie hatte Gabriel oder Raven angerufen, damit jemand sie abholte. Sie hatte die Telefonnummern der beiden an die Sonnenblende ihres Pontiac geklebt. Meine Mutter kannte diese Nummern seit Jahrzehnten auswendig. Dass sie sie nun an die Sonnenblende kleben musste, hätte mir zu denken geben sollen. Aber ich sah darüber weg. Sie war so stark und gesund, dass sie ein Haus bauen konnte. Geistig aber verfiel sie, und sie muss gespürt haben, wie ihr eine Erinnerung nach der anderen entglitt, was vielleicht mit etwas so Simplem wie diesen Telefonnummern anfing.

Als ich hinter Raven durch die Haustür ins Wohnzimmer trat, sah ich, dass das Haus innen genau so aussah, wie ich es in Erinnerung hatte: dieselbe prall gepolsterte pflaumenblaue Couch, der hölzerne Schaukelstuhl und der Flickenteppich. Links neben der Tür stand eine Bank, damit man sich beim Schuhausziehen setzen konnte, und an der Wand war eine Reihe Garderobenhaken befestigt. Daran hingen ein gelber Regenmantel, ein Daunenparka und eine orangerote Warnweste für Spaziergänge im Wald während der Jagdsaison. Kein Zweifel – ich befand mich wieder in Vermont.

Als ich vom Wohnzimmer aus nach links in die Küche trat, erblickte ich den weiß emaillierten Herd mit Holzfeuerung und den runden Holztisch, der meine Mutter seit ihren Tipi-Tagen begleitete. Die Schlafzimmertür auf der gegenüberliegenden Seite war geschlossen. Die Tür zu ihrem Malzimmer daneben stand hingegen offen, und ich erhaschte einen Blick auf bunt bemalte Leinwände, auf ein schmales Gästebett und eine Kleiderkommode an der hinteren Wand. Das Haus roch nach Holzfeuer, Ölfarben und der Lavendellotion, die meine Mutter verwendete. Vertraute Düfte, die ich unwillkürlich als tröstlich empfand.

Neu waren allerdings die Zettel, die überall klebten – Hinweise, mit kräftigem Filzstift auf weißes Papier geschrieben. Auf der Innenseite der Haustür: *Heute Nachmittag kommt deine Tochter Kate.* Darunter hatte jemand einen Schnappschuss geklebt, der von meinem letzten Besuch stammte. Auf diesem Foto starrte ich mit gesenkten Lidern und mürrischem Blick geradeaus – ein richtiges Verbrecherbild für ein Fahndungsplakat. Ich sah die passende Bildunterschrift geradezu vor mir: *Hat hilflose Schutzbefohlene ausgesetzt. Belohnung!*

Am Herd klebten mehrere Warnhinweise in roter Farbe: STOP! NICHT ANZÜNDEN!

Auf allen Schränken stand, was darin zu finden war: *Geschirr, Gläser, Frühstücksflocken.* Neben dem Telefon an der Wand hing ein Zettel mit Namen und Telefonnummern. Außerdem ein Zettel mit der Mahnung: *Nicht 911 wählen, nur im Notfall!* (Später erfuhr ich von Rachel, dass meine

Mutter mehrmals täglich den Notruf gewählt hatte, um zu fragen, in welchem Haus sie sich befand, oder weil sie wissen wollte, ob es irgendwo noch einen Joghurt gab.)

Bei meinem letzten Besuch war Magpie noch ein Kätzchen gewesen, ein Geschenk von Raven und Opal. Jetzt kam sie aus dem Malzimmer meiner Mutter und strich ihr um die Beine, liegende Achten, Endlosschleifen, ein kleines, geschmeidiges schwarz-weißes Ding. Meine Mutter nahm die Katze auf den Arm, sagte ihr etwas Nettes und trug sie zum Gaskühlschrank.

«Was gibt's zu Mittag?»

«Du hast schon zu Mittag gegessen, Jean», antwortete Raven.

«Was denn?»

«Käseauflauf.»

«Und was gibt's zu Abend?»

«Du hast gerade zu Abend gegessen. Gabriel hat dir einen Eintopf gebracht.»

«Ich hab Hunger», jammerte meine Mutter, quengelig wie ein Kind. Sie ließ Magpie ohne viel Federlesens auf den Kiefernholzboden fallen. «Was gibt's zu Mittag?»

Raven ignorierte sie. Sie öffnete die Thunfischdose und beförderte den Inhalt in Magpies Futternapf, den sie auf die Küchentheke gestellt hatte. Die Katze tigerte um sie herum und maunzte immer wieder mit anklagender Stimme: «Miaau?» Meine Mutter beugte sich hastig hinunter und steckte den Kopf in den Katzennapf. Sie schnappte sich einen ordentlichen Brocken Futter, bevor Raven ihr den Napf wegriss.

«Ich mach dir ein Sandwich, Jean. Und jetzt setz dich.» In Ravens Stimme lag eine Schärfe, die ich nicht erwartet hatte. Ein Hauch von Feindseligkeit. Sie umklammerte die Thekenkante und atmete tief durch.

Meine Mutter wandte sich mir zu. «Die lassen mich hungern», sagte sie anklagend. Ich starrte sie einfach nur an. Das Katzenfutter war um ihren Mund verschmiert.

«Ich kenne dich», erklärte sie lächelnd.

Ich hatte plötzlich Magenschmerzen. Ich widerstand dem Drang, die Beine in die Hand zu nehmen und aus der Hütte zu stürmen, in den Leihwagen zu springen und den nächsten Flug zurück nach Seattle zu nehmen. Seit vielen Jahren hatte ich kein enges Verhältnis mehr zu meiner Mutter, aber ich kannte sie als eine kluge, einfallsreiche, würdevolle Frau. Die Person, die den Platz meiner Mutter eingenommen hatte, besaß eindeutig keine dieser Eigenschaften. Meine Mutter, so schien es mir, war vollständig verschwunden, ohne dass ich ihren Abschied überhaupt mitbekommen hatte. Und dann ging mir plötzlich auf, dass sie mit mir das Gleiche anstellte, was ich mit ihr gemacht hatte. Touché.

***

Später, nach dem Sandwich, brachten Raven und ich meine Mutter zu Bett und setzten uns dann zusammen auf die Wohnzimmercouch. Ich hätte einen ordentlichen Schluck vertragen können, wusste aber, dass meine Mutter keinen Alkohol im Haus hatte. Sie hatte alkoholische Drinks immer missbilligt: *«Katydid, ich werde niemals verstehen, warum um alles in der Welt man sich den Verstand, den Gott einem gegeben hat, mit diesem Zeugs vernebeln sollte.»*

Raven zog ein Streichholzmäppchen aus ihrer Brieftasche und entzündete die Öllampe im Wohnzimmer. Genau wie früher im Tipi kam das Licht von Kerzen und Öllampen, und Wärme spendete der Holzofen. Was meine Mutter an Wasser brauchte, zog sie wie eh und je mit Krügen und Eimern aus dem Brunnen bei der großen Scheune. Wenn sie ein Bad brauchte, war in der Scheune auch eine große Badewanne. Es war eine den eigenen Kräften vertrauende Lebensweise, für die meine Mutter sich entschieden hatte, als sie ihren eigenen Kräften noch hatte vertrauen können. Es war ein Leben, an das ich mich selbst nach all den Jahren nur zu gut erinnerte. Mit Sicherheit war das der Grund für meine Technikbegeisterung im Haushalt – meine Wohnung in Seattle war mit allem technischen Schnickschnack ausgerüstet: Mixer, Küchenmaschine, Mikrowelle, elektrische Kaffeemühle, Espresso-Maschine, elektrischer Dosenöffner, Slow Cooker, elektrische Zahnbürste und ein ausgeklügeltes Halogenlampensystem, das jeden Winkel sorgfältig ausleuchtete.

Raven wühlte wieder in ihrer ledernen Schultertasche. Wie ein Magier, der seinen nächsten Zaubertrick vorbereitet, reichte sie mir einen großen Schlüsselbund. Sie zeigte mir, wie meine Mutter nachts mit einem Vorhängeschloss in ihrem Schlafzimmer eingeschlossen wurde.

«Grundgütiger», entfuhr es mir. «Was soll das denn, wird sie polizeilich gesucht?»

Raven erwiderte, meine verwirrte Mutter würde sich auf Wanderschaft begeben und sich verirren, wenn man sie nicht einsperrte. Nachts sei es am schlimmsten. Tagsüber sei meine Mutter klarer im Kopf. Raven prophezeite mir, dass ich am nächsten Morgen eine Veränderung bemerken würde.

Der nächste Schlüssel gehörte zu einer verschließbaren

Kassette, die auf dem Kühlschrank stand. Darin lag das Arsenal von Medikamenten, die Dr. Crawford meiner Mutter in den letzten Monaten verschrieben hatte: Lorazepam, Haloperidol, Ambien und eine Tube mit Brandsalbe. Raven erklärte, sie gäben ihr die Tabletten nicht gerne, weil sie meine Mutter nur ruhigzustellen schienen. Ich bemühte mich, nicht die Augen zu verdrehen – was sollten die Medikamente denn ihrer Meinung nach sonst bewirken? Inneren Frieden? Raven erklärte, bis jetzt hätten sie die Tabletten nur bei wirklich schlimmen Anfällen verabreicht, aber nach dem Brand hätten sie die Dosis erhöhen müssen. Davor hätten die von Gabriel hergestellten Pflanzenaufgüsse und Extrakte ausgereicht. Sie rührten ihr zweimal täglich ein Gedächtnis förderndes Ginkgo-Pulver in den Tee. Und nachts gaben sie ihr Baldrianwurzelextrakt zum Einschlafen. Ich konnte den bitteren Geschmack geradezu auf der Zunge spüren und beschloss für mich, meine Mutter nicht dieser botanischen Folter auszusetzen.

«Vorläufig halten wir uns genau an die von Dr. Crawford verschriebene hohe Dosis. Besser, sie ist benommen, als dass sie sich noch einmal Schaden zufügt», meinte Raven, und ich nickte zustimmend und nahm mir vor, baldmöglichst einen Gerontologen zu konsultieren. Nicht, dass ich dem hiesigen Arzt nicht vertraute, aber meine Mutter nahm einige hochwirksame Psychopharmaka, und ich zweifelte daran, dass sie medikamentös wirklich optimal eingestellt war.

Ein weiterer Schlüssel war für das Vorhängeschloss einer Küchenschublade bestimmt, in der Messer, Scheren, eine Nagelfeile, Nagelzange und Streichhölzer lagen.

«Gib ihr nie, nie, niemals Streichhölzer in die Hand», ermahnte mich Raven, als wären die verbundenen Hände meiner Mutter nicht Warnung genug.

«Natürlich», antwortete ich und stellte mir wieder meine vor Wut schäumende und Funken sprühende Mutter vor. Dann schob ich das albtraumhafte Bild beiseite.

Raven erklärte mir die tägliche Routine: meine Mutter aus dem Bett holen, waschen und anziehen, ihren Nachttopf leeren, ihre Verbände wechseln, Frühstück, ein Spaziergang, Mittagessen, ein Nickerchen, dafür sorgen, dass sie alle Tabletten nimmt. Ich muss wohl ein wenig erschlagen dreingeschaut haben.

«Ich weiß, dass es viel ist. Und dass es ein übler Schock für dich sein muss, sie so zu sehen. Aber ich kann dir gar nicht sagen, wie froh ich bin, dass du hier bist. Und Gabriel auch. Wir haben es einfach nicht mehr geschafft. Nicht so. Nicht jetzt, wo der Winter vor der Tür steht. Sie kann nicht allein bleiben. Nicht hier.» Sie blickte sich in der Hütte um und zeigte hilflos auf den Holzofen und auf die Öllampen, die außer Reichweite an der Decke hingen. «Lass dir ein paar Tage Zeit, dir ein Bild von der Lage zu machen. Gott, was bin ich froh, dass du da bist.» Dann umarmte sie mich – diese Frau, die ich kaum kannte, weil sie erst in der zweiten Klasse gewesen war, als ich endgültig von zu Hause fortging, legte die Arme um mich und drückte mich an sich. Ich war ihr Rettungsanker. Ich war diejenige, die kam und alles wieder in Ordnung brachte, selbst wenn das darauf hinauslief, dass meine Mutter in ein Pflegeheim gesteckt wurde. Ich ließ die Schultern hängen, als sie mich drückte. Na klasse, dachte ich, ein schlapper Rettungsanker.

Sobald Raven gegangen war, nahm ich das Vorhängeschloss von der Schlafzimmertür meiner Mutter. Ich weigerte mich, ihre Gefängniswärterin zu sein – zumindest jetzt noch. Ich klimperte mit dem Schlüsselbund und fühlte mich wie ein Deputy, wie ein Hilfssheriff in einem alten Western: *Keiner hindert dich daran, durch die offene Prärie zu streifen, Kumpel. Aber lass dich nach Sonnenuntergang nicht mehr hier in der Stadt erwischen.*

Ich lugte ins Zimmer meiner Mutter und sah, dass sie in ihrem Messingbett lag und tief und fest schlief. Auf dem Nachttisch neben ihr tickte laut ein mechanischer Wecker. Seine Zeiger leuchteten. Erst acht Uhr. Daheim in Seattle war es sogar erst fünf. Bald würde Jamie von der Arbeit heimkommen. Tina oder Anne, oder wie auch immer seine derzeit neueste Flamme hieß, war vielleicht gerade bei ihm zu Hause und hatte das Essen schon im Ofen stehen und den Weißwein im Kühlschrank. Ich fragte mich, wie er es anstellte, dass er bei seinen vielen Freundinnen nicht den Überblick verlor. Sie wechselten im Monats- und manchmal sogar im Wochentakt. Er musste sie wohl in seinen Kalender eintragen und sich Notizen machen. Mit einem bitteren Lächeln dachte ich an seinen Tick mit den Karteikarten. Er hatte immer Stapel davon im Büro, im Handschuhfach seines Autos oder auf dem Nachttisch liegen. Er stopfte seine Hosen- und Hemdentaschen damit voll und benutzte sie als Merkzettel. Aber kaum hatte er etwas darauf notiert, verlegte er sie, steckte sie in die falsche Tasche oder als Lesezeichen in eine Zeitschrift, und schon war die Gedächtnisstütze, die Wäsche von der Reinigung abzuholen oder sich ein Buch anzusehen, von dem er im Radio gehört hatte, für immer verloren. Vielleicht verwendete er die Karten ja jetzt für eine Freundinnenkartei: *Sasha – Rotschopf, Narbe von Blinddarmoperation. Mag Martinis. Mag keine Hunde.* In mich hineinkichernd, stellte ich mir vor, dass so eine Karte eines Tages aus seiner Jacketttasche flattern könnte, wenn gerade irgendeine andere Freundin die Jacke zur Reinigung brachte.

Ich trug die Lampe in das Zimmer, das meiner Mutter als Atelier gedient hatte und in dem ein schmales Gästebett stand, an die Wand gerückt und mit einem Berg Decken darauf. Ich zog meinen schwarzen Rollkoffer herein, Magpie folgte mir auf den Fersen. Die Katze sah mir mit schief gelegtem Kopf zu, wie ich Strümpfe, Unterwäsche und T-Shirts auspackte und in die verschrammte Holzkommode legte, die zweifellos irgendein Bewohner von New Hope, der längst weitergezogen war, irgendwann zurückgelassen hatte. Im Kulturbeutel stieß ich zwischen dem Teebaumöl-Shampoo und dem Avocado-Körperpeeling auf mein Schweizer Messer – ich hatte es im letzten Moment dort hineingesteckt, als mir einfiel, dass ich es im Flugzeug nicht im Handgepäck mitnehmen durfte. Ich benutzte es eigentlich nur als Korkenzieher und zum Käseschneiden bei improvisierten Picknicks, aber ich bin eine Frau, die gerne auf alle Eventualitäten vorbereitet ist. Einen Moment lang erwog ich, es in der Messerschublade in der Küche einzuschließen, steckte es aber schließlich an seinen üblichen Platz in meiner Handtasche – die hatte ich ja mehr oder weniger immer bei mir.

Plötzlich war ich erschöpft. Nicht vom Auspacken, aber der ganze Nachmittag hatte mich mitgenommen. Wieder daheim zu sein. Mehr als alles andere machten mir die Schuldgefühle zu schaffen, weil ich jetzt sah, wie sehr meine Mutter sich verändert hatte und dass sie mir langsam entglitten war. Ich hatte zu lange in meinem wohlgeordneten Alltag in Seattle verharrt – diesem Leben mit all dem elektrischen Schnickschnack und den Halogenleuchten –, ohne etwas zu bemerken, weil ich immer angenommen hatte, dass Raven bei ihren Anrufen übertrieb und dass in Wirklichkeit alles gar nicht so schlimm war.

Ich stellte die Öllampe auf den Nachttisch und legte mich aufs Gästebett, um mich ein paar Minuten auszuruhen. Magpie legte sich zu mir, schnurrend wie ein Rasenmäher. Meine Gedanken waren in Aufruhr, und nach meiner inneren Uhr war es jetzt allenfalls Abendbrotzeit, aber noch keinesfalls Zeit zum Schlafen – dass mir eine unruhige Nacht bevorstand, war leicht abzusehen, und am nächsten Tag würde ich mich dann wie gerädert fühlen und mit verquollenen Augen herumlaufen. Ich hätte einen Drink vertragen können; am liebsten etwas Warmes mit Gewürz-Rum. Dann fiel mir die abgeschlossene Medikamentenschatulle in der Küche ein. Ich bin nun wirklich niemand, der leichtfertig Tabletten einschmeißt, aber eine kleine Ambien hat noch niemanden umgebracht. Sicherheitshalber nahm ich zwei.

Während ich darauf wartete, dass die Wirkung einsetzte, betrachtete ich die Gemälde meiner Mutter, die im Schein der Lampe in der Dunkelheit schimmerten. Es waren zum größten Teil Stillleben. Das Bild auf der Staffelei war halb fertig: eine Obstschale in düsteren Grautönen. Es war eine Untermalung, daher fehlte ihm die Farbe. Das Bild war nur der Schatten dessen, was es werden sollte.

Drittes Kapitel
1971, Ende April

Damals, in der fünften Klasse, hatten wir einen Busfahrer namens Ron MacKenzie. Er war ein Bulldozer von Mann, stiernackig und mit wachsam glänzenden Augen. Er trug immer eine schwarze Wollmütze und mahlte, während er am Steuer saß, mit den Kiefern, als kaute er auf seiner eigenen Zunge herum. Er machte den Eindruck, als hätte er sein Leben lang den Schulbus gefahren, doch tatsächlich hatte er früher für die NASA gearbeitet. Das erzählte er gerne den Kindern, und er hatte überhaupt nichts dagegen, dass diese ihn für einen ehemaligen Astronauten hielten. Nur wenn man energisch nachhakte, gab er zu, dass er Lastwagen und Gabelstapler gefahren hatte und nicht Mondraketen. Er hatte Raketenteile befördert. Ron Mackenzie hatte Metallteile berührt, die später in den Weltraum geschossen wurden. Als die Mutter seiner Frau krank wurde, zog er von Cape Canaveral wieder in seine alte Heimat in Vermont zurück und arbeitete dort als Busfahrer für die städtische Transportgesellschaft.

An guten Tagen nannte Ron uns Kinder seine kleinen Vögelchen. Wenn er aber verärgert war, wenn eines von uns ihn irgendwie enttäuscht hatte, waren wir Monkeys – Affen –, und seinem Tonfall konnte man mühelos entnehmen, dass Affen in seinen Augen eine erbärmlich primitive Lebensform waren.

«Jetzt reicht's mir allmählich mit euch Monkeys!», sagte er mit zusammengebissenen Zähnen, wenn der Lärm im Bus unerträglich wurde oder Kinder während der Fahrt die Plätze tauschten.

Del und ich stiegen jeden Morgen bei Griswolds Briefkasten am Fuß des Hügels in Rons Bus. Drei von Dels Brüdern fuhren mit dem früheren Bus zur Brook School, wo die Sechst- bis Zwölftklässler hingingen. Nicky, der Krähenmörder, war vierzehn. Die Zwillinge Stevie und Joe waren siebzehn und besuchten die Oberstufe der High School. Mort war neunzehn. Er hatte keinen Schulabschluss, wohnte noch immer zu Hause und half auf der Farm. Dels andere Brüder Roger, Myron und Earl hatten jeder eine eigene Wohnung in oder in der Nähe von Canaan. Earl, der Älteste, war verheiratet und hatte zwei Kinder, die kaum jünger waren als Del.

Stevie und Joe blieben für sich und interessierten sich nicht für Del. Wenn sie nicht auf der Farm halfen, frisierten sie ihren Pontiac GTO, mit dem sie zu Vermonts Thunder-Road-Rennen antreten wollten. Sie hatten Freundinnen – picklige, fette Mädchen, die mit Begeisterung in dem roten GTO mitfuhren und sich darin demonstrativ das Haar aufsteckten und Zigarettenrauch aus der Nase stießen, während ölige Schraubenschlüssel und Autoteile zu ihren Füßen klapperten. Die Zwillinge rasten mit Vollgas durch die Stadt, jagten den Motor hoch und hielten an jeder Kreuzung mit quietschenden Reifen. So sah ich die vier manchmal und manchmal auch bei Del zu Hause im Vorgarten – wo die hässlichen Mädels rauchend auf dem braunen Rasen lagen, während Stevie und Joe unter der Motorhaube herumhämmerten.

***

Del fuhr morgens mit Rons Bus in die Schule, aber nachmittags nahm sie unmittelbar nach dem Schul-Lunch den Kindergartenbus nach Hause, zusammen mit den drei anderen Schülern des Sonderschulzweigs. Vermutlich war man der Meinung, mehr als einen halben Tag könne man diesen Kindern nicht zumuten.

Die anderen drei Kinder der Sonderschulklasse waren Jungen. Tony LaPearl war mongoloid. Artie Paris war genau wie Del zwölf Jahre alt – sie waren beide zweimal sitzen geblieben. Er war ein großer, schwerfälliger Junge, dem schon ein Bartflaum wuchs. Mike Shane war ebenfalls zwölf und der größte und magerste Junge unserer Schule. Er konnte nicht sprechen. Keiner wusste so recht, warum, aber es gab massenhaft Gerüchte. Das glaubhafteste davon war, dass seine Stimmbänder von irgendeiner Krankheit im frühen Kindesalter in Mitleidenschaft gezogen worden waren. Mike trug immer einen Notizblock um den Hals gebunden und teilte sich schriftlich mit.

Als wir am Morgen nach unserer ersten richtigen Begegnung auf den Bus warteten, fiel mir auf, dass Del dieselbe schmutzige Cowgirl-Bluse trug wie am Vortag. Außerdem hatte sie eine saubere Schlaghose aus beigefarbenem Kord an, die ihr zu weit war und von einem breiten braunen Ledergürtel gehalten wurde. Die Hose sah so aus, als hätte sie sie von einem ihrer Brüder geerbt. An ihrer Bluse steckte ein silbrig glänzender Sheriffstern aus Metall.

Keine von uns beiden sagte etwas. Ich wartete ab und beobachtete sie, überließ es ihr, die Regeln aufzustellen.

Wir scharrten mit den Füßen im Dreck und blickten auf die Muster hinunter, die dabei entstanden. Ich dachte an die Krähe und an den Buchstaben M auf Dels Brust, der jetzt nicht nur von der Bluse, sondern außerdem noch von dem Sheriffstern bedeckt war. Unmittelbar bevor der Bus kam, blickte ich auf und sah, dass Del mich anlächelte, und da wusste ich, dass ich mir unsere Begegnung nicht nur eingebildet hatte. Außerdem wurde mir beim Aufblitzen des Zahns mit der fehlenden Ecke klar, dass ich nach der Schule wieder zu der toten Krähe zurückkehren würde, um zu sehen, was als Nächstes kam.

Als der Bus hielt, stieg ich vor Del ein, genau wie sonst immer, und nahm den ersten Platz, der vorne frei war. Schon dachte ich, sie würde den leeren Platz neben mir wählen, und hoffte mit schlechtem Gewissen auf das Gegenteil. Ich stieß ein Stoßgebet aus, und als sie dann an mir vorbei nach hinten durchging, dankte ich Gott.

«Ich rieche faule Kartoffeln», flüsterte ein Junge dem anderen zu, als sie an ihnen vorbeikam.

«Kartoffeltrine, du stinkst wie alte Margarine», sang der andere Junge.

Ron MacKenzie, der es sonst mit dem Benehmen im Bus immer sehr genau nahm, hinderte die Kinder nie daran, Del zu hänseln. Er packte dann nur das Lenkrad fester und mahlte besonders heftig mit den Kiefern, als wäre es ihm peinlich oder so.

«Hey, Del, wie schreibt man Kartoffeln?», fragte der erste Junge, mit einem Blick auf das falsch geschriebene Verkaufsschild im Vorgarten.

«Deppen können nicht schreiben. Die können nur stinken», sagte der andere.

Del sah daraufhin einfach aus dem Fenster, mit einem breiten Lächeln, als wäre der Witz eigentlich auf die beiden selbst gemünzt.

***

An diesem Tag sah ich Del nur zweimal in der Schule, und zwar zu denselben Gelegenheiten wie immer: in der Vormittagspause und in der Mittagspause. In der Vormittagspause hing ich gerade am Klettergerüst, als ich Del zum Ahornbaum am Rand des Schulhofs gehen sah. Sie war allein wie immer. Sie sagte laut etwas zu sich selbst, etwas Komisches wohl, denn sie lachte. Ich beobachtete neugierig, wie sie einen Zweig von einem der unteren Äste abbrach und so tat, als rauchte sie eine Zigarette. Artie, der große, kräftige Junge aus der Sonderschulklasse, trat mit zwei von seinen Freunden aus der fünften Klasse zu ihr.

«Was haste denn da, Del?», fragte Artie. «Spinner-Tabak?»

Del rauchte einfach weiter und tat so, als hörte sie ihn nicht. Sie legte den Kopf in den Nacken und blickte zu den Zweigen mit den zartgrünen, jungen Blatttrieben auf. Ich kletterte ganz nach oben auf das Klettergerüst, um sie besser sehen zu können. Unter mir spielten zwei Mädchen – Samantha Lancaster und Ellie Bushey. Sie kicherten und flüsterten miteinander, als ich sie anlächelte. Sie waren beste Freundinnen, hatten die gleiche Flechtfrisur und trugen Windjacken im Partnerlook. Sie waren sehr beliebt und hatten diese typische Ausstrahlung von Normalität und Selbstbewusstein. Wenn wir Mannschaften bilden mussten, wurden sie immer als Erste gewählt, und am Valentinstag bekamen sie ganze Schuhkartons voller

Valentinskarten. Ich konzentrierte mich wieder auf die Szene mit Del und tat mein Bestes, Ellie und Samantha zu übersehen.

Drüben beim Ahorn redete Artie noch immer mit Del. Er wiegte sich ein wenig vor und zurück, als brauchte er zusätzlichen Schwung, um die Worte herauszubekommen.

«Hat die Katz' deine Zunge gefressen, he? Biste jetzt stumm wie Mike? Der stumme Mike und die Kartoffeltrine. Was für ein Paar. Ich hab geseh'n, dass ihr im Unterricht Zettelchen tauscht. Bestimmt verliebtes Zeugs. Ihr könnt ja heiraten, ihr beiden. Dann kriegt ihr kleine, dreckige stumme Bälger. Füttert sie mit rohen Kartoffeln. Oder bei was hast du dir den Zahn abgebrochen, Del?»

Del erwiderte nichts, sog nur heftig an ihrem Stängel und blies unsichtbare Rauchringe in den Himmel, wobei sie noch immer zu den Ästen hinaufschaute. Als sie sich so zurücklehnte, fing ihr Sheriffstern das Sonnenlicht ein und funkelte fast wie ein echter Stern. Mir fiel ein, was Lazy Elk mir über Talismane erzählt hatte, und ich überlegte, ob dieser Silberstern vielleicht Dels Talisman war.

«Wo ist eigentlich der stumme Mike?», rätselte Artie laut. Er hielt die Hand wie ein Fernrohr vors Auge und suchte den Schulhof ab, wie ein General auf seinem Feldherrnhügel. Dann erblickte er Mike.

«Hol ihn her, Tommy», befahl Artie, und schon marschierte Tommy Ducette, der Dickste in der fünften Klasse, los, um den armen Mike herzuschleppen. Als Tommy mit dem widerstrebenden Jungen zum Ahorn zurückkehrte, hatte sich ein Kreis neugieriger Kinder gebildet, darunter auch die beiden Mädchen vom Klettergerüst. Ich stieg hinunter und stellte mich zu den anderen, um besser sehen zu können. Samantha flüsterte Ellie etwas zu, die sich ganz leicht errötend nach mir umdrehte.

«Da ist ja der Stumme!», sagte Artie grinsend. «Schau mal, Del, dein Schatz ist da.» Und da stand Mike Shane, dürr wie eine Zaunlatte, aber einen Kopf größer als die anderen Jungs. Seine Handgelenke und Fußknöchel traten knochig hervor. Der Spiralnotizblock hing an einer roten Schnur um seinen Hals. Mike hielt den Kopf gesenkt und betrachtete die abgestoßenen Schuhspitzen seiner Keds.

Ich hatte Mike Shane schon vorher im Auge gehabt. Er war wie Del und ich meistens allein. Ich hatte ihn in der Pause mit Tony LaPearl, dem Mongoloiden, Schach spielen sehen, und wenn ich mich nicht täuschte, ließ Mike Tony jedes Mal gewinnen. Mir war außerdem, genau wie Artie, aufgefallen, dass er Del gelegentlich Zettelchen zuschob, und hin und wieder beugte sie sich zu ihm hinüber und flüsterte ihm etwas ins Ohr, worauf er lächelte und verlegen wegsah.

«Also, ihr beide werdet jetzt getraut», verkündete Artie. «Stellt euch nebeneinander.» Tommy versetzte Mike einen Stoß und schubste die zitternde Bohnenstange zu Del, die einfach weiter an ihrer Spielzigarette zog wie ein berühmter Filmstar.

«Nimmst du, die Kartoffeltrine Del, den stummen Mike zum Mann, in Freud und Leid, in guten wie in schlechten Tagen, bis dass der Tod euch scheidet?»

Del blies ihm Rauch ins Gesicht.

«Das war ein Ja. Ja, klar nimmst du ihn. Und jetzt zu dir, Mike, nimmst du diese rauchende Kartoffeltrine zur stinkenden Frau? Ein Nicken reicht, Shane. Du brauchst es nicht auf deinen bescheuerten Block zu kritzeln.»

Mike Shane nickte, den Blick noch immer auf den Boden geheftet, zitternd vor Angst.

«Hiermit erkläre ich euch zu Mann und Frau. Und jetzt musst du die Braut küssen», befahl Artie.

Bei diesem Befehl blickte Mike auf, die braunen Augen aufgerissen, wahrhaft entsetzt. Del lächelte einfach nur. Mike versuchte wegzulaufen, aber Artie und Tommy hielten ihn fest und zerrten ihn zu Del zurück. Er stieß jaulende Laute aus, wie ein Tier, das versucht zu sprechen. Sabber rann ihm übers Kinn. Die beiden größeren Jungen schubsten ihn gegen Del, die einfach nur ruhig dastand. Sie warf den Zweig weg, den sie geraucht hatte, trat ihn mit dem Fuß aus, reckte sich und küsste Mike Shane auf die Lippen. Es war ein langer, seifenopernwürdiger Kuss, und als Del zurücktrat, war Mikes Gesicht nicht mehr bleich, sondern brennend rot. Die um die beiden versammelten Kinder lachten und kreischten *igitt*.

«Iiih! Kartoffeltrinenbazillen», sagte Ellie.

«Schlimmer als Kopfläuse», fügte Samantha hinzu.

«Armer Mike», sagte ein Junge.

«Sie sind einander würdig», höhnte ein anderer zurück.

Dann wurde die Versammlung von Miss Johnstone aufgelöst, die wissen wollte, was los war.

«Wir spielen Cowboy», antwortete Del. «Ich bin der Sheriff», fügte sie hinzu und deutete lächelnd auf ihren schimmernden Stern.

***

«Warum hast du das heute zugelassen?», fragte ich später, als ich Del bei der toten Krähe traf.

«Was?»

«Wie sie dich und Mike gehänselt haben. Warum hast du ihn geküsst? Das war doch nicht nötig.»

«Was hätte ich denn tun sollen?», gab sie schnaubend zurück.

«Miss Johnstone holen. Laut brüllen. Irgendwas halt.»

«Ja, klar», erwiderte sie.

«Du hättest es immerhin versuchen können.»

«So schlimm war es gar nicht.»

«Wie war es denn?»

«Wie war was?»

«Mike Shane zu küssen?»

«Wie es halt so ist, wenn man einen Jungen küsst.»

«Hast du denn schon viele Jungs geküsst?»

Sie zuckte die Schultern und schob die Ärmel ihrer Bluse hoch. Ihr linker Unterarm war voller violett angelaufener blauer Flecken, die am Vortag mit Sicherheit noch nicht da gewesen waren.

«Genug.»

Damit stürmte Del los zur Ponyweide, zielte dabei mit beiden Zeigefingern wie mit zwei Pistolenläufen und schoss auf alles, was ihr in den Weg kam.

«Ich bin Wyatt Earp!», brüllte sie. «Ich schnapp mir den üblen Burschen. Los, Deputy. Mir nach!»

Also jagte ich hinter Del durch den Garten, am Zaun der Pferdeweide vorbei, und wir schossen beide mit unseren Fingerspitzenrevolvern, wobei sie die ganze Zeit *Mir nach! Fang mich doch!* schrie. Ich jagte am Schweinepferch vorbei hinter ihr her, wobei ich auf Abstand vom Zaun achtete und auch nicht langsamer lief, um einen Blick auf die Zähne der Säue zu erhaschen. Wir rannten zum Kartoffelkeller, wo, wie Del verkündete, gerade eine Bank ausgeraubt wurde. Wir zogen unsere Revolver und rissen die Holztür auf, um die Räuber vielleicht noch auf frischer Tat zu ertappen.

«Schieß sie tot!», schrie Sheriff Del.

«Wen soll sie totschießen?», fragte eine raue Stimme hinter uns.

Wir drehten uns um und sahen Dels Bruder Nicky. Er hatte ein richtiges Gewehr in der Hand, ein Luftgewehr, wahrscheinlich dasselbe, mit dem er den unglückseligen Vogel geschossen hatte, der nun im Feld hing.

Plötzlich war Del nicht mehr Wyatt Earp.

«Nimm uns mit zum Schießen, Nicky», bettelte sie und packte dabei eine ganze Handvoll Stoff von seinem T-Shirt, den sie in der Hand zerknüllte.

«Kommt nicht in Frage, Del.» Das sagte der Junge zu seiner Schwester, doch dabei betrachtete er mich mit einem fuchsschlauen Lächeln. Er war groß und braun gebrannt. Seine langen Arme hingen herab und wirkten im Kontrast zu dem weißen T-Shirt unglaublich dunkel. Er trug eine fleckige Bluejeans und dieselben riesigen, abgetragenen Arbeitsstiefel wie beim letzten Mal. Sein Gesicht sah aus, als wäre es aus einem dunklen, exotischen Holz geschnitzt.

«Nimm uns mit, oder ich verrate Daddy etwas, du weißt schon was», drohte Del, die noch immer an seinem T-Shirt zerrte.

«Quatsch. Dann sag ich Daddy, dass du eine Freundin hast, die hierherkommt.»

«Nimm uns mit, oder ich sag es ihm, Nicky. Das schwör ich dir.»

«Kommt nicht in Frage.» Nicky riss sich von ihr los und rannte in Richtung Wald davon.

«Die Bankräuber fliehen!», schrie Del. «Haltet ihn! Ich glaub, das ist Billy the Kid!»

Wir rannten hinter Nicky her und jagten ihn durch den Garten, über das Erbsenfeld und durch den Wald. Er rannte jetzt den Pfad entlang, auf dem ich immer nach Hause ging. Es sah so aus, als würde er uns direkt nach New Hope führen, aber dann bog er nach links in einen überwucherten Pfad ein, der mir noch nie aufgefallen war. Der Pfad führte eine Weile durch dichtes, urwaldähnliches Gestrüpp, bevor er in eine Lichtung mündete. In der Mitte dieser grasbewachsenen Fläche stand eine winzige, windschiefe Hütte, die aussah wie in einem Märchen. Ein Hexenhäuschen oder ein Versammlungsplatz für Trolle.

Vornübergebeugt, die Hände auf die Knie gestützt, schnappte Nicky nach Luft. Das Gewehr hatte er neben sich ins Gras geworfen.

«Gib auf, Billy», schrie Del, als sie, mit den Fingern einen Revolver andeutend, auf die Lichtung stürmte. Das Haar klebte ihr an der Stirn, und ihr Atem ging pfeifend.

Nicky nahm die Pranken hoch und lächelte. Sein T-Shirt klebte schweißnass an der schmalen Brust.

«Was ist das hier?», fragte ich, als ich zu Atem gekommen war.

«Früher war das eine Jagdhütte», erklärte Nicky. «Daddy hat sie verfallen lassen. Gebaut hat sie unser Großvater.»

Es war eine ganz kleine Hütte, ungefähr vier mal fünf Meter breit, eher ein Spielhäuschen als ein richtiges Haus, das zum Übernachten gedacht ist. Das Ganze wirkte gefährlich windschief und sah so aus, als könnte es jeden Moment zusammenkrachen. Die Wände waren aus grob behauenen Brettern gezimmert, an denen immer noch Reste von Baumrinde klebten. Das Dach aus Holzschindeln schien halb verfault und war grünlich-schwarz bemoost.

«Willste mal reinschaun?», fragte Nicky und sah mich an.

«Ist sie nicht zu baufällig?», fragte ich.

«Ach was», antwortete Nicky. Er hob sein Gewehr auf und ging durch die Türöffnung, in der keine Tür mehr war. Ich folgte ihm.

Die Hütte roch nach verfaultem Holz, Schimmel und Mäusedreck. So wie alles riecht, um das sich keiner mehr kümmert. Drinnen standen ein bulliger schmiedeeiserner Ofen, eine blaue Couch mit zerrissenem Polster, ein Couchtisch und vier Feldbetten, an jeder Wand eines. An der hinteren Wand, nahe dem Ofen, führte eine Leiter zum Dachboden hinauf. Nicky klemmte sich das Gewehr unter den Arm und stieg hinauf. Oben angekommen, beugte er sich übers Geländer und grinste zu uns herunter.

«Kommt ihr?», fragte er.

Ich kletterte ihm nach, während Del sich unter lautem Geklapper an dem schmiedeeisernen Ofen zu schaffen machte.

Der Bretterboden des Dachgeschosses wurde zum größten Teil von einer Matratze eingenommen. Daneben sah ich Kerzenstummel, eine verrußte Öllampe, ein Zündholzheftchen, Zigaretten und einen Stapel Porno-Zeitschriften. Auf den Zeitschriften lag ein kleines Messer mit einem Plastikgriff aus Horn-Imitat, das in einer Lederscheide steckte. Nicky setzte sich auf die verlotterte Matratze und zündete sich eine Zigarette an. Er rief zu Del hinunter:

«Lass doch den verdammten Ofen in Ruhe! Hier drinnen sind es doch sowieso fast dreißig Grad.»

Del stieg die Leiter hinauf und sah Nicky verdrossen an.

«Gib mir eine», befahl sie, und Nicky reichte ihr eine Zigarette. Er bot auch mir eine an, aber ich schüttelte den Kopf. Del zündete die Zigarette an und rauchte, als wäre das die normalste Sache der Welt, etwas, das sie andauernd tat. Sie blies sogar Rauchringe in die Luft, und zwar genau so, wie sie es am Vormittag mit ihrer Spielzigarette getan hatte. Sie blies sie mir direkt ins Gesicht, lächelnd.

«Also, sagste mir irgendwann noch deinen Namen, oder muss ich raten?», fragte mich Nicky.

«Sie ist mein Deputy. Sie gehört zu mir, nicht zu dir», mischte Del sich ein.

«Hat dein Deputy auch einen Namen?», fragte Nicky und zog an seiner Zigarette.

Dels Blick wanderte von ihrem Bruder zu mir und wieder zurück.

«Sie heißt Rose. Desert Rose.»

«*Wüstenrose*. So ’n Quatsch. So hieß doch die dämliche Farbe, mit der Daddy unbedingt dein Zimmer anstreichen sollte.»

Dels bleiches Gesicht lief rot an. «WENN ICH SAGE, DASS SIE SO HEISST, DANN HEISST SIE SO!»

Nicky verzog das Gesicht, dann aber lächelte er breit.

«Einverstanden. Freut mich, dich kennenzulernen, Desert Rose.» Er streckte die Hand aus. Seine langen, dunklen Finger schlossen sich sanft um meine. Meine Handfläche klebte von Schweiß. Seine war staubtrocken.

Als sie die Zigaretten in einer Thunfischdose ausgedrückt hatten, gingen wir nach draußen, und Nicky zeigte uns, wie man mit dem Luftgewehr schießt. Wir schossen Bierdosen von Baumstümpfen herunter. Nicky stand hinter mir, die Arme um meine Schultern gelegt, als er mir zeigte, wie man das Gewehr hält und zielt. Ich hatte noch nie mit einem Gewehr geschossen, aber ich traf jede Dose auf Anhieb in der Mitte. Nicky meinte, ich sei ein Naturtalent. Er roch nach Sägespänen, Heu und Zigaretten. Sein warmer Körper berührte meinen. Del wurde ungeduldig, übte Steinwürfe und beförderte die Dosen herunter, bevor wir darauf schießen konnten.

Hinterher gingen wir in die Hütte zurück, und ich rauchte meine erste Zigarette. Ich hustete und schnappte nach Luft, während Nicky und Del mich auslachten, doch dann lernte ich, den Rauch nicht zu inhalieren, sondern ihn nur eine Weile im Mund zu behalten und dann nach draußen entweichen zu lassen. Del versuchte, mir beizubringen, wie man Rauchringe bläst – sie bewegte die perfekt kreisrund geformten Lippen wie ein Fisch, und ich machte es ihr nach, aber aus meinen Ringen wurden nur traurige Klumpen, formlose Wolken. Nicky nahm den kleinen Dolch mit dem Plastikgriff und übte an einer in die Wand genagelten Zielscheibe Messerwerfen. Er traf kein einziges Mal ins Schwarze.

***

Nach einer Weile sagte Nicky, er habe noch auf der Farm zu tun, und ließ uns allein.

«Was ist mit deinem Arm passiert?», fragte ich Del und sah auf die blauen Flecken.

«Nichts», antwortete sie, zog die Ärmel ihrer gelben Bluse darüber und griff nach dem Messer.

«Ich hab eine Idee», sagte Del, warf mit dem Messer nach der Zielscheibe und traf direkt ins Schwarze.

Ich spürte ein leises Prickeln von Gefahr. Diese baufällige Hütte. Die Art, wie die Sprungfedern der Matratze gefährlich hervorstanden, wie die Messerklinge jedes Mal mit einem dumpfen Schlag in die Wand fuhr. Und wie die Rauchringe aus Dels Mund nach oben schwebten, verschwanden und nur einen schalen Geruch zurückließen.

«Gib mir deine Hand», forderte Del mich auf.

Ich gehorchte ihr. Sie hielt meine Hand fest und betrachtete sie aufmerksam, als wäre sie ein sonderbares, verletztes Tierchen. Mit der anderen Hand umschloss sie das Messer.

«Mach die Augen zu», sagte sie.

«Willst du mich schneiden?»

«Vertrau mir», sagte sie. «Komm schon, trau dich, mach die Augen zu», sagte sie herausfordernd, und ich tat es, weil ich nicht als Angsthase dastehen wollte.

Sie schnitt mich rasch und ohne zu zögern. Ich riss die Augen auf und versuchte, ihr meine Hand zu entziehen, doch sie hielt sie fest.

«Au! Scheiße, was soll das?»

Sie ließ meine Hand los. Der Schnitt im Zeigefinger war klein, aber tief. Blut tropfte auf die Matratze.

Ich sah zu, wie Del sich selbst einen ebensolchen Schnitt beibrachte, genauso geschickt und ohne jeden Skrupel. Dann ergriff sie meine Hand und drückte unsere Finger zusammen.

«Jetzt sind wir Blutsschwestern», erklärte sie. «Du hast mein Blut. Ich habe deins. Für immer.»

Mein Finger brannte, wo er den ihren berührte. Del war nun also ein Teil meiner selbst, und ich wusste, welchen Weg auch immer unsere Freundschaft nehmen würde, es gab kein Zurück. Nie wieder. Sosehr ich auch später versuchte, mich von ihr zu lösen: Del und ich waren untrennbar miteinander verbunden.

Viertes Kapitel

8. November 2002

Katydid!»

Die Stimme meiner Mutter riss mich aus einem tiefen, unruhigen Schlafmittelschlaf. Ich hatte einen metallischen Geschmack im Mund. Ich schaute auf den Reisewecker, der auf der Milchflaschenkiste neben meinem Bett stand – es war sieben Uhr morgens, aber mir kam es vor wie mitten in der Nacht. Ich hatte geträumt, Del und ich befänden uns im Kartoffelkeller, wo sie mich tätowierte: Mit der rostigen Nadelspitze des Sheriffsterns ritzte sie mir *Desert Rose* quer über die Brust. Es war noch jemand mit uns da – ein Mann, der uns beobachtete. Er stand in der Ecke, und ich konnte sein Gesicht nicht erkennen. Benommen, wie ich war, hatte ich plötzlich das absurde Gefühl, ich müsste mich einfach nur schnell genug im Bett umdrehen, um ihn zu sehen. Es kam mir so vor, als ob er die ganze Nacht über da gewesen wäre. Aber das war doch nur ein Traum, oder? Warum also hatte ich eine solche Heidenangst davor, mich umzudrehen?

Magpie lag zusammengerollt auf meinem Bauch, die Nase unter dem Schwanz mit der weißen Spitze vergraben, und ich wollte das kuschelige, warme Tier nicht aufscheuchen. Ich zählte bis drei und zwang mich dann, rasch in die hintere Ecke zu blicken. Nichts. Nur Staubflusen, die im Sonnenlicht tanzten.

«Nie wieder Schlaftabletten», gelobte ich mir flüsternd.

Meine Mutter rief mich erneut, und zwar mit dem Spitznamen, den ich seit meinem Auszug von zu Hause nicht mehr von ihr gehört hatte. Ich wälzte mich aus dem Bett und schlurfte barfuß in die Küche, Magpie folgte mir auf den Fersen.

Jede Schranktür und jede Schublade in der Küche meiner Mutter stand offen. Die Kühlschranktür war sperrangelweit geöffnet. Auf der Arbeitsplatte türmten sich Teigschüsseln, Mehl- und Zuckertüten sowie Honig- und Sirupgläser.

Es war, als hätte ein Hurrikan gewütet.

Eine geöffnete Flasche Olivenöl war umgekippt, und der Inhalt rann auf den Boden. Magpie schoss hinüber und leckte die Lache manierlich auf, wobei sie im Kreis darum herumstrich und einen Ring öliger Pfotenabdrücke auf dem glänzenden Holzboden hinterließ.

Ich erinnerte mich, wie sehr die kleine, enorm praktisch eingerichtete Küche meiner Mutter mich damals, vor zwei Jahren, beeindruckt hatte. Wenn die Frau, die diese Küche so sorgfältig geplant hatte, jetzt die Sauerei hier hätte sehen können, wäre sie in Tränen ausgebrochen.

«Was machst du denn, Ma?» Ich war bestürzt, zum einen wegen der Schweinerei, zum anderen, weil sie sich an meinen alten Spitznamen erinnert hatte.

«Ich mach Pfannkuchen. Erdbeerpfannkuchen.»

Das war früher einmal mein Lieblingsfrühstück gewesen – meine Mutter hatte die Pfannkuchen samstagmorgens im Tipi auf einem alten Coleman-Campingkocher für mich gebacken. Anscheinend waren ihre Erinnerungen doch noch nicht vollständig verloren.

Ich blickte in die Teigschüssel, in der sie gerade rühren wollte, einen Holzlöffel in der verbundenen Hand – der Mullverband war schmutzig und löste sich schon teilweise auf. In der Schüssel lagen etwa ein halbes Dutzend Eier (mitsamt der zerdrückten Schale), ein Haufen Mehl, Erdbeeren aus dem Gefrierschrank, unaufgetaut, und über dem Ganzen glänzte etwas, das wie Ahornsirup aussah. Herzlich willkommen im Kochstudio.

«Es sind nicht genug Eier da», sagte sie und begann, auf die Mischung in der Schüssel einzuschlagen. «Wir müssen schnell zu den Griswolds laufen.»

«Ma, die Griswolds wohnen nicht mehr hier.»

«Ach nein?»

«Nein, Ma, schon lange nicht mehr.»

Mr. Griswold war vor zehn oder elf Jahren an Herzversagen gestorben. Die Jungs hatten sich in alle Winde zerstreut.

«Die Eier sind ausgegangen», sagte meine Mutter.

«Ich hab eine Idee. Wir machen jetzt hier sauber, und dann fahren wir in die Stadt und kaufen Eier. Und wenn wir zurück sind, machen wir Pfannkuchen.»

«Müssen zu den Griswolds runterlaufen», wiederholte sie, weil sie sich nicht von ihrem Teig trennen wollte.

Ich blickte auf das Chaos auf dem Tisch hinunter und entdeckte zu meinem Entsetzen zwischen dem verschütteten Mehl und den Erdbeeren ein kleines Küchenmesser mit schwarzem Griff.

«Woher hast du das, Ma?»

Meine Mutter lächelte, als ich das klebrige Messer hochhob, von dem roter Saft auf mein Handgelenk tropfte.

«Ich musste die Beeren zerschneiden», erklärte sie.

Ich wusch das Messer in der Spüle ab, suchte meinen Schlüsselbund und schloss es in der Messer- und Scherenschublade ein, wobei ich mich fragte, was meine Mutter wohl noch als Überraschung versteckt haben mochte – weitere Messer oder vielleicht sogar Streichhölzer?

Ich half meiner Mutter, ihr von Öl und Mehl fleckiges Nachthemd aus- und Hose und Pullover anzuziehen; anschließend stellte ich auf dem Küchentisch alles für einen Verbandswechsel bereit. Rasch bemerkte ich, dass meine Mutter nicht nur von ihren Küchenaktivitäten verdreckt war: Nachthemd und Strümpfe waren mit etwas beschmiert, das wie Schlamm aussah. Die zerrissenen Mullbinden um ihre Hand waren voller Erde und Laubfetzen. Und war das getrocknetes Blut unter den frischen Erdbeersaftflecken?

Ich untersuchte sie oberflächlich und begann, die schmutzigen Verbände abzunehmen.

«Ma? Warst du heute Nacht draußen? Hast du dich irgendwo verletzt?»

«Wir brauchen Eier, Katydid.»

Ich beschloss, von nun an nachts ihre Tür zu verschließen, wie Raven es mir aufgetragen hatte. Ich schätzte mich glücklich, dass meine Mutter den Rückweg nach Hause gefunden hatte und, nach meiner oberflächlichen Untersuchung zu schließen, unverletzt war. Was für einen Anblick sie geboten haben musste, mit wehendem Nachthemd durch die Wälder wandernd wie der Geist von New Hope, während ich, von Albträumen gequält, in einer Art Schlafmittelkoma vor mich hin schnarchte. Ich konnte nur hoffen, dass Raven, Opal und Gabriel sie nicht so zu Gesicht bekommen hatten. Mein Einstand als Pflegerin meiner Mutter war nicht gerade ein Glanzstück.

Ich betrachtete ihre vom Verband befreiten Hände und wendete sie sanft in den meinen. Die Handflächen waren hochrot und von dicken Brandblasen überzogen. Einige davon hatten sich geöffnet, und eine klare Flüssigkeit sickerte daraus hervor. Ich säuberte sie, trug frische Salbe auf und erneuerte die Verbände.

«Du bist eine gute Ärztin», sagte sie.

«Ich bin keine Ärztin», erwiderte ich. «Nur Gesundheitspflegerin an einer Schule. Mehr als Kindern Ritalin verabreichen kann ich nicht tun.»

«Aber du hast doch Medizin studiert.»

«Ich hab das Studium geschmissen.»

«Warum denn das?»

«Wegen der Heirat mit Jamie.»

«Ach ... Jamie. Was für ein netter Junge. Wo ist er eigentlich?»

«Daheim in Seattle.»

«Warum ist er nicht mitgekommen?»

«Wir sind geschieden, Ma. Erinnerst du dich? Wir sind seit Jahren geschieden.»

Plötzlich wünschte ich, ich wäre diejenige mit dem Schweizer-Käse-Gedächtnis. In dem Fall wäre es natürlich schön, eine gewisse Kontrolle zu behalten und selbst entscheiden zu können, welche Erinnerungen bleiben dürfen und welche in die Unterwelt verbannt werden. Plopp, weg. Einfach so.

Meine Mutter starrte mich an und lächelte.

«Ich kenne dich», sagte sie. Ich war mit dem Verband fast fertig und fixierte ihn mit Heftpflaster.

«Sag mal, Ma, wie hast du dir eigentlich die Hände verbrannt?»

Sie dachte eine Weile nach.

«Bei einem Brand?»

«Das stimmt. Erzähl mir von dem Feuer. Davon, wie das Tipi gebrannt hat.»

«Bei dem Brand hat mich der Schlag getroffen. Jetzt hab ich ein Problem mit dem Erinnern.»

«Du hattest keinen Schlag, Ma.» *Aber gut möglich, dass mich noch der Schlag trifft, bevor das alles hier vorbei ist.*

«Feuerschlag.» Sie nickte nachdrücklich.

«Wie ist das Feuer denn ausgebrochen, Ma?»

«Der Schlag hat meine Erinnerung kaputt gemacht.»

«Ma, du hast bei dem Brand keinen Schlag bekommen. Du hast dir die Hände verbrannt.» Ich stand auf, räumte

Mullbinden und Heftpflaster weg und schloss die Salbe wieder in der Arzneikassette ein.

«Sie war da», sagte meine Mutter, während ich mit dem Rücken zu ihr stand, und ihr energischer Tonfall überraschte mich.

«Wer?»

Ich drehte mich um und sah meine Mutter an. Sie antwortete nicht. «Keiner war da, Ma. Raven und Opal waren nicht zu Hause. Gabriel hat dich aus dem Zelt gerettet. Erinnerst du dich?» *Du hast ihn gebissen. Hast ihm die Haut mit den Zähnen zerfetzt.*

Meine Mutter sah mich an und blickte dann auf ihre frisch verbundenen Hände hinunter. Sie lächelte.

«Sie war da. Sie weiß, wer du bist.»

***

«Wohin fahren wir?», fragte meine Mutter, als wir zum Auto hinausgingen.

«Wir fahren in die Stadt, Eier kaufen.»

Diese Antwort schien sie zufriedenzustellen, und sie setzte sich auf den Beifahrersitz meines kleinen blauen Leihwagens.

«Der Sicherheitsgurt, Ma», sagte ich. Sie reagierte nicht. Ich beugte mich über sie, griff nach dem Gurt und schnallte sie an.

«Wohin fahren wir?», fragte sie erneut. Ich wiederholte meine Antwort.

«Die Griswolds haben Eier», entgegnete sie. «Lazy Elk sagt, die wären nicht gut, weil Blutflecken drin sind, aber das bedeutet einfach nur, dass sie fruchtbar sind.»

Auf dem Weg zur Stadt fuhren wir an der alten Griswold-Farm vorbei. Ich nahm den Fuß vom Gaspedal, als ich in der Einfahrt zwei grüne Polizeiwagen erblickte und daneben einen Ü-Wagen von Channel Three. Hinter dem Haus, auf der Wiese vor dem Waldrand, sah ich weitere Autos und einen weißen Van. All das erinnerte mich auf unheimliche Weise an den Tag von Dels Ermordung. Meine Mutter blickte einfach geradeaus, ein zufriedenes Lächeln im Gesicht, und schien nichts von dem Aufruhr wahrzunehmen.

Ich hielt an der Stelle, wo der Bullrush Hill Road in die Railroad Street einmündet. Man hatte hier ein Stoppschild aufgestellt, kurz bevor ich fortgegangen war.

Ich betrachtete die Vorderseite des Griswold-Hauses, das nun schon so lange leer stand, und rief mir in Erinnerung, dass Del nicht gestern ermordet worden war, sondern vor einunddreißig Jahren.

Was, zum Teufel, war also hier los?

Ich habe noch nie an ein Leben nach dem Tod geglaubt, aber wenn ich mir eine Hölle vorstellen müsste, würde sie ungefähr folgendermaßen aussehen: Ich wäre gezwungen, die schlimmsten Momente meines Lebens immer wieder neu zu erleben, ohne irgendetwas daran ändern zu können.

«Die Griswolds haben Eier», rief meine Mutter mir eifrig in Erinnerung.

Das Haus stand schief, und inzwischen war auch der letzte Rest der schon damals halb abgeblätterten Farbe verschwunden. Statt der Haustür gab es nur noch ein Sperrholzbrett mit einem «BETRETEN VERBOTEN»-Schild.

Der nach vorn offene Verkaufsstand im Vorgarten war

in sich zusammengestürzt, genau wie die Scheune hinter dem Haus. Der Briefkasten war umgestürzt worden, vielleicht von einem Schneepflug, vielleicht aber auch von Kindern, die mit einem Baseballschläger Mailbox-Baseball gespielt hatten. Neben dem kaputten Briefkasten hing noch immer das alte Schild an einer rostigen Kette von seinem Pfosten herab. Mit verwitterten roten Buchstaben stand dort wie früher: EIER HEU SCHWEINE KARTOFFELEN.

Ein State Trooper bog um die Hausecke und blickte zu meinem allzu lange am Stoppschild haltenden Auto herüber. Ich schaute, ob die Straße frei war, blinkte nach links und trat ein wenig zu fest aufs Gaspedal. Beim Anfahren und Einbiegen in die Railroad Street, die ins Stadtzentrum führte, quietschten die Reifen ein bisschen. Eine Hommage an Stevie, Joe und ihren Pontiac GTO.

Ich fand einen Parkplatz unmittelbar vor Haskie's Gemischtwarenladen. Neben dem Laden befand sich das alte Backsteingebäude des ehemaligen New-Canaan-Bahnhofs, das noch aus der Zeit stammte, als die L&S Railroad Holz und Passagiere zwischen Wells River und Barre befördert hatte. Der ehemalige Bahnhof war jetzt ein Antiquitätengeschäft, auf dessen Tür ein sauber von Hand beschriftetes Schild hing: *Im Winter geschlossen – Im Frühjahr sind wir wieder für Sie da!* Seit meiner Kindheit gehörte das Geschäft den Millers. Sie verdienten ihr Geld mit den Sommertouristen und den «Laubguckern», die jeden Herbst kamen.

Ich öffnete meiner Mutter den Sicherheitsgurt und ging mit ihr in den Laden, der gleichzeitig das Postamt von New Canaan war. Jim Haskaway, der bärenhaft wirkende Ladenbesitzer, leitete das Postamt und außerdem die freiwillige Feuerwehr. Der Laden war ein altmodischer Gemischtwarenladen: ein paar Regalreihen mit Lebensmitteln, ein abschließbarer Kasten mit Munition und Gewehren, eine beträchtliche Auswahl an Eisenwaren, Haushaltswaren, Campingutensilien und natürlich die obligatorischen Regale mit Ahornsirup und *I LOVE VERMONT*-Schlüsselanhängern. Der mit breiten Kiefernholzdielen ausgelegte Boden quietschte, in der Ecke brannte ein Feuer im Kohleofen, und in Jims piepsendem Polizei- und Feuerwehrfunkgerät berichteten statisch knisternde Stimmen von den neuesten Katastrophen.

«Warum sind wir hier?», fragte meine Mutter. Sie blickte sich misstrauisch um.

«Um Eier zu kaufen, Ma, erinnerst du dich?»

«Die Griswolds haben Eier. Lazy Elk sagt, die wären nicht gut, weil Blutflecken drin sind – oh, schau mal! Da ist ja Jim Haskaway!» Sie sagte das so überrascht und entzückt, als wäre er uns zufällig im Zoo von San Diego über den Weg gelaufen und nicht in seinem eigenen Laden, den er seit gut dreißig Jahren führte.

«Morgen, Jean! Wie geht's uns denn heute? Und Miss Kate ist auch mal wieder im Land, hm? Genauso hübsch wie ihre Mutter.» Jim zwinkerte uns zu. Er hatte die Ellbogen auf die Ladentheke gestützt. Es waren noch zwei Kunden da, die sich leise mit ihm unterhielten. Alle drei trugen karierte Hemden. Sie setzten ihr Gespräch fort, während ich meine Mutter zur Kühltheke führte.

«Er sagte, die Leiche wäre genauso zugerichtet wie bei dem anderen Mädchen. Dieselben Schnitte. Nackt», berichtete einer der Männer.

«Sie haben heute Morgen den ganzen Wald da oben mit Hunden abgesucht», sagte ein anderer. «Der Van des Gerichtsmediziners war da. Und der FBI stapft angeblich auch da rum.»

«Die Troopers haben sich gleich heute Morgen den Nicky gekrallt», sagte Jim.

«Lange halten sie den bestimmt nicht fest», steuerte der kleinere der beiden Kunden bei, ein ziemlich dicker Mann. «Der hat bis zur Sperrstunde bei Flo's gesoffen. Hat Krach mit 'nem Touristen gekriegt, der ins Jagdlager wollte. Tja, daran wird jeder bei Flo's sich erinnern, alle haben sie Nicky gesehen. Der war das nicht, das mit dem Mädchen.»

Ich nahm ein Dutzend Eier aus der Kühltheke, machte mir dann einen großen Becher Kaffee und bemühte mich, nicht allzu offensichtlich zu lauschen. Nicky war also immer noch in der Stadt und legte sich im Flo's mit Leuten an. Billy the Kid, wie er leibt und lebt. Ich musste lächeln.

Meine Mutter folgte mir leise summend brav auf Schritt und Tritt. An der Theke griff ich nach der Morgenzeitung und las die Schlagzeile: *Mord in New Canaan.* Darunter war das Schulfoto eines hübschen Mädchens mit schulterlangem blondem Haar zu sehen, ein paar Sommersprossen im Gesicht und einer schmalen Lücke zwischen den vorderen Schneidezähnen. Jim deutete beim Kassieren mit einem Nicken auf die Schlagzeile.

«Genau im selben Waldstück wie damals ist es passiert. Direkt hinter dem Häuschen deiner Mutter. Die Kinder sagen, da oben spukt es. Teufel nochmal, nachts ausgerechnet da rumzuhängen! Und jetzt das. Das arme Kind.

Gerade mal vierzehn. Keine Viertelstunde war sie allein, bevor die anderen sie gesucht haben. Die haben keinen Piep gehört. Ihr habt wohl heute Nacht auch nichts Ungewöhnliches bemerkt, oder?» Die beiden anderen Männer betrachteten mich aufmerksam, als müssten sie meine Antwort abwägen. Sherlock Holmes und Dr. Watson in karierten Hemden.

Ich schüttelte den Kopf und hatte dabei merkwürdigerweise das Gefühl zu lügen. Ich dachte an das schmutzige Nachthemd und die schlammverkrusteten Strümpfe meiner Mutter und fragte mich, wann sie wohl draußen gewesen und wohin sie gegangen war. Was sie gesehen haben mochte. Bestimmt gar nichts. Wahrscheinlich war sie einfach nur über den Hof geschlendert. Der Geist von New Hope.

«Nichts. Wir haben nicht das Geringste gehört. Erst auf der Fahrt hierher sind uns die Polizeiwagen aufgefallen. Es ist jetzt auch ein Ü-Wagen da. Channel Three.»

«Opal ist bestimmt am Boden zerstört», fuhr Jim fort.

«Opal? Ravens Tochter?», fragte ich.

Jim sah mich mitleidig an – welche Opal denn sonst?

«Mensch, Kate, sie war im Wald dabei. Die Ermordete war ihre beste Freundin.»

«Mein Gott», erwiderte ich schaudernd.

«Wirklich eine grauenhafte Sache», sagte Jim. «Es heißt, sie wurde genauso ermordet wie damals die kleine Griswold. Das ist ja nun schon viele Jahre her. Aber du erinnerst dich bestimmt an den Schlamassel damals. Du bist doch mit ihr zur Schule gegangen, oder?»

Ich nickte und empfand die Frage insgeheim als Anklage, genau wie damals. «Wir waren derselbe Jahrgang, aber eigentlich nicht befreundet. Ich hab sie kaum gekannt.» Die alte Lüge ging mir flüssig über die Lippen, obwohl es Jahre her war, dass ich sie hatte erzählen müssen.

«Ja», fuhr Jim fort und nickte. «Was war das damals für ein Schlamassel. Ich erinnere mich, wie schnell alle mit dem Finger auf den armen Nicky Griswold gezeigt haben. Aber dann haben sie einen der Männer von da oben in New Hope festgenommen, oder? Wie hieß er noch ... Im Moment habe ich es vergessen. Na ja, egal. Sie hatten sowieso den Falschen. Und den Richtigen haben sie nie erwischt. Nie. Also, was haben wir denn da, das sind drei Dollar neunundachtzig», wandte sich Jim mit einem Blick auf die Registrierkasse wieder seiner Arbeit zu.

Ich suchte meine Mutter, die gerade die Zeitschriftenauslage studierte. Sie hatte eine Ausgabe des *Deer Hunter* in der Hand und starrte auf das tote Reh auf dem Titelbild. Ein Mann in der leuchtend orangeroten Warnkleidung der Treiber stützte das aufrecht gegen ihn gelehnte, ausgeweidete Tier wie eine erschöpfte Tanzpartnerin vor einem letzten Walzer.

«Komm, Ma. Gehen wir heim und backen Pfannkuchen.»

«Was ist mit diesem Mädchen passiert?», fragte meine Mutter, und ich merkte, dass sie zugehört hatte.

«Nichts», log ich. *Ich bin nur gerade in die merkwürdige Szenerie meiner persönlichen kleinen Hölle gestolpert, aber hey, was soll's? Wir wollten Erdbeerpfannkuchen backen. Mein Lieblingsessen. Du erinnerst dich.*

Meine Mutter legte die Zeitschrift verkehrt herum ins Regal zurück und ging zu der kleinen Gruppe, die sich an der Ladentheke unterhielt.

«Was ist mit diesem Mädchen passiert?», fragte sie.

«Ermordet», antwortete der Dicke, bevor Jim ihm ins Wort fallen konnte.

«Das arme Ding», sagte meine Mutter, und alle drei Männer nickten.

Ich nahm sie beim Arm und führte sie aus dem Laden.

Ich musste ständig an Opal denken und fragte mich, wie viel sie wohl mit eigenen Augen hatte ansehen müssen. Ich wusste nur zu gut, was für ein Gefühl es ist, wenn die beste Freundin brutal ermordet worden ist. Über so etwas kommt man niemals hinweg.

«Du hast sie gekannt, nicht wahr?», fragte meine Mutter, als wir zur Tür hinausgingen.

«Wen?»

«Die Tote. Du hast immer an der Bushaltestelle mit ihr auf den Bus gewartet. Jeden Morgen. Warst du nicht mit ihr befreundet?»

«Nein, Ma. Ich hab sie einfach nur gekannt. Und das ist schon viele Jahre her.»

«Das arme Ding.»

Fünftes Kapitel
1971, Anfang Mai

Del und ich hatten uns tagelang gestritten, weil sie mir einfach nicht glauben wollte, dass ich wirklich in einem Tipi lebte. Schließlich gab ich nach und willigte ein, sie auf unseren Hügel zu führen, damit sie sich mit eigenen Augen überzeugen konnte.

«Dann bist du also nicht nur ein Hippie, sondern auch noch eine Indianerin, oder wie?», hatte Del im Verlauf unserer Diskussionen gefragt.

«Ich bin keine Indianerin.»

«Ist deine Ma eine Indianerin?»

«Nein.»

«Dein Daddy?»

«Ich hab keinen Daddy. Wir leben zusammen mit Mark im Tipi. Mark ist kein Indianer, hat aber einen Indianernamen. Lazy Elk.»

«Das ist so ziemlich das Blödeste, was ich je gehört hab. Hippies sind doof.»

In den vergangenen Wochen war mir oft durch den Kopf gegangen, dass ich Del einmal richtig zu mir nach Hause einladen sollte – meine Mom wäre begeistert gewesen, wenn ich jemanden mitgebracht hätte, selbst die gruselige Del Griswold. Meine Mutter erkundigte sich oft nach der Schule und fragte, ob ich mich schon mit anderen Kindern angefreundet hätte.

«Klar», log ich. «Ich hab massenhaft Freundinnen.»

«Wie heißen sie denn?»

«Also», ich kaute, um eine Idee verlegen, auf der Unterlippe herum, «meine beiden besten heißen Ellie und Sam.»

«Und was ist mit dem Mädchen, das unten am Fuß des Hügels wohnt? Diese Kleine von den Griswolds?»

«Ach, wir sind nicht befreundet.»

«Warum denn nicht?»

«Sie ist irgendwie gruselig. Und alle nennen sie die Kartoffeltrine.»

Meine Mutter schüttelte missbilligend den Kopf.

«Aber du nennst sie doch hoffentlich nicht so.»

«Nein. Nie.»

Meine Mutter wuschelte mir lächelnd durchs Haar. Ich war ihr braves Mädchen, war mit den beliebten, fröhlichen Kindern befreundet, aber nicht so dumm, mich über die Außenseiter lustig zu machen.

Ich dachte trotzdem darüber nach, wie es wohl wäre, Del nach New Hope mitzubringen. Ich versuchte mir vorzustellen, wie sie sich in der großen Scheune an den Gemeinschaftstisch setzen und was für ein Gesicht sie wohl machen würde, wenn Gabriel ihr eine Schale Linsensuppe vorsetzte. Sie würde Fratzen schneiden, mich unter dem Tisch gegen das Schienbein treten und sich vorkommen, als wäre sie eingeschlafen und auf dem Mars wieder aufgewacht.

Aber Del war genauso mein Geheimnis wie ich ihres, und so lud ich sie nie zu mir nach Hause ein. Stattdessen kamen wir überein, das Tipi aus der Ferne zu besichtigen; wir würden mein eigenes Zuhause ausspionieren wie zwei Spanner.

***

Nachdem wir zehn Minuten durch den Wald gegangen waren, kamen wir an der Abzweigung zur alten Jagdhütte vorbei. Ich fragte mich, ob Nicky wohl da war, rauchte und in den Zeitschriften blätterte, und hoffte, wir würden ihm auf dem Rückweg zu den Griswolds über den Weg laufen.

Gerade in diesem Moment sagte Del: «Ich kenne jemanden, der in dich verknallt ist.»

Ich hatte das unheimliche Gefühl, dass sie meine Gedanken gelesen hatte – aber vielleicht hatte sie auch nur meinen kurzen Seitenblick zu dem verwilderten Pfad bemerkt.

Ich wurde rot.

«Wen denn?», fragte ich, als ob ich es nicht schon wüsste.

«Nicky und Kate, Nicky und Kate, verliebt, verlobt, verheiratet!, sang sie. «Es hat ihn richtig erwischt. Bist du nicht ein Glückspilz? Aber freu dich nicht zu früh, du solltest ein, zwei Dinge über meinen großen Bruder wissen. Der hat nämlich auch seine Geheimnisse. Und zwar ein paar richtig schlimme. Das mein ich wirklich so: ganz, ganz übel.»

«Wie zum Beispiel?»

«Wie zum Beispiel das, was ich dir irgendwann einmal verraten werde. Oder auch nicht. Vielleicht erzähl ich einfach gar nichts und lass es dich selbst rausfinden. Ich sag nur, dass der Schein manchmal trügt.» Sie fingerte an ihrem Sheriffstern herum. Sie trug ein fleckiges rosafarbenes T-Shirt und dazu dieselbe Kordhose wie schon seit Tagen. Ihr Haar war nass, weil sie kurz zuvor geduscht hatte. Sie roch wie feuchte Erde mit einem Hauch von Babypuder.

«Wer sagt denn, dass ich es wissen will? Wer sagt denn, dass ich mich für diesen Affen überhaupt interessiere?»

«Wenn du mit ihm zusammen bist, wirkst du aber sehr interessiert, Desert Rose. Ihr beide benehmt euch jetzt schon wie zwei Turteltäubchen. Da kriegt man glatt das Kotzen.»

Es stimmte, ich dachte wirklich oft an Nicky und empfand in seiner Nähe eine sonderbare, spannungsgeladene Erregung. Aber dass Del das mitbekommen hatte, war mir peinlich.

«Ist dein Zimmer wirklich in der Farbe Desert Rose gestrichen?», fragte ich, um das Thema zu wechseln.

«Nö. Daddy hat es nicht erlaubt.» Sie hielt einen Moment inne, blickte zu Boden und runzelte die Stirn, als wäre ihr gerade etwas eingefallen. Dann wandte sie sich wieder zu mir. «Aber ich hab ein Farbmuster von Thurston's! Das zeig ich dir gelegentlich mal. Es ist richtig hübsch. Ich hab dir den Namen von einer richtig hübschen Farbe gegeben.»

«Ich würde gerne irgendwann mal dein Zimmer sehen.» Ich hatte es mir oft vorzustellen versucht. Ob sie wohl wirklich all die tollen Sachen hatte, mit denen sie immer angab? Das Himmelbett, eine Sammlung von hundert Spielzeugpferdchen aus Plastik – und die Schwänzchen dieser Ferkel, die von der Sau gefressen worden waren, in einem Vorratsglas mit Alkohol konserviert.

«Geht nicht. Daddy sagt, wir dürfen keine Freunde einladen. Die Freundinnen von Stevie und Joe, die dürfen manchmal kommen, okay, aber die sind auch fast schon erwachsen. Daddy sagt, die Familie sollte uns reichen.»

So eigentümlich die Dinge bei mir zu Hause auch waren – falls man über Pfähle gebreitete, kreisförmig zusammengenähte Segeltuchbahnen überhaupt ein *Zuhause* nennen konnte –, bei Del kam mir alles noch viel eigenartiger vor. Ich lebte in einer Welt, in der es so gut wie keine Regeln gab – Gabriel war der Meinung, Kinder könnten sich sehr gut selbst erziehen, wenn die Erwachsenen ihnen nicht mit ihren eigenen Problemen in die Quere kämen. Del dagegen bekam, wie ich wusste, schon eine hinter die Ohren, wenn sie bei Tisch nicht den Teller leer aß.

Unterwegs erzählte ich Del von meinem Leben oben auf dem Hügel – wie es war, im Tipi zu schlafen und mit den anderen Mitgliedern von New Hope in der großen Scheune zu essen. Und wie Lazy Elk abends im Tipi das kleine batteriebetriebene Kofferradio anstellte und mit meiner Mutter tanzte. Manchmal animierten sie mich auch dazu, und wir machten all diese verrückten Bewegungen – wir taten, als wären wir Roboter oder Schlangen oder Vögel. Wir zogen Kreise ums Tipi und krächzten dabei wie eine Rabenfamilie.

Lazy Elk gab sich alle Mühe, mir ein Vater zu sein, aber ich konnte ihn nicht ernst nehmen. Jeden Abend erzählte er mir Geschichten vom schlauen Kojoten, und wie meine Mutter nannte er mich Katydid. Manchmal half ich ihm dabei, seinen Schmuck herzustellen, und setzte aus Zweigen, Steinen, Glasscherben und Draht Halsketten zusammen. Ich ging mit ihm auf Sammeltour, und dann kamen wir mit Hosentaschen voller hübscher Steine, abgerissener Bierdosenverschlüsse und leerer Patronenhülsen zurück.

«Wie bescheuert!», rief Del aus, als ich ihr davon erzählte. «Wer zum Teufel trägt denn Schmuck aus Müll?»

Ich erzählte ihr von der Feder an seinem Hut. Dass er sie seinen Talisman nannte.

«Und da hab ich immer gedacht, *mein* Daddy ist verrückt», gab sie zurück.

«Er ist nicht mein Daddy. Das ist einfach nur Mark. Er ist okay. Nur ein bisschen trottelig.»

Tatsächlich war Lazy Elk für mich das Vaterähnlichste, was ich je gehabt hatte. Meinen eigenen Dad hatte ich nie gekannt, und die anderen Lover meiner Mutter waren immer schnell wieder verschwunden. Mein ganzes Leben lang hatte ich insgeheim darauf gehofft, dass jemand kommen und die Leerstelle ausfüllen würde, und wenn dieser Jemand zufällig einen Schlapphut trug, Schmuck aus Müll bastelte und wie ein Vogel tanzte, dann war es mir auch recht.

«Wie nennt er sich noch mal? Lahmer Wapiti?»

Ich musste lachen. «Lazy Elk», sagte ich. «Und jetzt leise, wir sind schon fast da.»

Ich sah schon die Spitze des Tipis durch die letzten Bäume am Waldrand schimmern und roch den Rauch des Lehmofens, der neben der großen Scheune im Freien stand. Ich hörte Stimmen und spitzte beim Heranschleichen die Ohren, um zu erlauschen, wer da sprach.

Ich kannte die anderen Bewohner New Hopes inzwischen recht gut und mochte sie alle, obwohl manche ein wenig eigentümlich waren. Gabriel war ein kluger Mann mit viel Geduld. Zu ihm konnte man mit schwierigen

Hausaufgaben kommen oder wenn man in einer moralischen Zwickmühle steckte. Seine Frau Mimi war gut zehn Jahre jünger als er, liebte ihn aber abgöttisch. Er war ihr Leben, und seine Visionen für New Hope waren mangels eigener Ideen auch die ihren.

Außer diesen beiden waren nur Bryan und Lizzy von Anfang an dabei gewesen. Sie waren um die Vierzig, töpferten und verkauften ihre Ware auf Handwerkermärkten. Sie lebten in einer kleinen Hütte neben dem Ziegenstall. Die Ziegen hatte Lizzy angeschafft. Sie hatte geglaubt, man könne in New Hope ein wenig Geld mit dem Verkauf von Ziegenmilch, Ziegenkäse und vielleicht sogar Ziegenmilchseife verdienen. Aber nachdem die Geißen da waren, stellte sie fest, dass die Tiere bald trocken standen, wenn man sie nicht regelmäßig decken ließ und die Zicklein dann irgendwie beseitigte. Das kam Lizzy grausam vor, und so waren die Ziegen recht nutzlos und sorgten nur gelegentlich für Aufregung, wenn sie aus ihrem Gehege ausbrachen und in den Garten liefen oder durch irgendeine Tür schlüpften. Einmal fraßen sie sogar ein Loch in die Leinwand unseres Tipis.

Shawn und Doe waren ein junges Paar, das in einer Blockhütte hinter dem Gewächshaus wohnte. Shawn war der Mechaniker und Tüftler von New Hope. Er sorgte dafür, dass die Autos und Traktoren liefen. Wenn etwas kaputt war, konnte Shawn es reparieren. Doe verbrachte den größten Teil ihrer Zeit mit der kleinen Raven, die ein anspruchsvolles Baby war und es nicht mochte, wenn sie nicht beachtet wurde.

Zack hatte während seines ersten Jahres auf dem College in Dartmouth in einer sozialistischen Zeitung einen von Gabriel verfassten Artikel über das Gemeinschaftsleben in einer Landkommune gelesen. Er war für ein Wochenende nach New Hope getrampt, um Gabriel kennenzulernen – und einfach geblieben. Wenn er nicht gerade in zerfledderten Taschenbuchausgaben von *Siddhartha* oder *Das Kommunistische Manifest* las, spielte er Bob-Dylan-Songs auf seiner zerschrammten Gitarre. Zack war fasziniert von Gabriel und diskutierte stundenlang leise, aber lebhaft mit ihm darüber, wie eine wahrhaft demokratische Gesellschaft aussehen würde.

***

Als sich der Wald zu kümmerlichen Fichtenschösslingen ausdünnte und wir uns der flachen Hügelkuppe näherten, erkannte ich die Leute, die sich auf der Lichtung unterhielten, an den Stimmen als Doe und Mimi. Del und ich versteckten uns am Ende des Pfades hinter einem großen Findling. Das Tipi stand zu unserer Linken, so nah, dass wir die feuchte Zeltleinwand riechen konnten. Rechts von uns war die große Scheune. Dazwischen wölbte sich der runde Lehmofen, in dem wir unser Brot buken. Hinter seiner qualmenden Kuppel konnte man den hinteren Teil des Gemüsegartens und die ausgestopfte Vogelscheuche erkennen, die meine Mutter und ich aufgestellt hatten.

Doe und Mimi standen mit dem Rücken zu uns an dem langen Holztisch vor dem Ofen und kneteten Brotteig. Beide Frauen hatten langes Haar, das ihnen bis über die Schultern fiel – Doe schwarze Locken und Mimi kastanienbraune glatte Strähnen. Raven schlummerte auf einer Decke im Schatten des Arbeitstisches.

«Hab dir doch gesagt, dass ich in einem Tipi wohne», flüsterte ich. Del nickte nur zur Antwort und nahm alles mit großen Augen in sich auf. Wir spitzten die Ohren, um Doe und Mimi verstehen zu können.

«Ich sag ja nur, dass das nicht richtig ist, wie er mit dir umgeht», sagte Mimi gerade. «Dass er nicht mal zugibt, dass das Baby von ihm ist. Ich mein', wen will er damit eigentlich hinters Licht führen?»

Komisch. Redeten sie über Shawn? Der war doch ganz vernarrt in Raven und in Doe übrigens auch.

«Er weiß es», gab Doe zurück. «Natürlich weiß er es. Das Problem ist wohl, er will nicht, dass andere Leute Bescheid wissen, und für mich ist das okay. Ich mein', Raven ist mein Kind. Sie bleibt immer mein Kind, egal, wen ich den Vater nenne.» Sie hockte sich hin und strich dem Baby über den Kopf.

«Also, ich finde das einfach respektlos», fuhr Mimi fort. «Es ist wie lügen. Er lügt alle hier an – und sie am allermeisten. Das finde ich jämmerlich. Verdammt jämmerlich. Und Gabriel sieht das genauso.»

«Findest du wirklich, dass Gabriel hier den Richter spielen sollte? Ich mein', soll der, der ohne Sünde ist, den ersten Stein werfen und so.» Doe, die noch bei Raven kauerte, stand auf, ergriff ein Blech mit Brotlaiben, trug es zum Ofen und schob es mit dem großen Holzschieber, der neben der Ofentür hing, hinein. Sie reckte sich, machte die Arme ganz lang und ging dann nach rechts und links in die Seitenbeuge. Dann drehte sie sich um, um Mimi anzusehen, womit sie nun auch in Dels und meine Richtung blickte.

«Das hätte ich nicht sagen sollen», entschuldigte sich

Doe. «Ich wollte Gabriel nicht beleidigen. Das war ein bisschen gemein. Auf ihn bin ich schließlich nicht wütend.»

«Dann gibst du also zu, dass du wütend auf ihn bist?», fragte Mimi.

«Nein. Nicht wirklich. Aber manchmal ist es doch schwer, so ein Geheimnis zu bewahren.»

«Dann bewahre es nicht. Erzähle es. Ich finde, du solltest allen die Wahrheit sagen.»

«Gehn wir», flüsterte ich Del zu, doch sie reagierte nicht. So neugierig ich auch war, ich wollte nichts mehr hören. New Hope war kein Ort, wo man Geheimnisse hatte, und das fand ich irgendwie tröstlich. Bei den regelmäßigen Besprechungsrunden wurde alles miteinander geteilt – die Frauen gaben es sogar bekannt, wenn sie ihre Regel hatten (die sie allerdings ihre «Mondzeit» nannten.)

Ich kam langsam aus der Hocke hoch und zupfte Del sanft am Ärmel. Sie aber blieb unten.

«Schau dir nur ihre Titten an», zischte Del. «Die hängen ihr bis zum Bauch runter! Wissen Hippies eigentlich nicht, dass es BHs gibt?»

«Ich geh jetzt, mit dir oder ohne dich. Ich will nicht erwischt werden», flüsterte ich und fühlte mich auf merkwürdige Weise vor meinem eigenen Zuhause so, als würde ich gerade Hausfriedensbruch begehen. Del starrte Doe und Mimi einfach nur an, als wären sie zwei exotische Zirkustiere – Pfauen oder Tanzbären. Ich drehte mich um und ging auf dem Pfad zurück, wobei ich mich bemühte, nicht auf Zweige und raschelndes Laub zu treten. Ich hob die Füße besonders hoch und achtete auf jeden Schritt.

Kurze Zeit später hörte ich Schritte hinter mir. Del kam

hinter mir hergerannt und packte mich bei den Schultern.

«Hu!», flüsterte sie. «Du gehst ja, als hättest du die Hosen voll.»

Wir mussten beide lachen und rannten schnell weg, damit man uns nicht hörte. Als wir sicher waren, außer Hörweite zu sein, begann Del, mich über New Hope auszufragen. Die Fragen sprudelten nur so aus ihr heraus.

«Von wem ist denn jetzt das Kind von der Frau da? Sind die denn nicht verheiratet? Heiraten Hippies überhaupt? Und wer ist dieser Gabriel? Und wer ist das, der sich so jämmerlich benimmt?»

«Doe, so heißt die Frau mit dem Baby ...»

«Doe, was ist das denn für ein komischer Name?»

«Ich glaub, das ist die Abkürzung von Dorothy oder Doreen oder so», erklärte ich. «Jedenfalls ist sie mit Shawn zusammen, aber ich glaub nicht, dass die beiden verheiratet sind. Shawn ist überhaupt nicht jämmerlich. Er kann beinahe alles reparieren und ist total lieb zu dem Baby.»

«Ist er der Daddy?»

«Ich glaub schon.» Tatsächlich war ich mir da nicht mehr so sicher. Aber ich hatte beschlossen, alles Gehörte sofort zu vergessen und mich nicht damit zu belasten. Geheimnisse hatte es in New Hope nicht zu geben. Ich mit dieser Freundin, von der keiner etwas wusste, war die Einzige mit einem Doppelleben.

«Was soll das heißen, du glaubst schon? Verdammt, die Hippies sind ja noch schlimmer, als alle sagen. Ihr habt da also so eine Trulla mit einem bescheuerten Namen, und die ist vielleicht mit dem Typen verheiratet oder vielleicht auch nicht, der vielleicht oder vielleicht auch nicht der

Vater von ihrem Baby ist, und dann habt ihr noch einen Typen, der wie ein lahmer Wapiti heißt, und der macht Schmuck aus Stöcken und Steinen. Meine beste Freundin lebt in so einem gottverdammten indianischen Tipi, und ihr backt Brot in einem Dreckhaufen. Verdammte Kacke, Kate. Was ist das denn für ’n Scheißladen, wo du wohnst?» Dels Augen waren vor Erstaunen geweitet, und ich war richtig stolz. Zum ersten Mal begriff ich, dass ich für sie interessant war – und nicht nur sie für mich. Und sie hatte mich ihre beste Freundin genannt. Nachdem wir uns erst ein paar Wochen näher kannten, war ich die beste Freundin der Kartoffeltrine geworden.

Es waren nur noch ein paar Wochen bis zu den Sommerferien, und ich malte mir jetzt schon aus, wie wir dann die Tage auf den Feldern, im Kartoffelkeller und in der baufälligen Hütte verbringen würden. Del würde mir vielleicht erlauben, auf ihrem Pony zu reiten. Vielleicht würde ich die Person kennenlernen, die ihr die Tätowierung gemacht hatte. Ich würde Del mit wilden Storys aus New Hope unterhalten. Und sie mitnehmen, um New Hope von außen auszuspähen. Ihr zum Beispiel zeigen, wie Doe die kleine Raven auf der Veranda der großen Scheune stillte. Ihr ein bisschen was von Lazy Elks Schmuck bringen und ihr Zacks Lieder über den Weltuntergang vorsingen. Sie würde mich Desert Rose nennen und mir beibringen, wie man Rauchringe bläst. Ich würde immer besser mit Nickys Luftgewehr treffen und lernen, das Messer mit dem Griff aus Horn-Imitat mitten in die Zielscheibe an der Wand zu werfen. Und vielleicht, nur vielleicht, würde Nicki mich fragen, ob ich seine Freundin sein wollte, und mir sein großes Geheimnis anvertrauen, und wenn ich es erst einmal gehört hätte, wäre es gar nicht so schlimm. Ich würde ihn dann sogar noch mehr mögen.

«Wer als Erster beim Schweinepferch ist», schrie Dell und riss mich aus meinen Träumereien. Sie hatte schon Vorsprung. «Fang mich doch.»

Ich rannte los, aber wie immer war sie die Erste. Ich holte sie niemals ein.

Sechstes Kapitel

10. – 13. November 2002

Magpie verschwand am dritten Tag nach meiner Heimkehr. Die Katze war zuletzt das einzig Beständige im Leben meiner Mutter gewesen – sie vergaß Magpies Namen niemals, und selbst wenn Ma sich schrecklich aufgeregt hatte, genügte es, dass die Katze kam, und sie beruhigte sich.

Wir suchten im ganzen Haus, gingen dann überall in New Hope herum und riefen mit hohen, flehenden Stimmen ihren Namen. Wir durchsuchten die große Scheune, wo auch Gabriel zu uns stieß und alte, dick mit Staub und Spinnweben überzogene Möbel wegschob.

«Wie geht es Opal?», fragte ich ihn.

«Sie redet anscheinend nicht darüber. Raven sagt, dass sie schlecht schläft. Albträume. Sie hat sie bei einem Jugendpsychiater angemeldet.»

Ich nickte. «Das klingt sehr vernünftig. Opal hat einen furchtbaren Schock erlitten.»

«Vielleicht solltest du einmal mit ihr reden», meinte Gabriel. «Du hast doch mit der kleinen Griswold damals etwas ganz Ähnliches durchgemacht, oder?»

Ich schüttelte den Kopf. «Das war nicht dasselbe. Wir standen uns nicht nahe.»

Er sah mich an, als wüsste er, dass ich log. Der gute alte Gabriel hatte noch immer diese Fähigkeit, einem direkt in die Seele zu blicken.

***

Was ich Gabriel nicht erzählt hatte, war, dass ich schon versucht hatte, mit Opal zu sprechen, gleich am Morgen nach dem Mord. Nachdem wir unsere Pfannkuchen gebacken hatten, ging ich mit meiner Mutter in die große Scheune und ließ mir von Raven alle schrecklichen Einzelheiten des Verbrechens erzählen. Opal kam aus ihrem Zimmer getappt und setzte sich zu uns.

«Du solltest schlafen, Liebling», sagte Raven.

«Ich kann nicht», antwortete Opal. Dann wandte sie sich mir zu und fragte prompt: «Glaubst du an die Kartoffeltrine?»

Raven holte tief Luft. Meine Mutter kicherte leise.

«Ich glaube nicht an Gespenster», antwortete ich. «Del Griswold war ein Mädchen aus Fleisch und Blut, genau wie du und ich.»

«Du glaubst also nicht, dass jemand zurückkommen kann? Wenn er einmal tot ist, meine ich?»

«Nein, das glaube ich nicht.»

«Und was, wenn ich dir sage, dass ich sie gesehen habe?» Opals Blick war verzweifelt.

«Liebling, ich dachte, das wäre erledigt», sagte Raven.

Opal beachtete sie nicht und sah mich abwartend an.

«Wenn du mir sagtest, dass du sie gesehen hast, würde ich dich ernst nehmen», antwortete ich so vorsichtig wie möglich.

Opal nickte mir zu, und ging in ihr Zimmer zurück, mit schleppendem Gang wie ein Zombie.

«Sie glaubt, dass das Gespenst ihre Freundin umgebracht hat», flüsterte Raven, und ihre Hände, mit denen sie die Kaffeetasse umklammerte, zitterten ein wenig. «Gestern Nacht hat sie sogar gesagt, sie glaubt, die Kartoffeltrine sei hinter ihr her. Dass eigentlich *sie selbst* ermordet werden sollte und nicht Tori.»

Ich nickte mitfühlend.

«Sie hat eine Menge verloren, Kate. Zuerst ist alles, was sie hatte, zusammen mit dem Tipi verbrannt. Ihre ganzen Bücher und Flugzeugmodelle. Und jetzt das. Ich glaube nicht ... Ich wäre dir sehr verbunden, wenn du alles unterlassen würdest, was diese Gespenster...phantasien unterstützt.» Raven musterte mich kühl. «Okay?»

Ich nickte wieder und kam mir dumm vor. «Natürlich», sagte ich.

Meine Mutter stieß plötzlich ein lautes Lachen aus und erschreckte damit Raven, die ihren Kaffee verschüttete und «Scheiße! Scheiße! Scheiße!» zischte, vom Tisch aufsprang und ihre leere Tasse mit lautem Klappern in die Spüle stellte. Sie stand mit dem Rücken zu uns, und obwohl sie versuchte, es vor uns zu verbergen, sahen wir, dass sie weinte.

***

Gabriel, meine Mutter und ich gingen an dem Lehmofen vorbei, der zu einem traurigen Häuflein Backsteine und Dreck zusammengefallen war, hinüber zu den verkohlten Überresten des Tipis und riefen verzweifelt «Magpie!». Ich stieß mit der Schuhspitze gegen einen rußigen Klumpen und begriff plötzlich, dass es wie ein Wunder war, dass meine Mutter überhaupt lebend hier herausgekommen war. Wieder fragte ich mich, wie das Feuer eigentlich ausgebrochen war; hatte meine Mutter einfach nur versucht, eine Lampe anzuzünden, oder war etwas Unheilvolleres vorgefallen – hatte sie das Streichholz absichtlich an die Zeltleinwand gehalten?

Beim Anblick des verbrannten Tipis begann meine Mutter zu schluchzen.

«MAGPIE!», schrie sie und fiel auf die Knie. Es war, als hätte sie das verkohlte Skelett der Katze entdeckt. Gabriel führte meine Mutter in die Scheune zurück und machte eine Kanne Tee, während ich die Suche noch fortsetzte.

Ich ging durch den Garten, der mit dichtem, vertrocknetem Unkraut überwuchert war – Disteln, Hexenkraut und Kletten. Die nördliche Ecke des Gartens war mit Dornensträuchern zugewachsen: Himbeer- und Brombeerranken bildeten eine undurchdringliche Hecke zwischen dem Garten und der Weide mit dem kleinen Stall, wo einmal Ziegen, Hühner und Schafe gehalten wurden. Dahinter sah ich die Hütte, die Bryan und Lizzy ihr Zuhause genannt hatten, bevor sie kurz nach meinem Weggang zum College nach Hawaii gezogen waren, um dort eine eigene Landkommune zu gründen. Das Hüttendach war in der Mitte tief eingesunken, und der rostige Schornstein stand schräg gegen den Rand des Kraters gelehnt. Noch so ein Opfer des Großen Bösen Wolfs – der Zeit.

Auf der Westseite des Gartens bildete das eingestürzte Gewächshaus nur noch einen flachen Haufen. *Ich werde husten und prusten und dir dein Haus zusammenpusten.* Ich hockte mich hin, während ich nach der Katze rief, und versuchte, unter die Trümmer zu spähen. Ich zog eine zersplitterte Latte beiseite, um einen besseren Einblick zu bekommen, und zerriss mir dabei den Blusenärmel an einem rostigen Nagel. Bei näherem Hinsehen bemerkte ich, dass ich auch blutete.

«Shit», murmelte ich und versuchte mich zu erinnern, wie lange meine letzte Tetanusimpfung zurücklag. «Du schuldest mir vierzig Dollar, Magpie. Und falls ich eine Blutvergiftung kriege ...»

Ich rappelte mich hoch. Hinter den Trümmern des Gewächshauses stand das achteckige Blockhaus, das damals Doe und Shawn bewohnt hatten. Es wirkte noch recht gut in Schuss, und ich fragte mich, warum Raven in das Tipi gezogen war, statt in dem Haus zu bleiben, das ihre Mutter eigenhändig errichtet und in dem Raven selbst ihre Kindheit verbracht hatte. Vermutlich suchten wir alle auf die eine oder andere Weise unsere Unabhängigkeit.

Von Magpie war weit und breit nichts zu sehen. Ich war gerade auf dem Weg zur großen Scheune, als mir der alte Pfad ins Auge fiel, der durch den Wald zu den Griswolds geführt hatte. Jemand näherte sich von dort. Ich blinzelte ungläubig. Es war ein Mädchen. Ein Mädchen, das mit einem langen Stock im vertrockneten Gras herumstocherte. Es spähte, weit nach vorn gebeugt, aufmerksam auf den Boden und wendete dabei das Gestrüpp hin und her. Es war ein mageres Mädchen mit zerzaustem Haar und zerknitterten Kleidern. Und einen Augenblick, nur einen winzigen Augenblick hielt ich den Atem an und dachte: *Unmöglich …*

Da hatte ich natürlich Recht. Denn als das Mädchen den Kopf hob, sah ich, dass es einfach nur Opal war. Ich ging zu ihr, und sie warf schuldbewusst den Stock zur Seite.

«Was verloren?», fragte ich.

Sie wirkte nervös. Ich fragte mich, ob es gut war, dass sie durch den Wald streifte, in dem ihre Freundin ermordet worden war.

«Ich hab Magpie gesucht», erklärte sie.

Eine sonderbare Art zu suchen – Magpie war schließlich kein Hamster –, aber das sagte ich nicht.

«Und, du hast sie nicht gefunden?»

«Wen?»

«Magpie. Die Katze.»

«Nein. Nichts.»

«Na ja, dann lass uns in die Scheune gehen und einen Tee trinken. Gabriel hat bestimmt welchen gemacht.» Ich berührte sie leicht am Arm, um sie in die sichere Scheune zurückzugeleiten, aber sie reagierte nicht darauf.

«Hey», sagte ich. «Hast du das Flugzeug bekommen? War es das richtige?»

Ich hatte am Vortag den Hobbyladen von Barre aufgesucht und ein Curtiss-Jenny-Doppeldeckermodell gekauft, um das verbrannte zu ersetzen. Ich hatte gedacht, ein bisschen Modellbasteln würde Opal vielleicht gut tun. Als ich den Ladeninhaber gefragt hatte, ob er vielleicht ein kleines Frauenfigürchen aus Kunststoff habe, das man auf den Flügel stellen könnte, hatte er mich merkwürdig angesehen, mir aber eine Sammlung von Figürchen in der richtigen Größe gezeigt, und ich hatte eine jeansbekleidete Frau in Gehposition ausgesucht.

«O, tut mir leid», antwortete Opal. «Vielen, vielen Dank. Toll, dass du auch an die Wingwalkerin gedacht hast. Es ist alles da. Ich hab gestern Abend damit angefangen.»

«Farbe und Leim hat der Verkäufer mir gegeben.»

«Sie sind optimal. Wirklich. Das Modell wird viel besser werden als mein letztes. Das war wirklich toll von dir. Danke.»

«Bitte. Gern geschehen.»

«Kate, kann ich dich was fragen?»

Oje, dachte ich und wusste schon, dass sie bestimmt keinen Basteltipp von mir wollte. *Jetzt geht's los.*

«Ja, natürlich.»

«Du hast Del Griswold persönlich gekannt, oder?»

«Ein bisschen.»

«Hat sie meine Mom gekannt?»

«Deine Mom war bei Dels Tod noch ein Baby», erklärte ich.

Sie dachte über meine Antwort nach und fuhr dann fort:

«Kannst du dir irgendeinen Grund vorstellen, warum Del es auf mich abgesehen haben könnte?»

Ich holte tief Luft. «Warum glaubst du denn so was?»

«Wenn ich dir ein Geheimnis verrate, versprichst du mir dann, es niemandem weiterzuerzählen?», fragte Opal.

Ich hatte schon eine Ahnung, wohin die Sache steuerte. Vielleicht hätte ich sie bremsen sollen – schließlich hatte

Raven mich ausdrücklich darum gebeten, diesen Kartoffeltrinen-Unsinn nicht zu unterstützen. Opal war psychisch angeschlagen, vielleicht sogar traumatisiert, und ich wollte die Sache nicht noch schlimmer machen. Aber sie brauchte jemanden, dem sie sich anvertrauen und dem sie ihre Geschichte erzählen konnte. Sie fühlte sich zu mir hingezogen, weil ich Del gekannt hatte, und vielleicht auch, weil ich vor zwei Jahren nach ihrem Sturz zur Stelle gewesen war und mich um sie gekümmert hatte. Ich erinnere mich, wie ich auf das schreiende Kind, das neben dem Matratzenstapel auf dem Boden lag und sich vor Schmerz krümmte, zugerannt war und wie klein und verängstigt sie mir damals erschienen war. *Da oben ist jemand*, hatte sie gestöhnt. Und als ich hinschaute, hatte da nicht auch ich das Gefühl gehabt, irgendetwas zu sehen? Nur den Ansatz eines Schattens, der sich aus der offenen Tür des Heubodens zurückzog? Als ich Opal damals festhielt, hatte da nicht uns beiden das Herz geklopft?

Doch aus welchem Grund auch immer Opal nun ihr Geheimnis mit mir teilen wollte, ich konnte sie nicht abweisen.

Ich dachte an meine erste Begegnung mit Del zurück.

Okay, wenn ich dir mein Geheimnis zeigen soll, musst du mir versprechen, es niemandem zu verraten. Du musst es mir schwören. Hand aufs Herz und Stein und Bein.

«Ich verspreche es dir», sagte ich.

Opal schielte zu mir hoch. Plötzlich kam mir der Gedanke, dass sie genau so alt war wie Del damals, als ich sie kennenlernte. Sie sah ihr auch ein bisschen ähnlich. Sogar mehr als ein bisschen. Oder bildete ich mir das nur ein?

Jesus Maria, dachte ich, *jetzt erzähl mir bloß nicht, dass du eine Tätowierung hast.*

«Die Kartoffeltrine war am Nachmittag bei mir. Bevor ich mich mit Tori und den Jungs im Wald getroffen hab.»

«Sie war bei dir?»

«Ja, ich war in meinem Zimmer, und da hab ich sie gesehen. Sie stand da und schaute mich direkt an. Dann machte sie den Mund auf, um was zu sagen, aber es kam kein Laut heraus. Nur feuchte, kalte Luft. Wie aus einer Höhle.»

Ich sagte nichts. Ich nickte nur und bemühte mich, nicht allzu ungläubig dreinzuschauen.

«Es war auch nicht das erste Mal, dass ich sie gesehen habe. Aber es ist eine Weile her – beinahe zwei Jahre. Früher, als kleines Kind, hab ich sie andauernd gesehen. Manchmal nur so aus dem Augenwinkel, da konnte ich mir eigentlich nicht richtig sicher sein. Aber hin und wieder, wenn ich mit dem Fahrrad unterwegs war oder zu Fuß im Wald, stand sie plötzlich ganz einfach da und beobachtete mich, und immer mit so einem richtig unheimlichen Lächeln im Gesicht. Als wüsste sie etwas, was ich nicht wusste.

Als ich älter wurde, hab ich sie immer seltener gesehen. Bis zu dem Tag auf dem Heuboden dachte ich sogar, sie wäre vollständig verschwunden. Erinnerst du dich? Als ich mir den Arm gebrochen hab? Damals hast du mir geholfen.»

«Ich erinnere mich», sagte ich und dachte dabei: *Genau das ist mir gerade durch den Kopf gegangen.*

Opal lehnte sich gegen den großen Findling, hinter dem Del und ich uns damals, vor all diesen Jahren, versteckt hatten. Sie blickte in die Richtung des zerfallenen Backofens, aber in Wirklichkeit sah sie gar nicht hin.

«Damals, an jenem Tag? Da wollte ich gerade springen, ich stand direkt an der Kante, vorgebeugt und bereit zum Sprung – und da sah ich sie, ganz in meiner Nähe, kaum einen Meter weit weg und total ... *echt*, verstehst du? Nicht wie ein Gespenst, sondern wie ein richtiges Mädchen. Sie streckte beide Hände nach mir aus, ganz schnell, und da gingen mir die Nerven durch. Hab das Gleichgewicht verloren. Und meinen Landeplatz total verfehlt.» Sie schüttelte unglücklich den Kopf, noch immer verärgert wegen des missglückten Kunststücks. Wäre einem ihrer verehrten Wingwalker-Vorbilder so etwas passiert, wäre ein gebrochener Arm das Geringste gewesen.

«Also, Kate, die Sache ist die: Ich glaube, dass Del hinter mir her ist. Ich bin mir ziemlich sicher, dass sie es nicht auf Tori abgesehen hatte, sondern auf mich. Nur komm ich nicht dahinter, *warum*. Ich hatte gehofft, dass du mir da vielleicht weiterhelfen könntest. Dass ich, wenn du mir von ihr erzählst, vielleicht herausfinden könnte, was sie von mir will.»

«Warum denkst du denn, dass eigentlich du das Opfer sein solltest?», fragte ich und achtete dabei auf einen neutralen, urteilsfreien Tonfall.

«Also, jetzt kommt das, was du keinem weitersagen darfst, okay? Wegen der Jacke. Tori hatte *meine* Jacke an. Die hatte ich von meiner Mom geliehen. Aber das weiß keiner – die Polizei nicht und sonst auch keiner.»

«Wie denn das?»

«Ich hab sie mir ... sozusagen ... nach dem Mord zurückgenommen. Ich wollte keinen Ärger kriegen.» Sie verdrehte die Augen. «Ich weiß, verdammt blöd, hm? Mir wegen einer *Jacke* Gedanken zu machen. Aber ich hab viel darüber nachgedacht, und vielleicht war es ja so, dass sie mit der Jacke so aussah wie ich, im Dunkeln. Ich mein, ich trag die Jacke andauernd, und sie hat diese ganzen Fransen und ist einfach sehr *auffällig …*», ihre Stimme wurde immer schriller, «und Tori und ich, wir sind beide *blond …*» Ich legte ihr die Hand auf den Arm, und sie verstummte. Ich dachte, sie würde weinen, aber sie weinte nicht.

«Und als ich zurückging, um die Jacke zu holen, hab ich im Wald was gesehen.»

«Was denn?»

«Die Kartoffeltrine. Sie stand hinter einem Baum versteckt und hat mich beobachtet. Sie trug so ein langes weißes Kleid und schwebte einfach irgendwie davon.»

«Opal, jetzt hör mir mal zu. Das mit Tori ist grauenhaft und wirkt vollkommen absurd. Natürlich möchtest du es verstehen, eine Erklärung finden und machst dir vielleicht auch Vorwürfe. Das ist normal. Es gibt sogar eine Bezeichnung dafür: das Schuldgefühl des Überlebenden. Aber du musst dir klarmachen, dass du mit dem, was Tori zugestoßen ist, nichts zu tun hast. Und Del ebenso wenig.»

Opals nächste Worte waren nur ein Flüstern:

«Ich glaub dir nicht. Ich weiß, was ich gesehen hab.»

Ich seufzte tief. So viel zum Grundkurs Psychologie.

«Nehmen wir mal an, Del könnte wirklich zurückkommen – vergessen wir einen Moment lang, dass das tatsächlich unmöglich ist. Dann hätte Del nicht die allergeringste Veranlassung, dir etwas zu tun. Ich bin mir sicher, dass es massenhaft andere Leute gibt, die sie sich vorher zur Brust nehmen würde.»

«Wen denn zum Beispiel?»

«Zum Beispiel mich. Genau wie all unsere anderen Schulkameraden», antwortete ich.

«Warum denn?», fragte sie.

«Weil wir nicht besonders nett zu ihr waren.»

Milde ausgedrückt.

«Hey, weißt du eigentlich, dass du blutest?», fragte Opal, und ich sah, dass der Kratzer an meinem Arm wieder aufgegangen war und Blut auf meinen zerrissenen Blusenärmel tropfte.

***

Wir gingen zur großen Scheune zurück, wo ich mir den Arm wusch, während Opal mich mit Fragen löcherte. Ihr Gesicht war gerötet, und sie schien jedes Detail begierig aufzunehmen. Jetzt, wo wir drinnen waren und sie wieder Farbe im Gesicht hatte, sah sie Del schon weniger ähnlich, was mich sehr erleichterte. Ich fragte mich allmählich, ob vielleicht ich diejenige war, die Gespenster sah.

«Wie war sie eigentlich?», fragte Opal.

«Sie hatte einen starken Willen. War zäh. Hatte vor fast nichts Angst.»

«War sie gemein?»

«Manchmal vielleicht schon. Aber meistens waren die anderen gemein zu ihr.»

«Warum denn?»

«Weil sie anders war, denke ich. Habt ihr nicht auch ein Kind in der Klasse, auf dem alle herumhacken?»

«Klar, Johnny Lopez. Er schielt und trägt Schlafanzugoberteile als T-Shirts.»

«Na ja, Del war unser Johnny Lopez.»

Raven trat in die Tür, mit gerunzelter Stirn, um uns klarzumachen, dass sie mitbekommen hatte, worüber wir uns unterhielten.

«Dann habe ich also richtig gehört, ihr beiden seid da. Irgendeine Spur von Magpie?»

«Nein», antwortete ich. «Ich hab mir bei der Suche unterm alten Gewächshaus einen Kratzer geholt, und Opal verarztet mich.»

Opal half mir, ein Pflaster auf die Wunde zu kleben.

«He, das machst du besser als ich, dabei verdiene doch ich meine Brötchen damit», sagte ich. «Schon mal dran gedacht, diese Stuntwoman-Geschichte aufzugeben und stattdessen in Richtung Medizin zu gehen?»

Sie lachte. «Kommt überhaupt nicht in Frage.»

«Knochen zu richten ist weniger schmerzhaft, als sie sich zu brechen», bemerkte ich.

«Lieber würde ich mir jeden einzelnen Knochen im Leib brechen, als den ganzen Tag lang Pflaster auf Wehwehchen zu kleben und mich zu Tode zu langweilen», gab Opal zurück.

«Ich glaube, deine Mutter möchte gerne nach Hause», sagte Raven, und ich verstand den Wink, nahm meine Mutter beim Arm, führte sie heim und redete ihr unterwegs gut zu, dass die Katze bestimmt bald wieder auftauchen werde. Katzen gingen ständig allein auf Entdeckungsreise, erklärte ich. Sie packten einfach ihr Bündel und zögen in die Welt, um einmal eine neue Sorte Mäuse zu fangen. Das liege in ihrer Natur. Die Stimmung meiner Mutter wechselte unterdessen von Kummer über Misstrauen zu Wut.

«Du hast die Katze weggeschafft», schluchzte sie.

«Ich hab Magpie nicht weggeschafft, Ma. Sie ist von allein weggelaufen. Und es geht ihr bestimmt gut. Wenn ihr danach ist, kommt sie garantiert zurück.»

«Warum hast du die Katze weggeschafft? Erst schaffst du die Katze weg, und dann willst du mich wegschaffen. Ich gehe nicht ins Heim.» Ihr ganzer Körper zitterte, so heftig weinte sie, das runzlige Gesicht nass von Tränen und Rotz.

Nun hatte sie es also ausgesprochen: Sie wollte nicht ins Heim. Am Vorabend hatte ich versucht, ihr den Gedanken nahezubringen, doch sie hatte sich taub gestellt, so als würde sie kein Wort verstehen. Hier kam nun also die verzögerte Antwort. Wenn wir uns weiter im Vierundzwanzigstundentakt unterhielten, würden die Dinge ganz schön kompliziert werden.

Ich wollte ihr beruhigend die Hand auf den Rücken legen, doch sie zuckte zurück, als hätte ich sie verbrannt. Als wäre ich diejenige, die Funken sprühte.

«Ich hab die Katze nicht weggeschafft, Ma, Ehrenwort. Wahrscheinlich ist sie weggelaufen, als die Polizei hier war. Sie hat sich einfach nur erschreckt und kommt bald wieder zurück.»

«Warum war die Polizei hier?»

«Um uns zu fragen, ob wir in meiner ersten Nacht zu Hause irgendwas Sonderbares gehört haben.»

«Was hätten wir denn hören sollen?»

«Nichts. Wir haben gar nichts gehört.»

Und du warst in jener Nacht auch gar nicht im Wald unterwegs. Und am nächsten Morgen hab ich dich nicht mit einem Messer in der Hand am Küchentisch gefunden.

«Warum hat die Polizei dann gefragt?»

«Weil ein Mädchen im Wald zu Schaden gekommen ist.»

«Ich weiß Bescheid. Sie ist tot. Die armen Griswolds. Du bist immer mit ihr im Bus gefahren.»

«Ja, Ma, wir sind zusammen im Bus gefahren.»

«Aber sie war nicht deine Freundin.»

«Nein, sie war nicht meine Freundin.»

«Wo ist mein Kätzchen? Magpie! Ach, Magpie!»

***

Tatsächlich war die Polizei sogar mehr als einmal da gewesen, und bei jeder Befragung war der Ton schärfer geworden. Die Polizisten waren am Tag nach dem Mord gekommen, um meine Mutter und mich zu befragen und dann Opal, Raven und Gabriel. Am Tag darauf waren sie nur meinetwegen zurückgekehrt, um mich nach all diesen Jahren über meine Beziehung zu Del auszufragen.

«Mein Gott», sagte ich, «das liegt mehr als dreißig Jahre zurück. Haben Sie denn nicht genug mit dem jetzigen Mord zu tun? Der andere ist doch längst Geschichte.»

Die Detectives verzogen keine Miene.

«Waren Sie mit Delores Griswold befreundet, Miss Cypher?» fragte der eine.

«Ich hab sie kaum gekannt», antwortete ich. «Wir sind als Kinder im selben Bus gefahren. Ich hab ein paarmal versucht, mit ihr zu spielen, aber sie war zu ... komisch.»

«Was meinen Sie mit komisch, Miss Cypher?», fragte einer der Detectives.

«Sie hat gelogen», erklärte ich. «Sie war eine zwanghafte Lügnerin.»

Ausgerechnet!

***

Während meiner Ausbildung zur Krankenschwester arbeitete ich nachts als Pflegehelferin in einer psychiatrischen Klinik am Stadtrand von Olympia, Washington. Mein Mann Jamie war damals im letzten Jahr seiner Assistenzarztzeit. Wir hatten abgesprochen, dass ich meine eigene Ausbildung wieder mit voller Kraft durchziehen würde, wenn er fertiger Arzt war. Ursprünglich hatte ich Ärztin werden wollen, vielleicht Kinderärztin, aber die Ausbildung zur Krankenschwester ging schneller und würde finanziell kein ganz so großes Loch reißen. Ein Arzt pro Familie reichte schließlich, und Kardiologen verdienten ohnehin besser als Kinderärzte ... Nun gut, das also hatten wir beschlossen.

Oder besser gesagt, das hatte er beschlossen, und ich war so rasend verliebt in ihn, dass ich es mitmachte und mir einredete, so sei es das Beste.

Bin ich wegen dieses Verzichts heute verbittert? Nur wenn ich zu viel darüber nachgrübele. Die Bedeutung von Reue wird gemeinhin überschätzt.

Ich hatte Jamie während meines ersten Medizinstudienjahres kennengelernt. Er war damals im letzten Jahr. Er war so ein Blondschopf aus Long Beach, mit verwaschenen Jeans und knalligem Hawaii-Hemd. Was mich zu ihm hinzog, war das Widersprüchliche an ihm: Da war dieser phantastisch aussehende Typ mit dem verrückten Hemd und der Weltanschauung eines Surfers – immer gelassen auf die nächste Welle wartend –, und der war ganz zufällig einer der Jahrgangsbesten, der eifrigste Student, den viele seiner Dozenten je gesehen hatten. Ich verliebte mich Hals über Kopf in ihn, als er mir zum ersten Mal in die Augen blickte und schleppend «egal» sagte. Ich ließ die Uni sausen, und wir heirateten standesamtlich an Heiligabend. Wir zogen in eine heruntergekommene winzige Wohnung, und ich begann eine Halbtagsausbildung zur Krankenschwester und hielt uns mit dem Nachtjob am staatlichen Krankenhaus finanziell über Wasser.

So lernte ich damals eine Riesin kennen, Patsy Marinelli. Die anderen Frauen in der Abteilung nannten sie *Tiny* – Winzling. Tiny war ein Meter neunzig groß und wog gut zweieinhalb Zentner. Sie hatte erst ihrem Mann und dann sich selbst eine Kugel in den Kopf geschossen. Er war sofort gestorben, sie aber hatte überlebt, und zwar erstaunlich unbeschadet, abgesehen von ein paar hässlichen Narben und dem vollständigen Verlust ihres Kurzzeitgedächtnisses. Alles, was vor dem Moment lag, als sie den Abzug drückte, war ihr vollkommen präsent: Kindheitsurlaube mit ihrer großen italienischen Familie, Filmstars, in die sie verknallt gewesen war, Sommerferienlager, der High-School-Abschluss, die erste Liebe, das erste Mal Alkohol, das erste Mal Betrogenwerden. Neue Erinnerungen konnten sich dagegen nicht festsetzen. Obgleich ich sie zwei Jahre lang jeden Abend sah, stellte sie sich mir immer wieder vor, manchmal sogar mehrmals pro Nacht. Und bei neun von zehn Begegnungen machte sie dann mit immer derselben Frage weiter:

«Sagen Sie, was ist das Schlimmste, das Sie je getan haben?»

Während meines ersten Jahres ging ich nicht darauf ein. Ich zuckte die Schultern, vielleicht mit einem Scherz, und gab die Frage zurück, wie ich es für die depressiven, wahnhaften oder psychotischen Patienten gelernt hatte. Tiny Marinelli berichtete mir dann unausweichlich jedes Mal, dass sie ihren Ehemann erschossen habe. Sie schluchzte und weinte dabei, und ihre ganzen zweieinhalb Zentner zitterten und bebten, und zwar nicht wie Wackelpudding, sondern wie die Erde bei einem Vulkanausbruch.

Im Verlauf meines zweiten Arbeitsjahres im Krankenhaus gab Jamie eine Affäre mit einer Assistenzarztkollegin zu – es war der erste in einer langen Reihe von Treuebrüchen, die noch folgen würden. Er behauptete, meine emotionale Kälte habe ihn dazu getrieben. Wir hatten uns ständig gestritten, über Geld, den Berg unerledigter Hausarbeit oder zum Beispiel darum, wer die Milch einkaufen musste. Ich war an meiner Belastungsgrenze. Die Ausbildung war schwieriger geworden, das Geld knapper denn je, die Arbeit anstrengender, und ich wollte nur noch schlafen, was Jamie persönlich nahm, wenn ich einen seiner seltenen sexuellen Annäherungsversuche zurückwies.

Aber offensichtlich wies ich ihn nicht immer zurück, denn kurz nachdem ich von seiner Affäre erfahren hatte (die vorbei war, wie er mir versicherte – *finito* –, und überhaupt sei das nur rein körperlich gewesen), wurde ich schwanger. Ich nahm die Pille, aber wahrscheinlich hatte ich sie vor Erschöpfung ein- oder zweimal vergessen. Ich hatte Angst, Jamie davon zu erzählen, denn er würde bestimmt mir die Schuld geben und behaupten, dass ich ihn manipulieren wolle, was auf einer unbewussten Ebene ja vielleicht sogar stimmte. Jamie glaubte nicht an zufällige Pannen. Ich, ehrlich gesagt, auch nicht. Außerdem glaubte ich nicht, dass unsere halb zerrüttete Beziehung so eine Neuigkeit überstehen würde. Dabei hatten wir gerade beschlossen (ja, diesmal wirklich *wir*), dass wir versuchen würden, unsere Ehe zu retten. Ich liebte ihn immer noch – grelle Shirts und lüsterne Blicke inklusive. Ich bin da irgendwie ein unbelehrbarer Trottel: Wenn ich mal jemanden liebe, kann ich es nicht mehr abstellen.

Ich war diejenige, die den Fehler gemacht hatte, da kam es mir nur angemessen vor, dass ich die Sache auch wieder in Ordnung brachte – selbständig.

Ich ließ die Abtreibung an einem Freitagnachmittag vornehmen, verbrachte das Wochenende mit Unterleibskrämpfen im Bett und schluckte Aspirin. Jamie sagte ich, ich hätte die Grippe.

Als ich mich dann Montagabend wieder zu meinem Job im Krankenhaus schleppte, stellte Tiny sich vor und fragte mich dasselbe wie immer. Es war während der Bettenkontrolle, und wir befanden uns allein in ihrem Zimmer.

«Sagen Sie, was ist das Schlimmste, das Sie je getan haben?»

Ich hatte nichts anderes als die Abtreibung im Kopf; ich verzehrte mich danach, etwas von meiner Schuld bei irgendjemandem abzuladen. Und was auch immer ich Patsy gestand, nach fünf Minuten würde es vollständig vergessen sein.

Aber natürlich war die Abtreibung nicht das Schlimmste, was ich getan hatte.

«Ich habe meine beste Freundin verraten, und danach ist sie gestorben.» Die Worte waren ausgesprochen, bevor ich darüber nachgedacht hatte. Ich platzte einfach damit heraus.

«Haben Sie sie ermordet?», wollte Tiny wissen.

«Nicht ich hab sie erwürgt, nein, aber ein Teil der Schuld liegt bei mir. Wäre jener Tag damals anders gelaufen, vielleicht, wer weiß ...»

«Glauben Sie, dass Ihre Freundin Ihnen das übel nimmt?»

«Nein.» Ich schüttelte den Kopf und rief mir in Erinnerung, mit wem ich da sprach. «Sie ist tot, Patsy.»

«Die Toten können nachtragend sein.»

Ich starrte die riesenhafte Frau an. Augen, Nase und Mund waren zu klein für ihr Mondgesicht.

«Die Toten können nachtragend sein», wiederholte sie.

***

Ich gewöhnte mir an, abends eine geöffnete Thunfischdose oder eine Untertasse mit Milch auf die Veranda zu stellen, um Magpie zurückzulocken. Jeden Morgen waren Thunfisch und Milch verschwunden, aber von Magpie war keine Spur zu sehen. So ein Schlingel. Die führte uns ganz schön an der Nase herum.

«Warum hast du die Katze weggeschafft?», fragte meine Mutter mich immer wieder.

Weil sie immer wieder dieselben Fragen gestellt hat.

«Erst die Katze, und dann bin ich dran. Ich gehe *auf keinen Fall* in ein Heim!» Nach diesen Worten rief sie immer verzweifelt nach Magpie.

Ich erhöhte die Dosis der Medikamente. Manchmal schienen sie zu helfen, aber manchmal kam es mir so vor, als hätten sie nicht die geringste Wirkung.

***

Eines Abends, drei Tage nach dem Verschwinden der Katze, stellte ich gerade das Futter für Magpie vor die Tür, als ein zerbeulter blauer Chevy-Pick-up vorfuhr. Ein Mann stieg aus, den ich trotz seines abgerissenen Äußeren auf Anhieb erkannte.

Ich spürte ein wohlvertrautes elektrisierendes Prickeln, nur kam es mir diesmal ein bisschen gefährlicher vor, so als wollte man durch Anfassen prüfen, ob in einem abgerissenen Kabel noch Strom fließt.

«Dann stimmt es also», sagte er lächelnd, als er aus dem Führerhaus des Pick-ups sprang. «Kate ist wieder da.»

«Wie geht's, Nicky?»

Er trat ein paar Schritte auf mich zu, und da sah ich schon, wie es ihm ging. Nicky wirkte angetrunken. Er hatte ein paar Kilo zugelegt, war unrasiert, und das Haar wuchs wild. Nicky war jetzt etwas mehr als zwanzig Jahre älter als bei unserer letzten Begegnung, hatte aber noch dieselbe raue Stimme und den federnden Gang von damals. Das Haar war hell, die Haut dunkel. Er trug eine John-Deere-Baseballkappe mit Schmierölflecken, ein sauberes T-Shirt, eine blau-rot karierte Holzfällerjacke und Jeans. Er lächelte sein fuchsschlaues Lächeln, und mir wurde warm ums Herz. Wie schon gesagt, wenn ich einmal jemanden liebe, dann ist das fürs Leben. Trotz allem. Verrückt, ich weiß.

Ich hatte keine ernsthafte Beziehung mehr gehabt, seit Jamie mich fünf Jahre zuvor wegen einer jungen Chirurgin endgültig verlassen hatte. Sie sei schwanger, erklärte er mir, und er wolle eine richtige Familie. Diese Ironie des Schicksals setzte mir so zu, dass ich zusammenbrach und ihm von der Abtreibung erzählte.

«Du hättest eine Familie haben können», schrie ich ihn an. «Du könntest jetzt ein elfjähriges Kind haben. Da hast du deine verdammte Familie!»

Sobald die Worte heraus waren und ich sein Gesicht sah, wusste ich, dass das Schicksal unserer Ehe besiegelt war. Er würde mir das niemals verzeihen. Ich war diejenige, die alles kaputt machte – ich, das gefühlskalte, geheimniskrämerische, kindermordende Monstrum.

Die Chirurgin brachte das Kind zur Welt – einen Jungen namens Benjamin –, doch zwischen ihr und Jamie war es nach einem Jahr aus. Als ich davon erfuhr, dachte ich, das müsse mir Genugtuung verschaffen, aber so war es nicht. Obgleich Jamie und ich nicht in Kontakt blieben, sickerten Informationen über die lange Liste seiner Eroberungen zu mir durch. Mein Exmann, der erfolgreiche Kardiologe, brach fast ebenso viele Herzen, wie er operierte.

Unmittelbar nach der Scheidung ging ich gelegentlich aus und hatte ein paar One-Night-Stands, aber danach fühlte ich mich immer leer und enttäuscht, und so entschied ich mich für die Rolle der alten Jungfer und wies selbst die Bemühungen der vielversprechenden Männer zurück. Im Kollegium der Grundschule hält man mich für eine Lesbe, und ich habe diesen Irrtum niemals aufgeklärt.

Als ich nun vor meinem ersten Schwarm auf der Haustreppe stand – oder vor dem Mann, zu dem mein erster Schwarm geworden war –, ging mir unwillkürlich eine kleine Rechenaufgabe durch den Kopf – etwas mehr als drei Jahre war es her. Jawohl, seit drei Jahren hatte ich mit niemandem mehr geschlafen. Ich wusste, dass es verrückt war, mich wieder in Nicky Griswold zu vergucken, aber so war es eben.

«Nicky.» Ich hätte ihn am liebsten umarmt, hielt mich aber zurück. Ich setzte mich auf die Treppe und klopfte neben mir auf die Stufe.

«Desert Rose», sagte er, während er sich zu mir niedersetzte. «Willst du eine rauchen?» Er zückte ein Päckchen Camels, und ich nahm eine, obwohl ich schon seit Jahren nicht mehr rauchte. «Wie wär's mit einem Schluck?» Er holte eine Flasche Wild Turkey aus der Jackentasche und setzte sie an die Lippen.

«Gluck, gluck!» Er hielt mir die Flasche hin.

«Den kann ich brauchen.» Ich nahm die Flasche, tat einen ordentlichen Zug und ließ mich von dem Whisky durchwärmen. Normalerweise trinke ich Manhattans, aber diesmal verzichtete ich gerne auf Wermut und Kirsche.

«Schön, dich zu sehen, Nicky.» Das meinte ich genau so, wie ich es sagte. Nach fast einer ganzen Woche mit meiner Mutter sehnte ich mich verzweifelt nach einem freundlichen, vertrauten Gesicht. Jemand anderem als Raven und Gabriel, die mich bei jedem Besuch unweigerlich fragten, ob ich mit der Unterbringung meiner Mutter schon weitergekommen sei. In Wirklichkeit hatte ich noch gar nichts unternommen. Ich erklärte ihnen, ich sei noch dabei, die Lage zu beurteilen, aber sie durchschauten mühelos, was hinter dieser Ausrede steckte: Ich zögerte die Entscheidung hinaus, und wir wussten alle Bescheid. Das Flehen meiner Mutter schnitt mir ins Herz.

«Wie geht es dir?», fragte ich.

«Man schlägt sich so durch. Jedenfalls freu ich mich auch, dich zu sehen.»

«Was treibst du denn so zurzeit?» Ich dachte an das, was ich im Gemischtwarenladen aufgeschnappt hatte: Er sei wegen des jüngsten Mordes verhört worden, sei aber am fraglichen Abend in eine Kneipenschlägerei verwickelt gewesen und habe somit ein Alibi.

«So dies und das. Ich arbeite halbtags bei Chuck's als Mechaniker, und nebenher verdien ich mir privat noch mit kleineren Reparaturen was dazu. Im Sommer mäh ich für ein paar Leute den Rasen, und im Winter pflüge ich. Es reicht, um über die Runden zu kommen. Ich wohn drüben, bei den Viehweiden – nichts Großartiges, nur ein Wohnwagen, aber er gehört mir und ist mein Zuhause.» Er lächelte. «Und du?»

«Da gibt's nicht viel zu erzählen. Ich lebe noch immer in Seattle. Arbeite als Gesundheitspflegerin in einer Schule.»

«Hab gehört, du bist verheiratet?»

«Geschieden, seit fünf Jahren.»

Er nickte. «Kinder?»

«Nein.» Ich sah weg. «Keine Kinder.»

Er schwieg eine Weile und deutete dann mit dem Kopf auf das Haus. «Wie geht's deiner Mom?»

«Nicht besonders.»

«Ich hab gehört, sie geht bald ins Heim?»

«Ich weiß noch nicht recht. Wahrscheinlich sollte sie da hin, aber ich weiß nicht, ob es das Richtige ist. Sie stellt sich furchtbar quer. Irgendwie liegt ihr Leben jetzt in meinen Händen, und ich hab nicht mal mehr zwei Wochen

Zeit für die Entscheidung. Dann ist mein Urlaub vorbei, und ich muss wieder nach Seattle.»

«Du wirst das Richtige für sie tun.»

Wir schwiegen wieder eine Weile, rauchten, ließen die Flasche hin- und hergehen und lauschten dem Rascheln der letzten am Baum verbliebenen Blätter.

«Hast du von dem Mädchen gehört, das man im Wald gefunden hat?»

Ich nahm noch einen tiefen Schluck aus der Whiskyflasche und wischte mir mit dem Handrücken den Mund ab.

«Natürlich. Ganz schön beunruhigend. Ich glaub, es war direkt auf der anderen Seite des Hügels, da, wo früher die alte Jagdhütte war.»

«Die Hütte steht noch», bemerkte er.

«Unmöglich!» Die Überraschung in meiner Stimme schien Nicky zu gefallen, denn er nickte lächelnd. «Ich dachte, die wäre schon vor Jahren zusammengekracht.»

«Nein, sie steht schief, aber sie steht. Ein bisschen wie ich, hm?» Er zwinkerte mir zu.

Ich wurde rot und sah weg.

«Gottverdammich.»

Vielleicht lag es an dem Bourbon, aber ich dachte plötzlich daran, wie ich damals, als es mit Jamie und mir den Bach runterging, überlegt hatte, ob eine Ehe mit Nicky wohl besser gelaufen wäre. Natürlich hatte Nicky mir nie einen Antrag gemacht. Wir hatten einander als Erwachsene ja gar nicht gekannt. Aber in meiner Vorstellung hatte er sich zum idealen Mann gewandelt, ein ernsthafter Typ, nach außen hin ein bisschen rau, aber einer, der mir niemals Unrecht tun würde.

Nicky schwieg einen Moment und nahm einen kräftigen Schluck Wild Turkey, bevor er wieder anfing.

«Kate, weißt du irgendwas über die Ermordete?»

«Nicht viel. Nur, was in der Zeitung stand: Sie war vierzehn, hieß Victoria Miller und wurde von ihren Freunden Tori gerufen. Opal und die anderen Jugendlichen, mit denen sie im Wald war, haben absolut nichts gehört.»

«Sie war die Tochter von Ellie Bushey – Ellie hat einen der Millers geheiratet. Nachdem der alte Miller einen Schlaganfall hatte, haben Ellie und ihr Mann Joe das Antiquitätengeschäft praktisch übernommen. Die alte Dame hat es allein nicht mehr geschafft.»

«Ellie? An die hab ich seit einer Ewigkeit nicht mehr gedacht.» Ich hatte plötzlich einen Klumpen im Hals, einen dicken, schmerzhaften Klumpen in der Form eines großen E. E stand für Ellie, die kleine Ellie Bushey, und all das, was ihre Beliebtheit mir damals zu versprechen schien.

«Na ja, der Name war mir nicht unbekannt», fuhr Nicky fort und zündete sich die zweite Zigarette an. «Ich erinnere mich, dass mit euch Mädels und Del irgendwas gelaufen ist. So, wie ich mich an Artie Paris erinnere.»

O Gott, noch so ein Name, den ich am liebsten für immer aus meinem Gedächtnis gestrichen hätte. Nicky zerrte wirklich alle Leichen aus dem Keller.

«Was war denn mit ihm?»

«Ich weiß, dass er immer richtig fies zu Del war. Alle sagen, dass er derjenige war, der sie damals, an jenem letzten Schultag, in den Dreck geschmissen und festgehalten hat. Er hat sie auch immer gehänselt und diese dämlichen *Ein Kartoffel, zwei Kartoffel*-Lieder gesungen.

Nein, dachte ich bei mir. *Die haben wir alle gesungen.* Bei diesem Gedanken würde mir die Kehle eng.

«Ja, er war immer äußerst charmant», sagte ich laut. «Das ist er bestimmt bis heute.»

«Nein, ist er nicht. Das ist es ja gerade, Kate. Er ist tot. Und zwar erst seit ein paar Monaten.»

Ich brauchte ein Weilchen, um das zu verdauen. Es ist immer ein bisschen verstörend, wenn man hört, dass ein Bekannter gestorben ist, und wenn man im selben Alter ist, kommt es einem sogar noch persönlicher vor, selbst wenn man den Betreffenden überhaupt nicht leiden konnte. Was wohl die Todesursache gewesen war? Ein Herzanfall? Ein Autounfall? Leberzirrhose? Aber eigentlich war das egal – wie auch immer er gestorben war, ich war froh, dass er seinen Abgang gemacht hatte. Ich wurde hier allmählich zur echten Heiligen.

«Wirklich?», fragte ich. «Ich wünschte, ich könnte sagen, dass es mir leid tut.»

«Willst du nicht wissen, wie er gestorben ist?»

Ich zuckte mit den Schultern, und er fuhr fort: «Er soll an einer Kartoffel erstickt sein. An einem Stückchen roher Kartoffel.»

Ich bemühte mich vergebens, ein Lachen zu unterdrücken. Das klang verdächtig nach der neuesten Kartoffeltrinen-Geschichte. So entstanden Legenden.

«Es geht noch weiter, Kate. Er war allein zu Hause. Seine Frau hatte Nachtschicht in der Schuhfabrik.»

«Mhm», erwiderte ich und verdrehte ein bisschen die Augen, weil ich kaum glauben konnte, dass Nicky auf so etwas hereinfiel.

«Jetzt hör mir einfach mal zu, okay?» Er sah mich ungeduldig an. Zufrieden mit meinem Schweigen, beugte er sich dann vor und fuhr mit Flüsterstimme fort:

«Es gab keine Kartoffeln im Haus. Keine einzige. Artie verabscheute Kartoffeln. Er hat seiner Frau immer verboten, welche zu kaufen. Aber bei der Autopsie fand der Gerichtsmediziner ein rohes Kartoffelstück in Arties Luftröhre.»

Ich lachte wieder. «Und du hast vermutlich den Bericht des Gerichtsmediziners gelesen? Oder sogar persönlich mit ihm geredet?»

Nickys Gesicht rötete sich ein wenig.

«Nicky, er hatte wahrscheinlich einen Herzanfall. Aber das ist keine gute Story, und so hat man die Sache nach und nach ein bisschen aufpoliert. So läuft das in diesem Städtchen hier. Selbst das idiotischste Gerücht ist nach dem dritten Mal Weitererzählen nichts als die reine Wahrheit.»

«Nein, es war kein Herzanfall», beharrte Nicky. «Er ist erstickt. Das hat sogar seine Frau gesagt. Offiziell wird es als Unfall bezeichnet, aber viele hier wissen es besser. Ich weiß es besser. Der Drecksack wurde ermordet.»

«Von wem denn genau?», fragte ich.

«Ach, komm schon, Kate. Muss ich dir das schriftlich geben? Erst Artie und die Kartoffel, jetzt Ellies Tochter im Wald, und zwar auf haargenau dieselbe Weise ermordet wie damals Del. Sie ist es selbst, Kate. Sie muss es sein.»

Ich konnte ihm nicht folgen. Oder vielleicht wollte ich ihn auch nicht verstehen. So was war nicht mein Ding. O nein. Nichts für mich.

«Wovon redest du eigentlich, Nicky. Wen meinst du mit sie selbst?»

«Del.»

Einen Moment lang sagte ich gar nichts. Ich dachte an all die Geschichten, die ich im Laufe meiner Kindheit gehört hatte und die von Jahr zu Jahr immer wilder geworden waren. Durch ihre Ermordung war Del zum Mythos geworden. Seit drei Jahrzehnten wussten manche Kinder zwar nicht, in welchem Jahr New Canaan eingemeindet worden war oder wie der Indianerstamm hieß, der das Tal ursprünglich besiedelt hatte, doch die Kartoffeltrinen-Geschichten kannten sie alle. Die Abzählreime. Die Scherze. Bei Schlafanzug-Partys setzten die Mädchen sich gerne in einem abgedunkelten Raum vor den Spiegel und riefen *Kartoffeltrine, Kartoffeltrine,* bis sie kam und alle kreischend nach draußen rannten.

Del hätte das natürlich gefallen. Sie hätte diese Macht, Angst und Schrecken zu verbreiten, sehr genossen. Aber diese Geschichten nun wirklich für bare Münze zu nehmen? Zu glauben, dass es tatsächlich eine Kartoffeltrine gab – die aus dem Grab auferstandene Del –, die in den Wäldern umging, Rache nahm und sogar Leute ermordete? Glaubten die vielleicht auch an den kopflosen Reiter?

Einem zwölfjährigen Kind wie Opal mochte man solche Hirngespinste vielleicht noch zugestehen, aber einem erwachsenen Mann?

Der Nicky, den ich vor mir hatte, war nicht mehr der schlaksige, gut aussehende Junge wie zur Zeit meiner Kindheit, aber er wirkte nicht weniger ernsthaft. Ich merkte plötzlich, wie sehr Kummer und Schuldgefühle ihn belasteten. Für ihn musste es fast ein Trost sein, wenn er glauben konnte, dass seine schlaue, tapfere kleine Schwester sogar dem Tod ein Schnippchen geschlagen hatte. Aber für mich war das nichts. Das einzige Gespenst, an das ich glaubte, war Casper, der freundliche Geist, und so wollte ich es auch weiterhin halten.

«Nicky», begann ich mit meinem besten Ex-Psychiatriepflegerinnen-Lächeln und legte ihm leicht die Hand aufs Knie, «ich glaube, der Wild Turkey ist dir zu Kopf gestiegen. Halloween liegt anderthalb Wochen zurück.»

Er schüttelte frustriert den Kopf.

«Ich weiß, dass es verrückt klingt, aber denk doch einfach mal nach. Stell dir mal die Frage, was wäre, wenn ich recht hätte? Falls es wirklich Del ist, ist sie vielleicht auch hinter uns her. Ich meine, überleg doch mal. Weißt du noch, wie wütend sie am Tag vor ihrer Ermordung war? Falls sie sich jetzt einen nach dem anderen die Leute vorknöpft, auf die sie stinkig ist, sind wir auch auf der Liste.» Er nahm einen ordentlichen Schluck aus der Flasche und blickte auf die schrundige Holzstufe unter seinen großen Arbeitsstiefeln. «Glaub mir, wir stehen auf ihrer Liste.»

Hinter uns ging die Haustür auf, und wir drehten uns beide aufgeschreckt um. Ich nahm rasch die Hand von seinem Knie, schuldbewusst wie ein Schulmädchen.

«Wer sind Sie?», fragte meine Mutter und beugte sich vor, um Nickys Gesicht im abendlichen Dämmerlicht zu studieren. Sie sah mich mit einem Anflug von Erschrecken an. «Wer ist das?»

Sie war über und über mit leuchtend bunter Acrylfarbe bekleckst. Kleider und Gesicht waren damit verschmiert. Die Verbände an ihren Händen schimmerten in allen Regenbogenfarben. Sie hatte mir gesagt, dass sie an einem Bild arbeiten wollte, doch ich hatte erwartet, dass sie das schnell wieder vergessen würde. Raven hatte berichtet, dass meine Mutter seit Monaten nicht mehr malte. Und angesichts der Medikamentendosis, die ich ihr heute verabreicht hatte, wunderte ich mich, dass sie überhaupt stehen konnte, geschweige denn an ihrem jüngsten Meisterwerk arbeiten.

«Ich bin Nicky Griswold, Ma'am.»

«Sie wohnen unten am Fuß des Hügels.» Sie wies mit ihrer verbundenen Hand in die Richtung.

«Früher, ja.»

«Das mit Ihrer Schwester tut mir schrecklich leid. Das arme Kind. Wann ist denn die Beerdigung?»

Nicky blickte von meiner Mutter zu mir. Jetzt wirkte *er* erschrocken.

«Ähm, die ist schon vorbei, Ma'am.»

«Dann ruht sie in Frieden?»

«Ich denke», nuschelte Nicky.

«Gut. Die Toten brauchen ihren Frieden.»

«Ja, Ma'am», stimmte er zu und stand auf. «Hat mich gefreut, Sie beide zu sehen. Ich komme bald mal wieder vorbei.» Er stieg in seinen Pick-up. Im Losfahren kurbelte er das Fenster herunter und rief: «Denk einfach mal über das nach, was ich dir gesagt hab, Kate. Mehr will ich gar nicht.»

«Wer war das?», fragte meine Mutter, als wir den Rücklichtern seines Wagens hinterhersahen.

«Ein Freund, Ma. Sag mal, was hast du denn in deinem Atelier getrieben?» Sie sah mich verständnislos an. «Zeig mir mal das Bild, an dem du gearbeitet hast. Wieder ein Stillleben?» Ich stand auf, und wir gingen zusammen ins Atelier, in dem sich auch mein Gästebett befand. Auf der Staffelei stand eine große, mit Farbe beschmierte Leinwand – überwiegend Rot-, Gelb- und Orangetöne. Ein paar Kleckse Blau und Violett gab es auch.

«Hübsche Farben», sagte ich und merkte plötzlich, dass ich redete wie eine Mutter mit ihrer vierjährigen Tochter. Die Krankheit meiner Mutter führte zu einem ganz schön merkwürdigen Rollentausch.

«Das ist das Feuer», erklärte sie. «Das Feuer, von dem ich den Schlag gekriegt hab.»

«Du hattest keinen Schlaganfall, Ma.» Ich berührte tröstend ihre magere Schulter, doch sie schien es nicht zu bemerken. Meine Mutter trat von mir weg und hin zu ihrem Bild.

«Sie ist da drin.»

O nein, das schon wieder.

«Wer denn?» Ich trat auch näher an das Bild heran und stand nun unmittelbar hinter der winzigen Gestalt meiner Mutter.

«Siehst du sie nicht?»

Ich betrachtete die Leinwand, sah aber nur dick und chaotisch aufgeklatschte Acrylfarbe.

«Nein, Ma, ich seh nichts. Komm, wir machen dich mal sauber. Es ist fast schon Zeit fürs Abendessen.»

«Ich hab keinen Hunger», sagte sie.

«Du musst was essen.»

«Wo ist Magpie?» Sie drehte sich abrupt zu mir herum, plötzlich verzweifelt. «Was hast du mit Magpie gemacht?»

***

Nachdem wir zu Abend gegessen hatten und ich meiner Mutter ihr Schlafmittel verabreicht und sie zu Bett gebracht hatte, kam Opal vorbei.

«Ich hab vorhin Nicky Griswolds Pick-up hier gesehen», sagte sie.

«Er hat kurz vorbeigeschaut», erklärte ich, fast als müsste ich mich verteidigen. Shit, jetzt hatte ich schon das Gefühl, mich vor einer Zwölfjährigen rechtfertigen zu müssen. Wie kam das nur? Und wieso machte Opal mich in letzter Zeit immer so nervös? Vermutlich waren es ihre Fragen nach Del, die die Vergangenheit aufrollten und mich dazu zwangen, mich an ein Kapitel meines Lebens zu erinnern, das ich eigentlich nie wieder aufschlagen wollte. Ganz zu schweigen von der Tatsache, dass ich manchmal, wenn ich Opal ansah, plötzlich das Gefühl hatte, Del vor mir zu haben. Es war fast, als verwandelte sich die von Del faszinierte Opal durch diese Obsession tatsächlich in die Verstorbene. Verrückt, ich weiß, aber so kam es mir vor.

«Hey, wie läuft es mit dem Doppeldecker?», fragte ich.

«Toll! Ich bin mit dem Rumpf fertig, und das ist der schwierigste Teil.»

Sie blickte sich im Zimmer um und rückte dann ziemlich nachdenklich mit dem wahren Grund ihres Besuchs heraus.

«Ich hab mich gefragt, ob Del vielleicht wegen irgendwas hinter mir her ist, was mit meinen Großeltern zu tun hat. Ob die vielleicht irgendwie mit ihrer Ermordung in Verbindung stehen.»

Ich lachte unwillkürlich auf. Es war ein nervöses Lachen, aber echt.

«Doe? Die hat Del kaum gekannt. Und sie war die

eingefleischteste Pazifistin, die mir je begegnet ist. Sie musste schon weinen, wenn sie beim Umgraben einen Regenwurm verletzt hat. Und dein Großvater, na ja, du wirst wohl gehört haben, dass er verdächtigt wurde, aber der Verdacht hat sich nicht bestätigt.»

«Vielleicht hat man nur nicht gut genug hingeschaut», warf sie ein.

«Das glaube ich nicht. Er hat viele Fehler begangen, aber so etwas hätte er niemals jemandem angetan. Er hatte ein gutes Herz. Und das sogenannte Beweisstück, das mit ihm in Verbindung gebracht wurde, war vollkommen falsch. Es war einfach nur ein großes Missverständnis.»

«Woher willst du das denn so genau wissen?», fragte sie.

Weil ich selbst das Missverständnis verursacht habe.

«Ich weiß es eben. Glaub mir.»

Opal ging unbefriedigt davon, nachdem ich ihr die Antwort auf einige recht konkrete Fragen zu Dels Ermordung schuldig geblieben war. Das Kind hatte ohnehin schon Albträume, da wollte ich nicht noch Öl ins Feuer gießen. Die Leiche ihrer Freundin zu finden war ein schlimmer Schock für sie gewesen. Und nach ihrer Beschreibung zu urteilen, hatte sie genau dieselbe Szene angetroffen, auf die auch Nicky an jenem Nachmittag gestoßen war, als er Del fand. Aber das brauchte Opal nicht zu wissen.

Als sie weg war, lag ich wach im Bett und dachte noch einmal über alles nach. Es machte mir unwillkürlich Sorgen, dass Tori Opals Jacke getragen hatte. Was, wenn Opal recht hatte? Das mit dem Gespenst war natürlich Quatsch, aber was, wenn der Mörder es tatsächlich auf Opal abgesehen hätte?

Aber wer um alles in der Welt sollte den geringsten Grund haben, Opal etwas antun zu wollen?

***

In der Nacht wachte ich auf und hörte, wie meine Mutter mit sich selbst sprach. Im ersten Moment dachte ich, die Katze sei zurück. Ich brachte es offen gestanden einfach nicht fertig, Ma nachts in ihrem Schlafzimmer einzuschließen. Jeden Abend stand ich mit der Hand am Vorhängeschloss vor ihrer Tür, aber ich konnte mich schlicht und ergreifend nicht dazu überwinden. Es kam mir verkehrt vor, und ich merkte, dass ich nun einmal nicht die Gefängniswärterin meiner Mutter sein wollte. Also schlief ich bei geöffneter Zimmertür und nahm an, dass ich sie hören würde, falls sie nachts aufstand. Ich hielt meinen Schlaf für leicht genug, um sie am Verlassen des Hauses hindern zu können.

Ich tapste ins Wohnzimmer und stellte fest, dass meine Mutter ins Telefon sprach. Das einzige Licht im Zimmer kam vom Mond, der durch die beschlagenen Fenster schien. Das Feuer war ausgegangen, und der Raum war kalt.

«Mit wem redest du, Ma?»

Meine Mutter weinte. Sie ließ den Hörer fallen, der am Spiralkabel auf- und abhüpfte und dabei gegen Boden und Wand stieß. Ich hob ihn auf. Er war warm.

«Hallo?», sagte ich und behielt dabei meine Mutter im Auge, die weinend zu Boden gesunken war. «Wer ist da?»

«Notruf. Wie heißen Sie, bitte?»

Verdammt. Das konnte ja heiter werden.

«O Gott, tut mir schrecklich leid. Ich heiße Kate Cypher. Das war meine Mutter, sie hat Alzheimer. Ich bitte vielmals um Entschuldigung.»

«Sie sagt, Sie hätten ihre Katze umgebracht.»

So also würde das künftig laufen.

Ich seufzte und spürte, wie der Frust von sechs Tagen in mir hochkam.

«Tut mir leid. Wie ich schon sagte, sie ist krank.»

«Sie sagt, dass Sie ein Mädchen kennen, das ermordet wurde.»

Das war der Tropfen, der das Fass zum Überlaufen brachte. Ich bin ein ruhiger und geduldiger Mensch. Ich verliere normalerweise nicht die Beherrschung, schon gar nicht gegenüber Autoritätspersonen, aber seit dem Tag meiner Ankunft hatte meine nette, freundliche Fassade einen Haarriss nach dem anderen abbekommen.

«Ach, *tatsächlich*? Hören Sie mir eigentlich zu? Sie – hat – *Alzheimer!* Sie redet von etwas, das passiert ist, als ich noch ein Kind war! Sie weiß nicht, welches Jahr wir haben oder wie man Pfannkuchen backt oder wer tot ist und wer lebt, okay? Vergessen Sie es einfach! Warum könnt ihr nicht einfach mal Ruhe geben? Herrgott nochmal!»

«Ma'am, ich ...»

Eine ruhige, vernünftige Stimme, aber ich knallte den Hörer auf die Gabel und brachte meine Mutter wieder zu Bett. Als sie eingeschlafen war, zwang ich mich, den Bügel des Vorhängeschlosses einrasten zu lassen, lauschte auf das Klicken des Verschlusses und prüfte sicherheitshalber noch einmal nach.

Siebtes Kapitel
1971, Ende Mai

Bist du mit der Kartoffeltrine befreundet?»

Ich betrachtete das Mädchen, das unter mir auf dem Klettergerüst saß – Ellie Bushey. Sie hatte eine sommersprossige Stupsnase und roch nach Erdbeeren.

Ich antwortete nicht. Schon die ganze Pause über war Ellie mir auf den Fersen gewesen, gefolgt von ihrer Beinahe-Doppelgängerin und Busenfreundin Samantha. Schließlich hatte Samantha die Geduld verloren und sich einer Gruppe von Kindern angeschlossen, die am Rand des Pausenhofs Himmel-und-Hölle spielten.

«Ich frag nur, weil Travis erzählt hat, ihr beide hättet euch heute Morgen, als der Bus kam, miteinander unterhalten», fuhr Ellie fort und sah mit zusammengekniffenen Augen zu mir hoch. «Er hat jetzt schon ein paarmal gesehen, dass ihr miteinander redet.»

Mir wurde heiß. Wenn Ellie Bescheid wusste, würde sich die Neuigkeit rasch herumsprechen, und am Ende des Tages würde jeder mein Geheimnis kennen. Bald würde man dann auch mir ein Lied nachsingen.

«Nur weil ich mit jemandem rede, ist so jemand noch lange nicht meine Freundin. Du redest doch auch gerade mit mir, oder? Heißt das, dass du meine Freundin bist?», fragte ich mit einem Blick auf Ellie, die ihr blasses, sommersprossiges Gesicht auf der Suche nach einer Antwort nachdenklich verzog.

«Vielleicht schon. Ich hab massenhaft Freundinnen.» Bei diesen Worten musterte sie mich aufmerksam, als prüfte sie, ob ich das Zeug zur Freundin hatte. Ich, das verrückte Hippie-Mädchen. Ich wusste, dass ich keine Chance hatte, aber ich überließ mich trotzdem dieser Phantasie. Dass ich und Ellie auf dem Klettergerüst miteinander spielen würden. Beim Essen am selben Tisch säßen. Uns im Unterricht Zettelchen schrieben.

«Ich hab schon eine beste Freundin – Samantha. Meine beste Freundin könntest du also nicht sein», fuhr sie fort. Sie zog mich auf. Spielte mit mir. Sie war eine Weile nett zu mir, und dann fuhr sie plötzlich die Krallen aus. «Aber ich könnte niemals mit einem Mädchen befreundet sein, das die Kartoffeltrine mag. Nie, nie, niemals.» Sie schüttelte den Kopf und wendete sich von mir ab, um jeden Zweifel auszuschließen.

«Vielleicht kann ich sie ja in Wirklichkeit gar nicht leiden. Vielleicht tu ich ja nur so», sagte ich vorsichtig. Ich wollte unbedingt, dass sie sich wieder zu mir umdrehte. Und ich hatte Erfolg. Sie fuhr herum und sah mich aus schmalen Augen an.

«Warum solltest du denn so was tun?»

«Um sie auszuhorchen», erklärte ich schlagfertig. «Um Informationen zu sammeln.»

«Was denn für Informationen?», fragte Ellie und sah mich skeptisch an.

«Geheimnisse. Alles Mögliche, was nur ich über die Kartoffeltrine weiß.»

«Wie zum Beispiel?»

«Oh, massenhaft Zeugs.»

«Sag mir eine einzige Sache.»

«Okay», antwortete ich. «Sie hat da diese Schweine, ja? Und eine von den Säuen hat drei von ihren Ferkeln aufgefressen und nur die Schwänzchen übrig gelassen. Willst du wissen, was mit den Schwänzchen passiert ist? Del hat sie aufbewahrt. Sie hat sie in ihrem Zimmer, in Alkohol konserviert in einem Einmachglas. Jeden Abend vor dem Schlafengehen schaut sie sie an. Und wenn sie morgens aufsteht, ist das Glas das Allererste, was sie sieht.»

Ellie lachte. «O Gott! Das ist ja krank! Warum macht sie denn so was?»

Ich zuckte die Schultern. «Wer kann wissen, warum sie irgendwas macht? Ich behaupte ja nicht, dass ich das kapiere. Ich sag nur, dass es Sachen gibt, die ich über Del weiß. Massenhaft Sachen.»

«Das muss Sam hören», sagte Ellie. «Hast du noch mehr solche Geschichten?»

«Massenhaft.»

«Alle so eklig?»

«Manche sind eklig. Andere einfach nur merkwürdig.»

Die Schulglocke verkündete das Ende der Pause.

«Morgen erzählst du mir mehr», sagte Ellie und lächelte mich an.

So also war ich auf die Idee gekommen, mir mit Dels Freundschaft Ellies und Sams Freundschaft zu erkaufen – die ihren eigenen, großen Freundeskreis hatten, in den ich, so bildete ich mir ein, so perfekt hineinpassen würde wie das fehlende Glied einer Kette. Dabei, so sagte ich mir, würde ich Del nicht unbedingt verraten müssen. Ich könnte ja das, was ich den anderen erzählte, einfach erfinden. Hier und da würde ich ein paar Tatsachen einstreuen, aber zum größten Teil würde ich ihnen einfach das vorflunkern, was sie, wie ich meinte, wirklich hören wollten: das Allerekligste und Allermerkwürdigste aus dem Leben der Kartoffeltrine.

Als ich Del an jenem Tag nach der Schule auf dem Feld traf, war auch Nicky da, mit geschultertem Gewehr. Er wich meinem Blick aus. Die Erbsen waren gewachsen und krochen mit ihren bleichen Ranken am Drahtgitter hoch. Die Krähe mit ihrem fettigen, zerfledderten Gefieder stank.

«Deputy Desert Rose», begrüßte Del mich mit ernster Miene. «Heute gehen wir auf die Jagd.»

Ich setzte mich neben den beiden in Trab, und wir folgten dem Pfad den Hügel hinauf und lauschten dem Gesang der Vögel. Dem Tii-tii-tii der Meisenschwärme und dem Trillern eines einsamen Drossel-Eremiten. Es war ein wunderschöner Spätfrühlingstag. Der rasche Marsch unter der warmen Nachmittagssonne trieb uns den Schweiß aus den Poren.

«Was jagen wir denn?», brach ich das Schweigen.

«Tiger, Eichhörnchen, was wir eben finden», antwortete Nicky und lächelte mich nun endlich an. Del ertappte ihn dabei und sah weg.

«Verräter», zischte sie, aber so schnell, dass das Wort ganz undeutlich klang. Es hätte auch Bräter heißen können. Oder Räder. Reiter. Räuber. Vielleicht jagten wir ja Räuber.

Dann gingen wir wieder schweigend nebeneinanderher. Laub und morsche Zweige raschelten und knacksten unter unseren Füßen. Nicky legte das Gewehr an und spähte auf der Suche nach einem Ziel am Lauf entlang. Wir schlugen die Richtung zur Hütte ein. Nicky zielte auf ein keckerndes rotes Eichhörnchen in einem Baum. Er drückte ab und schoss daneben. Das Eichhörnchen sprang vom Baum und machte sich schimpfend davon.

«Pisser!», schimpfte Nicky und wischte sich mit dem Handrücken den Schweiß von der Stirn.

«Für den Anfang ganz gut», sagte ich und merkte, noch bevor ich es ausgesprochen hatte, dass das eine dämliche Bemerkung war. Ich warf einen Seitenblick auf Del und sah, dass sie die Augen verdrehte. Vor uns tauchte die kleine Jagdhütte auf; eine sonderbare, windschiefe Insel in einem Meer aus Farnwedeln.

In der Hütte war es viel kühler als draußen, doch bei dem modrigen Geruch nach Mäusedreck schnürte es mir die Kehle zu. Del stieg die Leiter als Erste hinauf, dann kam ich, und Nicky mit dem Luftgewehr kletterte unmittelbar hinter mir her. Del steckte sich drei Zigaretten gleichzeitig an, heftig an ihnen ziehend, damit sie aufglühten, und reichte dann je eine an Nicky und mich weiter. Nicky legte das Luftgewehr aufs Bett und griff nach einem Sexheftchen. Er überflog es rasch und wendete dabei die Seiten, als blättere er eine langweilige Wirtschaftszeitschrift durch oder so. Ich versuchte, die Fotos zu sehen und dabei möglichst uninteressiert zu wirken, genau wie Nicky. Ich war so auf die Zeitschrift und Nicky konzentriert, dass ich auf Del gar nicht mehr achtete. Bevor ich auch nur merkte, dass sie sich bewegte, hatte sie Nickys Luftgewehr auf meine Stirn gerichtet. Sie kam näher und presste die stählerne Mündung an meinen Schädel. Ich hielt den Atem an. Rührte mich nicht.

«Was zum Teufel tust du da?», fragte Nicky, der eher verärgert als beunruhigt von seinem Heftchen aufblickte.

«Verhör», antwortete Del. «Desert Rose, was hattest du heute in der Schule mit Ellie zu besprechen?»

«Wir haben uns einfach nur unterhalten.» Atemlos stieß ich die Antwort hervor, flüsternd, und holte dann langsam tief Luft.

«Worüber?»

«Über nichts.» Ich hatte die Augen auf die zerschlissene Matratze geheftet aus Angst, zu ihr aufzublicken.

«Das ist Kacke. Keiner unterhält sich über nichts.»

«Es war nichts. Nichts Wichtiges. Ich kann mich nicht mal mehr erinnern. Ich glaub, sie versucht, sich mit mir anzufreunden oder so. Irgend so was Doofes. Nichts Besonderes.» Die Gewehrmündung drückte kalt und hart gegen meine Stirn. Ich wusste, dass es nur ein Luftgewehr war und ich nicht an dem Schuss sterben würde, aber es würde wehtun und eine scheußliche Narbe an meiner Stirn zurücklassen. Ich war überzeugt, dass Del abdrücken würde, wenn ich etwas Falsches sagte.

«Du bist *mein* Deputy! Meine Freundin! Treue schwörst du nur mir!» Sie klang außer sich, die Stimme so schrill und laut, dass es mir in den Ohren wehtat.

Ich sah zu ihr auf und nickte vorsichtig.

«Sag es! Sag, dass du nur mir die Treue schwörst.»

«Ich schwöre nur dir die Treue.»

«Und du wirst alles tun, was ich dir sage.»

«Alles, was du mir sagst.»

«Weil ich der Sheriff von diesem ganzen Scheißkaff hier bin!»

«Du bist der Sheriff.»

«Und ich bin deine beste Freundin», fügte Del hinzu, die Stimme jetzt ruhiger und leiser.

«Du bist meine beste Freundin.»

«Für immer», sagte sie.

«Für immer», versprach ich.

«Okay, ihr beiden», sagte Nicky, schob die Gewehrmündung zur Seite, weg von meiner Stirn, und stieß sie zu Boden. «Und jetzt küsst euch und vertragt euch wieder.»

«Mädchen küssen sich nicht», fauchte Del ihn an.

«O doch, die in dem Heft hier schon», antwortete Nicky und zeigte auf die Zeitschrift. «Na, dann gebt euch wenigstens die Hand.»

Del legte das Gewehr weg und hielt mir die Hand hin. Ich ergriff sie, und als wir uns die Hände schüttelten, wich ihre finstere Miene einem zufriedenen Lächeln. Dann beugte Del sich vor und küsste mich mitten auf die Stirn, genau auf die Stelle, wo noch der Abdruck der Gewehrmündung zu sehen sein musste. Ihre Lippen waren kühl und feucht. Ihr Atem war wie heißer Wind, der durch eine kalte, nasse Höhle streicht.

«Und jetzt gehen wir auf die Jagd!», sagte Nicky und bückte sich nach dem Gewehr. Er legte es sich auf den Schoß und drückte seine Zigarette in der zerbeulten Thunfischdose aus.

***

Vielleicht eine Stunde lang schlichen wir im Wald auf dem Hügel herum und jagten Tiger, Krokodile und andere wilde Tiere. Immer, wenn wir irgendein Geräusch hörten, schrieb Del es einer neuen ungewöhnlichen Tierart zu: Nilpferd, Wildschwein, Python ...

Während wir so auf der Suche nach Beute durch den Wald streiften, unterhielten wir uns über die doofen Mädchen in der Schule. Del sagte, man müsse sie einmal ordentlich in die Schranken weisen.

«Ellie und Sam halten sich für supertoll», sagte sie.

«Vielleicht können wir sie ja ein bisschen von ihrem hohen Ross herunterholen», schlug ich vor.

«Wie denn?», fragte Del.

«Ich weiß noch nicht genau. Aber ich hab da eine Idee.» Und die hatte ich wirklich. Plötzlich schoss mir ein kompletter Plan durch den Kopf. «Ich könnte sie ausspionieren. Du verstehst schon, so tun, als wäre ich ihre Freundin, damit sie mir vertrauen. So könnte ich irgendein schlimmes Geheimnis über sie herausfinden. Etwas, womit wir ihnen dann das Leben schwer machen können.»

«Was denn für ein Geheimnis?», fragte Nicky, der sich plötzlich für den Niedergang dieser ihm vollkommen unbekannten Mädchen interessierte.

«Ich weiß nicht. Aber jeder hat doch irgendein Geheimnis, oder?»

«Du glaubst, dass selbst Mädchen wie die Geheimnisse haben?», fragte Del mit hochgezogenen Augenbrauen, während sie ihre rechte Hand unwillkürlich auf die Brust legte, wo sie geistesabwesend mit dem Stoff der schmutzigen Bluse spielte, die ihr eigenes Geheimnis verhüllte.

«So könnte man es herausfinden», erwiderte ich.

«Okay, Deputy. Dein Befehl lautet, das feindliche Lager auszuspionieren. Aber du musst mir alles erzählen, was du erfährst. Ich meine wirklich alles. Und wenn nichts dabei rauskommt, wirst du wegen Hochverrats angeklagt.» Bei dieser Warnung legte sie mit dem ausgestreckten Finger wie mit einer Pistole auf mich an. Dann drückte sie ab und schoss mir lachend in die Brust.

Ich war mit Dels Bedingungen einverstanden und beglückwünschte mich zu meinem raffinierten Schachzug – nun hatte ich freie Bahn und konnte sowohl mit Del als auch mit den anderen Mädchen befreundet sein. Der perfekte Plan.

Del quengelte so lange, bis Nicky ihr das Gewehr zurückgab. Sie meinte, sie hätte heute bestimmt Jagdglück, und er gab schließlich nach, nicht nur, weil sie ihn pausenlos nervte, sondern auch, weil sie ihm wieder einmal damit drohte, zu petzen und sein großes Geheimnis zu enthüllen.

Del ging etwa zehn Schritte vor uns her und zielte auf die Baumwipfel. Nicky war dicht neben mir und ergriff meine Hand. So wanderten wir mehrere Minuten lang – Del auf die Jagd konzentriert und Nicky mit meiner Hand ganz fest in seiner, als wollte er mich nie wieder loslassen.

Plötzlich schoss Del auf etwas in einer Tanne und stieß einen entzückten Schrei aus. Nicky ließ meine Hand los, und wir rannten zu ihr, um zu sehen, was sie erlegt hatte. Erst als das Tier auf dem Boden aufschlug, erkannte ich, was es war: eine Trauertaube. Sie lebte noch, eine graue, schlanke Taube mit spitz zulaufendem Schwanz, die heftig flatterte und sich verzweifelt im Kreis drehte, als wir näher kamen.

Ich weiß nicht, wie lange wir stumm dastanden und dem Todeskampf der armen Taube auf dem Waldboden zusahen. Ich kann nur sagen, dass es mir wie Stunden vorkam, und als der Vogel schließlich aufgab und mit merkwürdig verrenkten Flügeln starr auf dem Bett aus Fichtennadeln und Ahornblättern liegen blieb, fiel Del auf die Knie, um ihn zu berühren. Sie streichelte ihn zärtlich und nahm ihn wie etwas Kostbares und äußerst Verletzliches vorsichtig in die Hände. Sie drehte den Vogel um und suchte mit den Fingern die Stelle, an der das Geschoss eingedrungen war – ein kleines, blutiges Loch in dem weißen Brüstchen. Sie trug die kleine Leiche auf dem ganzen Heimweg in der Hand und ließ sie selbst, als wir daheim angekommen waren, nicht los, sondern verbarg sie in den Stofffalten ihrer Bluse, bevor sie sich ohne Abschiedsgruß abwandte und nach drinnen ging, Nicky auf den Fersen, der ihr – ebenfalls grußlos – ernst und feierlich folgte.

Achtes Kapitel

14. November 2002

Nachdem ich nun dazu übergegangen war, meine eigene Mutter nachts einzusperren, und nachdem Nicky am Abend versucht hatte, mich davon zu überzeugen, dass Dels Geist umging und mordete, träumte ich von Patsy Marinelli. *Die Toten können nachtragend sein*, wiederholte sie ständig, und: *Sagen Sie, was ist das Schlimmste, das Sie je getan haben?*

Als ich aufwachte, ging gerade die Sonne auf, und ich hatte wieder das Gefühl, dass jemand mich im Schlaf beobachtet hatte. Ich zählte auf drei und warf einen Blick in die hintere Ecke: Nichts. Dann sah ich zu dem Flammengemälde meiner Mutter auf der Staffelei hinüber. Es war zu dämmrig, um Einzelheiten zu erkennen, doch als ich die dunkleren Farbflecken vor dem lodernden Feuer genauer betrachtete, sah ich plötzlich, dass in der linken oberen Ecke des Gemäldes ein Augenpaar versteckt zu sein schien, das mich aus dem Bild heraus aufmerksam beobachtete. In meinem halb wachen Zustand glaubte ich plötzlich zu sehen, dass die Augen sich bewegten. Als hätten sie mir gerade einen Seitenblick zugeworfen.

Vor Schreck wäre ich fast aus dem Bett gefallen. Mit zitternder Hand zündete ich die Öllampe auf der Kiste neben meinem Bett an, ging mit dem Licht zum Gemälde und sah, dass da natürlich weder Augen noch ein Gesicht waren. Einfach nur kräftige, leuchtend bunte Pinselstriche – fast so, als hätte ein Kind mit Fingerfarben gemalt. Nickys lächerliche Gespenstergeschichte war also doch nicht spurlos an mir vorübergegangen.

Ich zog Hausschuhe an und suchte nach meiner Uhr, die ich, wie ich genau wusste, auf die Kiste gelegt hatte. Erst dachte ich, die Katze hätte sie vielleicht heruntergestoßen, doch dann fiel mir ein, dass die Katze fahnenflüchtig war. Ich suchte den Boden ab, doch die Uhr blieb verschwunden.

«Shit», murmelte ich.

Meine Liebe zu dieser Uhr ist vielleicht ein bisschen übertrieben. Es ist eine auffällige Taucheruhr mit beleuchteter digitaler Anzeige, Weckfunktion, Stoppuhr, Timer und zahllosen Signalen und Pieptönen. Sie hat früher Jamie gehört, aber als er sich seine erste Rolex kaufte, habe ich sie geerbt. Ich war noch nie Tauchen, aber ich gehe gerne mit der Uhr unter die Dusche oder in die Badewanne und stelle mir vor, dass ich damit jederzeit tauchen gehen *könnte* und dass ich unter Wasser die Zeit, das Verstreichen von Stunden, Minuten und Sekunden genau im Auge behalten würde. Und so jämmerlich das auch klingen mag, es gefällt mir, dass sie einmal Jamie gehört hat. Meinen Ehering habe ich schon lange nicht mehr, aber die Uhr ist geblieben.

Nach der vergeblichen Suche schlurfte ich in die Küche, die Öllampe in der Hand, und ohne das alte Trumm von Uhr fühlte mein Handgelenk sich mickrig und nackt an. Es war kalt, und ich machte sofort Feuer im Herd, füllte den blau emaillierten Kaffeekocher mit Wasser, gab Kaffeepulver in den Einsatz und stellte den Kocher auf eine Herdplatte. Dann entfernte ich das Vorhängeschloss von der Tür meiner Mutter und wollte wieder in die Küche. In diesem Moment hörte ich es. Ein leises, aber eindringliches Maunzen – es kam von draußen.

«Magpie?»

Ich hielt die Haustür geöffnet und wartete hoffnungsvoll. Keine Katze. Hatte ich mir das Maunzen nur eingebildet? Bestimmt nicht.

Keine Katze, aber zu meiner Überraschung frisch gefallener Schnee, der erste Schnee des Jahres. Ich schlüpfte ins Haus zurück, zog Mantel und Stiefel über meinen Schlafanzug und trat in die verschneite Landschaft hinaus. Treppe und Hof lagen unter einer fingerdicken Schneedecke. Thunfischdose und Milchschälchen waren leer, und ich war mir sicher, dass die Katze meiner Mutter ganz in der Nähe sein musste. Ein verführerisches Bild trat vor mein inneres Auge: Ich selbst, wie ich die Katze neben meine schlafende Mutter legte, und ihr Entzücken, wenn sie beim Aufwachen ihre etwas verdreckte, aber kerngesunde Magpie neben sich im Bett entdecken würde. Kate, die Heldin des Tages. Ich sah eine Spur, die zu den leeren Näpfen führte, doch war das keine Katzenspur. Was ich da im morgendlichen Dämmerlicht erkannte, sah verdammt nach menschlichen Fußstapfen aus. Kleine Fußstapfen. Wie von einem Kinderstiefel.

Verschlafen, wie ich war, versuchte ich, mir einen Reim darauf zu machen. Ein wildes Kind der Wälder, das Thunfisch naschte und Milch schleckte?

Die Spur führte zu den Futterschälchen und wieder zurück – quer über die Zufahrt und in den Wald, wo sie auch herkam. Ich holte tief Luft, kalte, schneeduftende Luft, und folgte der Spur, die auf direktem Wege zu dem Pfad im Wald führte. Damals, in jenem weit zurückliegenden Frühjahr, war ich auf diesem Pfad jeden Tag den Hügel zu Del hinuntergelaufen. Auf demselben Pfad hatte ich gestern Opal dabei ertappt, wie sie aus dem Wald kam und mit einem langen Stock im Gras herumstocherte, als wollte sie Schlangen aufscheuchen. Seit dem Tag vor Dels Ermordung hatte ich diesen Pfad nicht mehr betreten, und auch wenn ich jetzt gerne einen langen Stock gehabt hätte, hatte meine Angst verdammt nochmal bestimmt nichts mit Schlangen zu tun.

Der volkswagengroße Felsbrocken, hinter dem Del und ich uns damals, als wir die Brot backenden Frauen belauschten, versteckt hatten, lag links neben dem Einschlupf in den Wald. *Respektlos*, hatte Mimi damals gesagt. Und erst später kapierte ich, von wem sie geredet hatten. Erst dann wurde Ravens leiblicher Vater bekannt, was in New Hope wie eine Bombe einschlug.

Ich lehnte mich an den kalten Stein, atmete die Luft ein, die nach dem Holzfeuer im Kamin meiner Mutter roch, und starrte auf die beiden Spuren, die dem Pfad folgten, eine, die kam, und eine, die ging. Ich bin ein von Natur aus neugieriger Mensch. Ich mag keine ungelösten Rätsel. Ich stieß mich vom Stein ab und betrat den Wald, fest entschlossen, das Kind zu finden.

Fast meinte ich, Dels Schritte hinter mir zu hören und ihre Hand auf meiner Schulter zu fühlen. *Hu!*, sagte sie. *Meine beste Freundin lebt in so einem gottverdammten indianischen Tipi.*

Der alte Pfad zu den Griswolds war zugewuchert, aber nicht unpassierbar. Jemand hatte einen Teil der Baumschösslinge, die sich dort breitzumachen versuchten, vor kurzem zurückgestutzt, was zeigte, dass der Pfad frei gehalten wurde. Bisher hatte ich hier nur Opal gehen sehen, also war das vielleicht ihr Werk. Aber die Spur wirkte zu klein für Opal – sie war ein hoch aufgeschossenes Mädchen, genau wie ihre Mutter. Meine Stiefel sanken in den weichen Schnee ein, so wie die Fußabdrücke des Kindes. Ich ging mit pochendem Herzen weiter. Mir war ein wenig schwindelig. Ich war durcheinander. Es war, als wäre ein Teil meiner selbst wieder zehn Jahre alt und auf dem Weg zu Del.

Fang mich doch.

Die Spur bog nach rechts auf den Seitenpfad ab, der zu der alten, baufälligen Jagdhütte führte, was ich irgendwie schon geahnt hatte. Mit hämmerndem Herzen blieb ich an der Abzweigung stehen und redete mir zu, doch umzukehren. Geh heim. Der Kaffee war bestimmt schon fertig, und in etwa einer Stunde wäre der Schnee in der Sonne geschmolzen, und die Spuren wären verschwunden. Ich könnte mir einreden, dass ich alles nur geträumt hatte. Das hier war einfach nur ein Teil meines morgendlichen Traums, der mit Tiny Marinellis Warnung begonnen hatte: *Die Toten können nachtragend sein.*

Schlagartig kamen mir die wenigen Tatsachen in den Sinn, die mir von dem jüngsten Mord bekannt waren. Wo war Toris Leiche eigentlich gefunden worden? In der Nähe der alten Jagdhütte? Würde ich auf das Absperrband der Polizei stoßen? Würde noch irgendetwas auf das schreckliche Geschehen hinweisen, das gerade erst eine Woche zurücklag? Und was war da eigentlich wirklich passiert? War es denkbar, dass Dels Mörder sich ein weiteres Opfer gesucht hatte? Dass er die ganze Zeit vor Ort gewesen war, dass er in der Stadt gelebt, gewartet und Ausschau gehalten hatte? Und war *tatsächlich* Opal das eigentlich beabsichtigte Opfer gewesen? Eine Frage erschien mir absurder als die andere.

Wieder überkam mich das alte Gefühl von Gefahr, das ich schon früher immer in der Hütte gehabt hatte, und ich zog den Mantel enger um mich, unsicher, ob ich es wirklich wagen sollte weiterzugehen. Na ja, es war sieben Uhr morgens, und ich trug meinen Flanell-Schlafanzug. Ich war wirklich nicht dafür gerüstet, jetzt auf den Schauplatz eines Verbrechens zu stoßen oder einem Killer Auge in Auge gegenüberzutreten. Ich hatte ja noch nicht einmal meinen Morgenkaffee getrunken.

Doch obwohl mein Herz vor Angst schneller schlug, war es jetzt zu spät zum Umkehren. Da stand ich also und blickte auf den Pfad, der zu der alten Jagdhütte von Dels Großvater führte. Zu einem Ort, den ich seit dem Tag vor

Dels Ermordung nicht mehr aufgesucht hatte. Damals war Del außer sich vor Wut davongestürmt und hatte Nicky und mich zurückgelassen. Nicky hatte erzählt, dass die Hütte noch stand, und ich beschloss, mich selbst davon zu überzeugen. Es gab überhaupt keinen Grund zur Angst. Ich war doch nur hinter einem Kind her. Schließlich arbeitete ich in einer Grundschule – ich konnte mit Kindern umgehen. Ich bewegte mich weiter auf die Hütte zu, den Blick auf die Spur im Schnee geheftet.

Die alte Jagdhütte lag näher, als ich es in Erinnerung hatte. Und sie war kleiner. Ungefähr wie ein etwas zu groß geratenes Spielhäuschen für Kinder. Kein leuchtend gelbes Absperrband, kein einziger Hinweis auf das Verbrechen, das hier vor einer Woche oder auch vor dreißig Jahren stattgefunden hatte. Die Tür der Hütte fehlte noch immer, und Schnee war in den Raum geweht. Die kleinen Fußstapfen führten über die Schwelle des windschiefen Eingangs. Ich verharrte an Ort und Stelle und betrachtete die baufällige Konstruktion. Wie ein Kartenhaus, dachte ich. Das nur darauf wartete, einzustürzen.

Dann hörte ich drinnen Gelächter – das leise Gekicher eines Kindes.

«Wer ist da?», rief ich. «Bist du das, Opal?» Stille.

«Komm jetzt raus da. Ich weiß, dass du da drinnen bist!»

Noch immer Schweigen.

«Du kriegst keinen Ärger. Ich bin dir nicht böse. Ich möchte einfach nur, dass du rauskommst.» Ich versuchte, meiner Stimme einen respekteinflößenden Klang zu verleihen, auch wenn ich mich nicht so fühlte.

Nichts. Weder ein Laut noch eine Bewegung.

«Ich zähle jetzt bis drei, und dann komme ich rein. Das

meine ich ernst. Eins», sagte ich, trat von einem Fuß auf den anderen und hoffte, gleich ein kleines, verängstigtes Gesichtchen in der Tür auftauchen zu sehen.

«Zwei!» Ich wollte da nicht rein. Weder jetzt noch sonst irgendwann. Der Anblick dieser düsteren, kleinen Hütte reichte mir vollkommen. Ich wollte einfach nur noch nach Hause, mir eine Tasse kochend heißen Kaffee machen und die Spur schnellstmöglich vergessen. Ich war zu alt, um Detektivin zu spielen.

«Drei!» Na gut. Es war ja nur ein Kind. Ein spielendes Kind. Nichts Furchterregendes.

Ich nahm allen Mut zusammen und trat ein. Derselbe modrige Geruch nach Mäusedreck. Ein Feldbett an jeder Wand, genau wie damals, und der bullige Ofen war zwar rostiger geworden, stand aber immer noch am selben Fleck. Alles wirkte unverändert. Kein Vandalismus, keine *«Ted liebt Ann-Marie»*-Schmierereien an den Wänden. Sollten Kinder hier gewesen sein, hatten sie die Hütte respektvoll behandelt, wie ein Mahnmal.

Ich schaute unter das Feldbett und in die dunklen Winkel des Raums. Hier unten war jedenfalls niemand. Dann hörte ich es oben auf dem Dachboden rascheln. Ein leises Getrappel, das mich absurderweise an einen riesigen Krebs denken ließ.

«Wer ist da?», rief ich.

Einfach nur ein Kind. Ein Kind, das gern Thunfisch und Milch naschte. Keine Scheren oder Zangen, kein abscheuliches Ektoskelett.

«Hallo?»

Halb erwartete ich, gleich eine vertraute Stimme zu hören. *Del und Nicky sind hier. Komm, rauch eine mit uns.*

Aber das lag dreißig Jahre zurück.

Ich trat zur Leiter und stieg, Sprosse für Sprosse fest umklammernd, ganz langsam hinauf, wobei ich nach jeder Bewegung lauschend verharrte. Die Leiter kam mir steil und gefährlich vor, ein unverkennbares Zeichen, dass ich nicht mehr zehn war. Wieder raschelte es, und dann war es still. Ich stand auf halber Höhe an die Leiter geklammert da, hielt den Atem an und lauschte.

«Ist da wer?», rief ich mit hoher, zaghafter Stimme, obgleich ich mir alle Mühe gab, energisch zu klingen. Keine Antwort. Es war auch kein Geräusch mehr zu hören. Ich kletterte auf der leise knarrenden Leiter weiter.

Ich erreichte mit dem Kopf die Höhe des Dachbodens, spähte nervös über den Rand auf die Bodenbretter und stellte überrascht, aber erleichtert fest, dass ich allein war. *Mäuse*, sagte ich mir. *Eichhörnchen*. Irgendein Nagetier musste hier eingedrungen sein und die Geräusche verursacht haben. Aber war nicht ich selbst hier der Eindringling? Und was war mit der Spur? Ein Kind löst sich nicht einfach in Luft auf. Ich blickte mich aufmerksam um und konnte nicht recht glauben, dass wirklich keiner da war.

Die Matratze war verschwunden. Die Zeitschriften ebenfalls. Es gab nichts, wo ein Kind sich hätte verstecken können. Nur eine alte Streichholzschachtel lag da, von Mäusen angenagt. Ein paar Streichhölzer mit blauen Köpfen waren herausgefallen, aber irgendetwas war merkwürdig daran, wie sie dalagen. Sie wirkten so angeordnet. Ich hievte mich ganz hinauf, um sie mir näher anzusehen. Da, wo früher die Matratze gelegen hatte, hatte jemand mit den Streichhölzern Buchstaben gelegt, und zwar die Worte:

SUCHE ZACK
DEPUTY

Das Herz klopfte mir bis zum Hals, und ich spürte, wie es dort hämmerte und mir den Atem raubte. Der aus Streichhölzern gelegte Befehl schien mich herausfordernd anzustarren, als wollte er mich vor Ungehorsam warnen. Meine Gedanken rasten und drehten sich unaufhörlich im Kreis, bis mir plötzlich ein Einfall kam, der mich wieder auf den Boden der Tatsachen zurückholte. Zurück ins Reich der Lebenden. Opal. Weil sie unbedingt wollte, dass ich ihr glaubte, hatte sie das hier arrangiert. Dann fiel mir aber plötzlich ein, dass es außer Del nur einen einzigen Menschen gab, der meinen Spitznamen kannte.

«Nicky.» Ich formte den Namen geräuschlos mit den Lippen, weil ich noch immer zu verängstigt war, um einen Laut von mir zu geben. Ich versetzte den Streichhölzern einen Tritt, der sie in alle Richtungen verstreute.

«Der Drecksack», keuchte ich. «Er wusste, dass ich hierherkommen würde. Der Drecksack.» Ich zog mich langsam zurück und tastete dabei vorsichtig mit dem Fuß nach jeder Sprosse. Sobald ich mit beiden Beinen auf den Erdgeschossdielen stand, hörte ich es auf dem Dachboden wieder rascheln, aber diesmal kletterte ich nicht wieder hoch, sondern machte, dass ich so schnell wie möglich aus der Hütte kam. Ich brauchte dringend frische Luft.

Die Sonne stand inzwischen blendend hell über den Baumwipfeln. Der Schnee schmolz rasch, und mit ihm verschwand die Spur, der ich gefolgt war. Auf dem Rückweg nach Hause fragte ich mich, wie Nicky wohl die Fußstapfen da hingezaubert hatte – bestimmt hatte er ein Kind dafür bezahlt. Die Streichholzbotschaft hatte er schon am Vortag ausgelegt. Und dann hatte er bei mir vorbeigeschaut und *mich* vorbereitet, indem er mir von der Hütte erzählte. Ich war ihm sofort auf den Leim gegangen – ganz schön schwach, wirklich. Aber warum hatte er sich eigentlich die ganze Mühe gemacht – also, was beabsichtigte er damit? Wollte er, dass ich an Gespenster glaubte? Dass ich anfing, meine Vergangenheit zu durchforsten. *Suche Zack, Deputy.* Was zum Teufel konnte es Nicky nützen, wenn ich Zack fand, einen Mann, den ich so gut wie vergessen hatte? Und der sich, als ich das letzte Mal von ihm hörte, irgendwo in Kanada herumtrieb.

Zack hatte New Hope kurz nach Dels Ermordung verlassen. Die Polizei hatte ihn ein paarmal verhört (wie auch einige andere Bewohner von New Hope), und nachdem man den Verdacht gegen ihn hatte fallen lassen, packte er seine Bücher und seine Gitarre zusammen und verließ per Anhalter die Stadt.

***

Vor lauter Wut schritt ich rascher aus, und so kam ich bald bei dem Findling an und sah Rauch aus dem Schornstein meiner Mutter aufsteigen. Eine Tasse heißen starken Kaffees war jetzt genau das Richtige, um all die versponnenen Gedanken und das eingebildete Gekicher aus dem Kopf zu bekommen. Aus der Tür des Häuschens trat jemand auf die Haustreppe. Die Gestalt wandte sich mir zu und winkte wie wild. Es war Raven. «Kate!», rief sie. «Wo ist deine Mutter?» Shit. So viel zu meiner Tasse Kaffee.

Ich rannte los, mitten durch den Schneematsch.

«In ihrem Zimmer?», rief ich hoffnungsvoll, doch plötzlich fiel mir ein, dass ich das Vorhängeschloss geöffnet hatte, kurz bevor ich das Maunzen hörte.

«Nein. Ihre Tür ist nicht verschlossen, und deine Mutter ist nicht im Haus. Ich dachte, sie wäre mit dir zusammen. Wo warst du denn?»

«Ich war kurz spazieren. Ich war nur zwanzig Minuten weg oder höchstens eine halbe Stunde.» Sie warf mir einen aufgebrachten Blick zu, und damit hatte sie natürlich recht – in einer halben Stunde konnte meine Mutter enorm viel Schaden anrichten.

Aber würde sie auch diesmal mit einem Messer zurückkommen? Und mit getrocknetem Blut auf ihrem Verband?

«Komm schon, wir müssen sie finden. Wahrscheinlich ist sie zur Straße gegangen.»

Ich sprang in Ravens Chevrolet-Blazer und deckte die Schlafanzughose verlegen mit dem langen Mantel zu.

«Ich dachte, ich hätte Magpie gehört», erzählte ich, entschlossen, die Spuren nicht zu erwähnen. «Opal war heute Morgen nicht draußen im Wald unterwegs, oder?»

«Herrgott, Kate, natürlich nicht. Sie ist um sechs Uhr aufgestanden und hat den Bus um Viertel vor sieben genommen.»

Ich versuchte, mir die Größe von Opals Füßen vorzustellen, und je mehr ich darüber nachdachte, desto unwahrscheinlicher kam es mir vor, dass die Spur von ihr stammte. Opals Spur hätte bei der großen Scheune beginnen müssen. Aber die Spur, die ich gesehen hatte, schien ihren Ausgangs- und ihren Endpunkt bei der alten Jagdhütte zu haben. *Einfach irgendein ein Kind, dem Nicky ein paar Dollar in die Hand gedrückt hat. Ein Kind mit Talent zur Levitation. Oder es hat sich wie Tarzan von Ast zu Ast geschwungen.*

Raven und ich folgten auf der Zufahrtsstraße einer fast zerlaufenen Spur im Schneematsch, die von meiner Mutter stammen mochte. Sie führte von New Hope weg zur Bullrush Hill Road, wo wir sie verloren. Raven fuhr weiter die Straße entlang, und wir beide spähten verzweifelt nach links und rechts in den Wald.

«Kate, genau das ist der Grund, warum sie nicht allein bleiben kann. Ich hab ein paar Telefonnummern für dich dabei. Du kannst dort wegen eines Heimplatzes anrufen. In St. Johannesburg gibt es ein Heim, das genau richtig wäre.»

«Sie will nicht ins Heim.»

«Ich weiß. Natürlich weiß ich das. Aber du bist doch Krankenschwester, Herrgott noch mal. Du musst doch die Situation verstehen. Es wird nicht mehr besser mit ihr. Es gibt da so eine Dozentin am College – Meg Hammerstein. Sie hat ein Buch über Demenz geschrieben und macht Gedächtnisschulungen für Alzheimer-Patienten. Deren Nummer hab ich dir auch notiert. Du solltest sie einmal besuchen.»

Raven fuhr zu schnell. Ich spähte angestrengt in das vorbeiflitzende Gebüsch. Ein Schneehase raste im Zickzack über die Straße und schoss in den Wald. Weiß wie ein Gespenst. Waren Gespenster weiß? Casper, der freundliche Geist, war weiß. Weiß und harmlos. Außerdem gab es gar keine Geister und Gespenster. Nur verzweifelte Männer, die versuchten, einen mit raffinierten Tricks an der Nase herumzuführen. Der verdammte Kerl.

«Es ist inzwischen so weit gekommen, dass deine Mutter für sich und andere eine Gefahr darstellt», fuhr Raven fort. «Dieses Feuer hätte katastrophal enden können. Tatsächlich haben wir ja nur das Tipi verloren. Aber was, wenn dort jemand geschlafen hätte? Was, wenn Opal im Tipi gewesen wäre? Es war mitten in der Nacht. Wir hatten schlicht und ergreifend Glück, dass Opal damals zufällig bei Tori übernachtete und ich bei meinem Freund war.»

«Damals, auf dem Weg zum Tipi, hat meine Mutter nicht zufällig irgendjemanden gesehen?», fragte ich.

Raven sah von der Straße weg und warf mir einen ungläubigen Blick zu. Dann blickte sie einen Moment lang auf meinen Schlafanzug hinunter und schüttelte den Kopf.

«Kate, es war drei Uhr morgens. Gabriel sah die Flammen von seinem Fenster aus. Er dachte, dass ich da drin wäre. Er rannte in Unterwäsche raus und fand nur deine Mutter. Sie hat sich gegen ihn gewehrt. Sie hat ihn in den Arm gebissen, als er sie rausschleppte – als wollte sie drinnen bleiben.»

Jetzt war ich mit Kopfschütteln an der Reihe, nicht weil ich widersprechen wollte, sondern weil hier irgendwas nicht ganz stimmte.

«Sie wiederholt ständig, dass irgendjemand mit ihr da drinnen war.»

«Klar sagt sie das. Bei ihr sind ständig irgendwelche Leute, Kate – Verstorbene oder Leute, die sie seit einem Jahrzehnt nicht mehr gesehen hat, Leute, die damals jung waren und jetzt alt sind. Das gehört zu ihrem Krankheitsbild. Sie kann nicht zwischen Vergangenheit und Gegenwart unterscheiden. Sie kann nicht sagen, wer da ist und wer nicht.

Vielleicht ist das ja ansteckend, dachte ich in Erinnerung an meine vergebliche Spurensuche im Wald.

Beim Stoppschild unten am Fuß des Hügels trat Raven auf die Bremse. Der Wagen rutschte im Schnee. Links von uns lag die alte Farm der Griswolds. Das Schild mit der Aufschrift EIER HEU SCHWEINE KARTOFFELEN schaukelte am Straßenrand im Wind. Ich dachte an die Schweine und daran, wie sehr ich mich einmal vor ihren rasiermesserscharfen Zähnen gefürchtet hatte.

«Verdammt!» Raven hämmerte mit der behandschuhten Hand auf das Steuerrad. «Wo zum Teufel ist sie?»

***

Raven und ich suchten meine Mutter den ganzen Vormittag lang. Ich musste für meine Unachtsamkeit schrecklich Buße tun und im Schlafanzug durch die ganze Stadt laufen, während wir jeden, den wir trafen, fragten, ob er sie gesehen habe. Raven parkte den Blazer, und wir beide gingen von Tür zu Tür – Ihnen ist nicht zufällig eine alte Dame aufgefallen, die heute Morgen im Nachthemd durch Ihre Blumenbeete gestapft ist? Gabriel suchte die Umgebung von New Hope ab. Jim, der Besitzer des Gemischtwarenladens, alarmierte in unserem Auftrag die Polizei und trommelte ein paar ehrenamtliche Feuerwehrleute zusammen, um den Wald zwischen New Hope und der Stadt abzusuchen. Raven und ich kehrten schließlich ins Haus meiner Mutter zurück, um auf Nachricht zu warten, mussten aber feststellen, dass das Telefon mal wieder nicht funktionierte. Bei jedem Windchen, und wann immer ein paar Schneeflocken fielen, gaben die Telefonleitungen auf dem Bullrush Hill irgendwie den Geist auf. Manchmal waren sie auch ohne jeden ersichtlichen

Grund tagelang tot. So war das schon, seit ich mich erinnern konnte.

Ich zog mich richtig an, während Raven Suppe kochte – sie müsse irgendwas tun, sagte sie, sonst würde sie noch die Wände hochgehen. Ich stellte mich auf die Haustreppe und öffnete das Päckchen Zigaretten, das ich bei Haskie's gekauft hatte. Es war bescheuert, und das wusste ich auch. Zum letzten Mal hatte ich in meiner Collegezeit geraucht. Ich bin Krankenschwester. Ich jogge regelmäßig viele Meilen durch die verregnete Hügellandschaft Seattles, gestatte mir nur gelegentlich ein fettfreies Joghurt-Eis und nehme immer Pellkartoffeln statt Pommes frites. Aber mit einem Rohkostsalat aus Karotten und Steckrüben würde ich mich jetzt garantiert nicht beruhigen können.

Opal kam früher als erwartet nach Hause.

«Was ist los?», fragte Raven.

«Kopfweh.»

«Schon wieder?»

«Ach was, es geht mir gut, Mom. Aber ich musste einfach heimkommen.»

Raven informierte sie über das Verschwinden meiner Mutter, wobei sie mich heftig beschuldigte, was ich zerknirscht akzeptierte. Opal bot an, ihr mit der Suppe zu helfen, und krempelte sich die Ärmel hoch.

«Meine Uhr!», sagte ich.

Opal sah mich verblüfft an, griff nach der Uhr, lächelte verlegen, zog sie aus und reichte sie mir ohne Erklärung. Es war fast, als hätte sie gar nicht gewusst, dass sie die Uhr trug. Als hätte diese sich plötzlich aus dem Nichts an ihrem Arm materialisiert, als Opal die Hütte betrat.

«Äh, ich glaub, ich geh lieber in die große Scheune und

leg mich ein bisschen hin», sagte sie mehr zu Raven als zu mir gewandt, wobei sie geflissentlich meinen Blick mied.

Raven nickte, und Opal schlich sich, den Blick gesenkt, mit hängenden Schultern aus der Küche.

«Sie *leiht* sich Sachen», erklärte Raven, nachdem Opal weg war. «Sie macht das nur bei Leuten, die sie mag, du kannst dich also glücklich schätzen. Sie hätte dir die Uhr irgendwann zurückgegeben. Sie meint das nicht böse. Ich glaube sogar, dass es ihr meistens einfach unbewusst passiert.»

Jetzt war es an mir, verständnisvoll zu nicken. Kleptomanie in Verbindung mit einer Prise Amnesie. Man gebe noch Todesdrohungen von Gespenstern hinzu, und irgendein Psychiater könnte sich an dem Kind mal so richtig austoben.

Wann hatte Opal sich die Uhr eigentlich genommen? Es wäre mir bestimmt aufgefallen, wenn sie es während ihres Besuchs am vorigen Abend getan hätte. Ob sie sich hinterher, als ich schlief, ins Atelier zurückgeschlichen hatte? Ob vielleicht Opal die Schuld an meinem morgendlichen Gefühl hatte, im Schlaf beobachtet zu werden? Und war sie vielleicht davor schon einmal da gewesen? Falls ja, was mochte sie da mitgenommen haben?

«Ich weiß, dass sie dir sehr auf die Pelle gerückt ist», sagte Raven. «Aber ich muss dich noch einmal bitten, sie in diesen Geisterphantasien nicht zu bestärken. Ich möchte auf keinen Fall, dass ihr euch über Del Griswold unterhaltet. Unter keinen Umständen. Habe ich mich klar und deutlich ausgedrückt?»

«Glasklar», antwortete ich und zog das Armband meiner Uhr fest.

***

Gegen Nachmittag hörten wir einen Wagen auf der Zufahrt und eilten nach draußen, wo wir Nicky Griswold antrafen, der meiner Mutter aus seinem Pick-up half.

Raven rannte zu ihr und umarmte sie stürmisch.

«Jean, du hast uns einen riesigen Schrecken eingejagt!»

«Ich musste Eier kaufen», erklärte meine Mutter. Sie sah mich an und zwinkerte mir zu. «Ich kenne dich», sagte sie.

Raven legte den Arm um meine Mutter und führte sie ins Haus.

«Wo hast du sie gefunden?», fragte ich Nicky.

«Sie lief im Wald herum, ganz in der Nähe unserer alten Hütte.»

«Und was hattest *du* da zu tun?» So dankbar ich ihm auch dafür war, dass er meine Mutter zurückgebracht hatte, konnte ich doch den Vorwurf in meiner Stimme nicht unterdrücken.

«Ich wollte nur mal vorbeischauen. Ich hatte in der Nacht so einen komischen Traum, dass die alte Jagdhütte abgebrannt wäre. Jemand hatte mit Streichhölzern gespielt.»

Jetzt reichte es mir allmählich.

«Ja, aber klar doch.» Ich konnte mich nicht länger zurückhalten. «Da hat wirklich jemand mit Streichhölzern gespielt. Ich fand diesen Scherz überhaupt nicht komisch, Nicky.»

Er blickte verwirrt drein.

«Hör mal, ich bin einfach nur hingegangen, um mich

zu vergewissern, dass die Hütte noch steht, und dabei ist mir Jean in Nachthemd und Pantoffeln über den Weg gelaufen. Da hab ich sie direkt hierhergebracht. Ich wusste, dass ihr euch große Sorgen macht.»

«Ja, und was ist mit gestern? Warst du gestern auch da? Hast du es gestern getan? War das vor oder nach unserem Gespräch? Und wo hast du eigentlich das Kind aufgetrieben, das heute Morgen seine Fußstapfen im Schnee hinterlassen hat?»

Er schüttelte langsam den Kopf und hob beruhigend die großen Hände. Er würde sich nach Kräften bemühen, mich als diejenige dastehen zu lassen, die sich ohne Grund aufregte. Ich konnte gar nicht glauben, dass ich mich noch am Vortag so zu ihm hingezogen gefühlt hatte – im Moment hätte ich ihn am liebsten erwürgt.

«Kate, ich weiß nicht, wovon du redest. Kommt mir so vor, als hättest diesmal du ein bisschen zu viel Wild Turkey getrunken.»

«Wovon ich rede? *Suche Zack, Deputy!* Davon rede ich. Die Botschaft, die du in der Jagdhütte für mich hinterlassen hast. Du spinnst doch, Nicky. Ich kann es nicht leiden, wenn man Spielchen mit mir spielt.»

«Ich hab dir keine Botschaft in der Jagdhütte hinterlassen. Ich bin seit Monaten überhaupt nicht mehr dort gewesen. Suche Zack? Das ist doch bescheuert! Zack wohnt hier in der Stadt. Er ist Dozent am College. Wir treffen uns gelegentlich auf ein Bier.»

Nicky war ein überzeugender Lügner, und das machte mich wahnsinnig. Ich holte tief Luft.

«Ich weiß es zu schätzen, dass du meine Mutter heimgebracht hast, aber jetzt möchte ich dich bitten zu gehen.»

Er sah aus wie ein Hund, der einen Tritt in den Bauch bekommen hat. Fast taten mir meine barschen Worte leid. «Hör mal», sagte er und biss sich auf die Lippen, bevor er fortfuhr. «Da ist noch was. Ich hab da was im Wald gefunden, bevor ich auf deine Mutter stieß.»

Er ging zur Ladefläche seines Trucks und holte ein in ein rotes Flanellhemd gewickeltes Bündel heraus. Ich trat näher heran, misstrauisch, aber neugierig. Raven öffnete die Tür, kam die Treppe herunter und berichtete, meine Mutter habe inzwischen trockene Kleider an und esse nun zu Mittag.

«Was ist denn das?», fragte Raven, als sie das Flanellbündel in Nickys Armen erblickte.

Er hob einen Stoffzipfel hoch, und wir erblickten ein Fellbüschel. Ich zog das Hemd ganz weg und stieß einen erstickten Schrei aus.

«O Gott!»

Es war Magpie. Ihre Kehle war aufgeschlitzt. Das weiße Fell an der Brust war blutdurchtränkt. Der Kadaver war weich und schlaff, das Blut feucht. Lange konnte die Katze noch nicht tot sein. Ich riss die Hand zurück und wischte sie an meiner Jeans ab.

«O Gott», wiederholte ich.

«Das ist doch die Katze von deiner Mutter, oder?», fragte Nicky.

Ich nickte und warf einen Blick auf Raven. Die hatte die Augen weit aufgerissen.

«Glaubst du, dass es ein Marder war? Oder vielleicht ein Kojote?»

«Es war kein Tier.» Nicky schüttelte langsam den Kopf. «Zumindest kein vierbeiniges.»

Er griff in seine Tasche und holte ein zusammengerolltes rotes Taschentuch heraus. Er wickelte es auf und brachte ein Schweizer Armeemesser zum Vorschein. Ich wich zurück. Es sah meinem *eigenen* Messer schrecklich ähnlich. Aber Schweizer Messer gab es schließlich häufig. Diese roten Taschenmesser mit einer großen Messerklinge und kleineren Zusatzklingen, Flaschenöffner, Schraubenzieher und Korkenzieher. Und *mein* Messer steckte schließlich sicher in meiner Handtasche, oder?

«Der Schnitt an der Kehle ist ganz glatt, und das hier lag neben der Katze. Meines Wissens benutzen Marder keine Taschenmesser.»

Raven erschauderte. «Wo hast du die Katze gefunden?»

«Draußen im Wald, auf dem Pfad, der von unserer alten Farm hierher führt.»

«Moment mal», sagte Raven, «bist du nicht heute Morgen dort spazieren gegangen, Kate?»

«Ja, aber ich hab niemanden gesehen. Ich dachte, ich hätte die Katze gehört, deshalb bin ich losgegangen.» Selbst in meinen eigenen Ohren klang das wenig überzeugend. Aber ich war klug genug, solche Kleinigkeiten wie die Fußstapfen und das Kindergekicher, das ich in der Hütte gehört hatte, nicht aufs Tapet zu bringen.

Raven wickelte Magpie wieder in das alte Hemd ein, nahm die Katze aus Nickys Armen, trug das Bündel zu ihrem Wagen und legte es behutsam auf den Rücksitz.

«Ich werde sie begraben», sagte sie. «Jean sollten wir das verschweigen. Sie darf das hier nicht sehen. Es würde sie vollkommen fertig machen. Und ich möchte das Messer haben, Nicky.»

Nicky reichte ihr das Schweizer Messer, nickte uns beiden wortlos zu, stieg in seinen Pick-up und fuhr rückwärts aus der Zufahrt. Raven folgte ihm mit der Bemerkung, sie werde später noch einmal zurückkommen und nach meiner Mutter schauen.

«Lass sie nicht wieder allein», sagte sie, und es klang eher wie eine Warnung als wie eine Bitte.

Ich stand noch eine Weile da und lauschte dem leiser werdenden Motorengeräusch nach. Als ich ins Haus zurückging, erschien meine Mutter in der Tür, in der Hand eine zerfetzte Brotscheibe, die mit einem Stück Putenbrust und einem hühnereigroßen Klecks Senf belegt war.

«Wo steckt er denn?», fragte meine Mutter. «Ich hab ihm ein Sandwich gemacht. Was für ein netter Mann. Wenn du nicht schon verheiratet wärst, wurde ich sagen, der da wäre der Richtige für dich.»

«Nicky ist ein Scheißkerl, Ma.»

«Wer?»

«Nicky Griswold. Der Mann, der dich nach Hause gebracht hat. Für den du das Sandwich gemacht hast.»

Meine Mutter nickte heiter.

«Wirklich ein netter Mann. Seine Schwester wurde im Wald ermordet. Das arme Ding. Jemand hat ihr die Kehle durchgeschnitten, weißt du.»

Nein. Del wurde erwürgt. Der Katze wurde die Kehle durchgeschnitten.

Sie biss ein Stück von dem verkorksten Sandwich ab und ging wieder nach drinnen.

«Das arme kleine Ding», murmelte sie, den Mund voller Putenbrust und Brot.

Neuntes Kapitel
1971, Anfang bis Mitte Juni

Es war der sechzehnte Juni, der letzte Schultag vor den Ferien, als der Schuss nach hinten losging. Pläne unbeliebter Fünftklässler, die verzweifelt um Freundschaft buhlen, sind zum Scheitern verurteilt. Ich erinnere mich bis heute ganz genau an dieses Datum, weil Dels Leiche am Abend desselben Tages gefunden wurde. Diese beiden Ereignisse – mein Verrat und der Mord – haben sich in meiner Erinnerung so fest miteinander verbunden, dass es mir vorkommt, als wäre das eine ohne das andere undenkbar. Abgesehen von Dels Mörder, war ich der letzte Mensch, der sie lebendig sah. Und damals lief sie vor mir davon. Sie rannte so schnell, wie ihre dünnen Beine und verschorften Knie sie tragen konnten.

In jenen letzten Wochen, bevor mein fünftes Schuljahr und Del Griswolds Leben endeten, hatte sich die Lage in New Hope zugespitzt. Das Leben im Tipi war alles andere als friedlich verlaufen. Wie sich herausstellte, war kein anderer als Lazy Elk der Vater von Does Baby Raven. Mimi war diejenige, die es meiner Mutter sagte, worauf diese die Überbringerin der Nachricht – statt ihr, wenn auch tränenreich, so doch mit stiller Würde, für ihre Ehrlichkeit zu danken – eine fiese Klatschbase nannte, die anderen Menschen ihr Glück nicht gönnte. Hoch erhobenen Hauptes verließ Mimi das Tipi, während meine Mutter ihr nachschrie: «Du weißt nichts, überhaupt *nichts!*» Kurz nach dieser unglückseligen Szene kam Lazy Elk ins Zelt geschlichen, zweifellos von Mimi oder sogar Gabriel selbst geschickt. Er gestand, dass es da vor einiger Zeit eine Unbedachtheit – oder vielleicht auch drei oder vier – mit Doe gegeben habe, aber sie hätten sich einfach nur wunderbar amüsiert, na ja, und vielleicht hätten sie auch ein bisschen Gras geraucht, und mit seinen Gefühlen für seinen Jeanie-Schatz habe das nicht das Geringste zu tun. Doch Jeanie-Schatz ließ sich auf so was nicht ein. Sie hämmerte ihm schluchzend gegen die Brust und schrie immer wieder: *«Lügner!»* Dann befahl sie ihm, sich auf der Stelle zu verpissen.

An jenem Abend kam es in der großen Scheune zu einer hitzigen Debatte, die bis nach Mitternacht andauerte. Does Freund Shawn war bei der Versammlung nicht dabei – offensichtlich war er gleich am Morgen, sobald er erfahren hatte, dass Raven gar nicht sein Kind war, in seinen zerbeulten El Dorado gesprungen und in Richtung Kalifornien davongebraust. Ich wurde nach einer Stunde hinausgeschickt, als die ersten Beleidigungen flogen. Von Zeit zu Zeit ging ich zum Scheunentor und lauschte auf die erhobenen Stimmen, die Vorwürfe und scharfen Beschuldigungen. Doe und meine Mutter fielen übereinander her – Lazy Elk versuchte dazwischenzugehen, doch da wandten sich beide gegen ihn. Anscheinend wollte jeder seine Wut an ihm auslassen. Das Problem, so erklärte Gabriel wieder und wieder, sei der Betrug. Keiner mache Lazy Elk zum Vorwurf, mit Doe geschlafen zu haben – schließlich seien beide erwachsen, und in New Hope befinde man sich nicht auf diesem patriarchalischen Trip der erzwungenen Monogamie, die ja nur auf den Besitz und die Verfügungsgewalt über den Körper eines anderen

Menschen hinauslaufe. Es gehe vielmehr darum, dass er alle belogen und Doe bedrängt habe, die Lüge mitzutragen. Diese Lüge erforderte nun ein Urteil, und das Urteil war schließlich der Schuldspruch. Die Entscheidung fiel gegen ein Uhr morgens und war einstimmig – Lazy Elk war in New Hope nicht länger willkommen. Und so packte Mark Lubofski am nächsten Tag seine Kleider, seinen Tisch und seine Schmuckherstellungsutensilien in seinen VW-Bus und nahm sich eine Wohnung in der Stadt. Keiner wusste, warum er vor Ort blieb. Vielleicht wolle er in der Nähe des Babys sein, spekulierten einige. Er liebe meine Mutter noch immer und hoffe, die Beziehung retten zu können, wisperten ein paar andere.

Ich schloss mich der zweiten Theorie an. In den Tagen nach seiner Verbannung vom Bullrush Hill fuhr ich mehrmals mit dem Rad in die Stadt und umkreiste den Wohnblock, in dem er lebte. Einmal ertappte ich ihn, wie er mich von oben aus einem Fenster beobachtete. Ich winkte ihm zu, er solle nach unten kommen, doch er winkte nur unbeholfen zurück und zog den Vorhang zu.

Bevor Lazy Elk das Tipi endgültig verließ, stahl ich ihm etwas. Eine Halskette, die er aus kleinen Holzschnitzereien, Bierdosenverschlüssen und einer Patronenhülse gefertigt hatte. Ich legte sie mir unters Kopfkissen, als meinen persönlichen Talisman, um ihn zu uns zurückzurufen.

Schon wenige Tage nach Lazy Elks Abschied machte meine Mutter New Hopes jüngstes Mitglied (von mir selbst und der kleinen Raven einmal abgesehen), den neunzehnjährigen College-Abbrecher Zack, zu ihrem Lover. Zack war nicht einmal halb so alt wie sie und nicht einmal doppelt so alt wie ich.

Sein Herzschmerz-Song hatte ihm den Weg geebnet. Nachdem Lazy Elk das Tipi endgültig geräumt hatte, kam Zack mit seiner Gitarre herein und sang einen Song für meine Mutter (diesmal einen selbst gemachten und keinen von Dylan). «Ich hab ihn geschrieben, als ich über deine Lage nachdachte, Jean.» Das Lied handelte davon, dass man, auch wenn einem Unrecht widerfahren ist, nicht für immer sein Herz verschließen soll. Ich stand hinter ihm, vollführte eine Würge-Pantomime und versuchte, den Blick meiner Mutter einzufangen. Doch meine Mutter drückte Zack mit Tränen in den Augen fest an sich, und ich dachte schon, sie würde ihn nie wieder loslassen. Ich fand das unfassbar.

«Es ist doch nur ein dämlicher Song», sagte ich, als sie ihn an sich presste.

Sie warf mir über seine Schulter hinweg einen scharfen Blick zu, mit dem sie mich auch noch aus dem Tipi verbannte. Ich stampfte hinaus. Als ich später zurückkam, stand Zacks Gitarre neben ihrem zugezogenen Bettvorhang.

«Einfach nur ein dämlicher Song», murmelte ich beim Schlafengehen und umklammerte die Halskette unter meinem Kopfkissen.

Im Gegensatz zu Lazy Elk schien Zack absolut nichts von mir zu erwarten. Er versuchte nicht, mich wie eine Tochter zu behandeln, und gab sich keine Mühe, Freundschaft mit mir zu schließen. Er nahm mich nicht auf Spaziergänge im Wald mit und erzählte mir keine Geschichten vom schlauen Kojoten. Zack nahm mich praktisch nicht zur Kenntnis und schlich sich mit einem nervösen Lächeln im Gesicht wie ein Dieb ins Bett meiner Mutter.

Wenn ich ihn lange genug anstarrte, bekam er rote Ohren.

Was ich aber von jener kurzen Affäre noch am besten weiß, das ist, wie er meine Mutter zum Lachen brachte. Ich weiß nicht, was er sagte oder tat, aber jede Nacht hörte ich das Gelächter meiner Mutter hinter ihrem Bettvorhang. Erst lachte sie ganz leise, vielleicht ein bisschen verlegen, aber dann wurde ihr Lachen lauter, unkontrolliert, hysterisch, ja es klang fast wie ein Weinen. Und im Hintergrund hörte ich Zacks Geflüster und das Geraschel der Bettlaken.

Das war auch die Zeit, in der meine Mutter mit dem Nähen anfing. Das Nähen war ihr erster Ausflug in die Welt von Handwerk, Kunsthandwerk und Kunst. Danach versuchte sie es mit Weben und Töpfern, und schließlich entschied sie sich für die Malerei, aber zu Beginn nähte meine Mutter.

Sie stellte einen kleinen Nähtisch im Tipi auf, an der Stelle, wo Lazy Elk seinen Schmuck gefertigt hatte. Es war, als müsste sie den leeren Raum irgendwie füllen und ihn sich aneignen. Ihr erstes Werk war ein Kissenbezug, den sie mit Kreuzstich bestickte. *Herrscht Liebe im Heim, kehrt Glück dort ein.* Angesichts all dessen, was bei uns zu Hause passiert war, wirkte die Botschaft ein bisschen merkwürdig. Und genauso merkwürdig war das Bild, das sie dazu stickte: ein sorgfältig ausgeführtes, quadratisches weißes Häuschen mit ordentlichen blauen Vorhängen und absolut symmetrisch angeordneten Bäumen im Garten. Ich versuchte, mir die Miniaturfamilie vorzustellen, die dort zu sehen wäre, wenn man die Tür öffnen oder die Vorhänge zurückziehen könnte. Ich wusste, dass diese Familie keinerlei Ähnlichkeit mit der unsrigen hätte. Die Kinder hätten eine Mutter *und* einen Vater. Vielleicht auch einen Hund. Heißes, fließendes Wasser. Abends gäbe es Steaks. Die winzigen Leute, die in jenem Häuschen lebten, würden ein vollkommen anderes Leben führen als wir. Das ging mir damals als zehnjährigem Mädchen durch den Kopf, wenn ich meiner Mutter beim Nähen zusah.

Das Nähen schien meine Mutter glücklich zu machen und gab ihr etwas, womit sie den Tag ausfüllen konnte. Und nachts hatte sie Zack. Nach dem Abendessen spielte er Gitarre, während sie nähte, und dann warfen sie sich einen verschwörerischen Blick zu und hüpften ins Bett.

Verzweifelt fuhr ich mit dem Rad in die Stadt und warf Lazy Elk eine Nachricht in den Briefkasten. Ich berichtete ihm von Zack und forderte ihn auf, nach Hause zurückzukommen, um die Dinge wieder in Ordnung zu bringen, bevor es zu spät sei. Aber er kam nicht. Vermutlich war er zu dem Schluss gekommen, dass es, Zack hin oder her, ohnehin schon zu spät war.

Als ich Del die ganze Story vom Lahmen Wapiti erzählt hatte (wobei ich den Teil, der Zack betraf, ausließ), lachte sie und sagte, dann sei der Wapiti wohl doch nicht so lahm gewesen. Zumindest nicht da, wo es drauf ankam. Ich tat so, als hätte ich den Scherz kapiert. Außerdem tat ich so, als wäre mir sein Verschwinden egal. Als ginge mir das glatt am Arsch vorbei. Als wäre er sowieso nur so ein blöder Hippie mit einem dämlichen Namen.

Am Tag vor den Ferien ging ich nachmittags auf das Feld der Griswolds und suchte Del. Ich wollte ihr die Halskette geben, die ich Lazy Elk geklaut hatte. Inzwischen glaubte ich nicht mehr, dass das Schmuckstück die Macht hatte, ihn zurückzubringen, und wollte das Ding loswerden. Gleichzeitig sollte es ein Versöhnungsgeschenk sein: Del war mit dem Erfolg meiner Spionageaktion gegen Ellie und Sam nicht so richtig zufrieden.

Mein Doppelagentenplan war wochenlang wunderbar aufgegangen. Ich erzählte einfach beiden Seiten das, was sie gerne hören wollten, wobei ich den erfundenen Geschichten gelegentlich ein Körnchen Wahrheit beimischte. Um Ellies und Samanthas Freundschaft zu gewinnen und zu behalten, berichtete ich, dass die Kartoffeltrine tatsächlich nackt auf ihrem Pony reite – und ich nannte ihnen sogar seinen Namen, Spitfire. Ich erzählte ihnen, Del schlafe im Kartoffelkeller und könne mit einem Gewehr umgehen.

Del erzählte ich, dass Ellie nachts eine Zahnspange trage und Samantha eine geistig behinderte ältere Schwester habe (was stimmte) und dass beide Mädchen heimlich in den Tunichtgut der Schule, Artie Paris, verliebt seien (Letzteres war natürlich meine Erfindung, aber Del ging das runter wie Butter).

In der letzten Schulwoche gierten beide Seiten nach der ultimativen Enthüllung. Mit Kleinkram gaben sie sich nicht mehr zufrieden. Ich hatte Angst um meine Beziehung zu Ellie und Sam, die etwas richtig Interessantes von mir verlangten. Und Del blieb ungerührt, als ich zum Besten gab, Ellie und Sam hätten beide Läuse, Warzen und Würmer. Es wurde Zeit, dass ich ein großes Geschütz auffuhr.

Ich tischte also Del auf, Ellie habe Artie zu sich nach Hause eingeladen, und die beiden hätten sich dort geküsst. Del glaubte mir nicht – sie verdrehte kopfschüttelnd die Augen und sagte einfach nur *nie und nimmer.* Ich gab mir alle Mühe, sie mit erfundenen Einzelheiten zu überzeugen: Die beiden seien bei Ellie im Keller gewesen, Artie habe Ellie zum ersten Kuss gezwungen, aber dann habe es ihr doch irgendwie gefallen und sie habe von sich aus mitgemacht. Ich erzählte Del sogar, naiv wie sie sei, befürchte Ellie nun, sie könne vom Küssen schwanger geworden sein, und sie frage ihre Freundin ständig, ob man schon etwas sehe.

«Wie dääämlich», rief Del aus, und ich wusste nicht recht, ob sie meine Story meinte oder Ellie, die glaubte, sie könnte schwanger sein.

Ellie und Sam erzählte ich eine Halbwahrheit, einfach, weil mir keine Lüge mehr einfiel. Ich erzählte, Del habe eine Tätowierung.

«Nie und nimmer!», kreischten sie. «Was denn für eine?»

Wir standen an unserem üblichen Treffpunkt unter dem Klettergerüst. Andere Kinder kamen vorbei, und ich glühte vor Stolz, dass man mich Tag für Tag mit Ellie und Sam reden sah. Nur wenn Del uns beobachtete, überkamen mich Reue und Schuldgefühle.

«Ich weiß es nicht genau», erklärte ich. «Es war beim Umziehen, und es blitzte nur einen Moment lang auf, nur der Rand davon.»

«Bist du dir denn sicher?»

«Ich schwör's. Sie hat es mitten auf der Brust.»

«Wahrscheinlich ist es eine Kartoffel», meinte Sam.

«Das, was ich gesehen habe, war ganz schwarz», warf ich ein.

«Eine *faulige* Kartoffel», gackerte Ellie.

Was ich nicht wusste und was mir nie in den Sinn gekommen wäre, so sicher fühlte ich mich in meiner Rolle als Spitzel, war die Tatsache, dass ein Junge namens Travis Greene, der in Ellie verknallt war, ebenfalls von der Tätowierung erfahren würde und dass er diese Information an die meisten seiner Freunde weiterreichen würde, darunter auch Tommy Ducette, der Fettwanst des Jahrgangs und Artie Paris' treuester Gefolgsmann. Außerdem wusste ich nicht, dass Artie Paris für den letzten Schultag vor den Ferien etwas geplant hatte – sein Abschiedsgeschenk an die Schule und ihren Abschlussjahrgang von Fünftklässlern.

***

Als ich Del weder auf dem freien Feld noch im Kartoffelkeller fand, sagte ich mir, dass sie bestimmt in der Jagdhütte war. Doch auf dem Weg vom Kartoffelkeller zum Wald, Lazy Elks Halskette in die Hosentasche gestopft, lenkte ein plötzliches schrilles Gequieke aus dem Schweinepferch mich ab. Eine der Säue schien durchzudrehen.

Sie trabte immer im Kreis im Pferch herum, laut quiekend – ja, geradezu brüllend. Wenn ein anderes Schwein ihr in den Weg kam, griff die verrückte Sau rempelnd und beißend an.

Ich stand gegen den Zaun gedrückt da und versuchte, sie auf mich aufmerksam zu machen.

«Alles in Ordnung, Schwein», sagte ich. «Jetzt komm schon, Schwein.»

Doch die Sau rannte nur immer schneller und sah so aus, als wollte sie die Flucht ergreifen und wäre überzeugt, entkommen zu können, wenn sie nur das richtige Tempo schaffte.

«Mach, dass du von den Schweinen wegkommst!»

Ich sprang vom Zaun zurück, drehte mich um und sah mich Dels Vater gegenüber, einem Mann, den ich bisher immer nur aus der Ferne gesehen hatte. Ralph Griswold war ein großer Mann in einer dreckigen Latzhose. Er hatte mächtige Schultern und ein eckiges Kinn voller dunkler Bartstoppeln. Unter seiner Mütze sah schwarzes Haar hervor, das gerade bis über die Ohren reichte. Er hatte Dells helle graublaue Augen.

So ziemlich das Einzige, vor dem Del Angst hatte, war ihr Daddy, und da stand nun dieser Mann, kaum einen Meter von mir entfernt.

«Ich habe ... Del gesucht.» Beim Reden fiel mir auf, dass er Hände wie Bratpfannen hatte. In der Rechten hielt er eine große Pistole.

«Also, im Schweinepferch ist sie nicht. Und jetzt hau ab! Du machst die Schweine nervös!» Er machte eine abwehrende Geste mit der freien Hand. Ich rannte weg, und als ich den Pfad erreichte, hörte ich einen Schuss, wagte aber nicht, mich umzudrehen.

Als ich auf der Lichtung ankam, war ich außer Atem. Meine Knie waren weich wie Gummi. Ich hörte Stimmen in der Hütte und rief beim Näherkommen:

«Del? Nicky?»

Die Stimmen verstummten, und dann sah ich eine vertraute Gestalt aus dem windschiefen Eingang der Hütte huschen. Es war Zack – der junge Typ, der dafür sorgte, dass meine Mutter sich jede Nacht in den Schlaf lachte. Er trug ein weißes T-Shirt und Bluejeans, die an den Knien zerrissen waren. Er war barfuß, wie immer. Seit ich ihn kannte, hatte ich Zack niemals in Schuhen gesehen – abgesehen von einem Paar roter Gummistiefel, in die er schlüpfte, wenn draußen Schnee lag. Ich stellte mir immer vor, dass er das Bett meiner Mutter mit seinen dreckigen Füßen versaute.

«Hey», sagte er, als er mich sah. So begrüßte er mich immer, ob er sich nun zum Gemeinschaftsessen mir gegenüber an den großen Tisch in der Scheune setzte oder ob er früh am Morgen hinter dem Bettvorhang meiner Mutter hervorkroch.

«Was machst denn *du* hier?», fragte ich ehrlich verwirrt. Ich sah, wie seine Ohren rot anliefen. Ich war verunsichert, als wären meine beiden Welten ohne mein Wissen und ohne meine Einwilligung irgendwie ineinander geglitten. Wäre ich in New Hope auf Del gestoßen, die gerade einen Brotlaib in den Ofen schob, hätte ich nicht erstaunter reagiert.

«Nichts.» Er zuckte die Schultern und blickte sich wie gelangweilt auf der Lichtung um. «Nur ein Spaziergang. Bis später, Katydid.» Damit war er schon auf dem Pfad und ging, hoch gewachsen, wie er war, mit seinem üblichen federnden Gang davon. Erst hatte Zack sich in unser Tipi gedrängt, und jetzt war er in Dels Hütte. Für wen hielt der Typ sich eigentlich?

Ich betrat die Hütte und hörte es oben auf dem Dachboden rascheln.

«Del?», rief ich. Meine Gedanken überschlugen sich. Hatte Zack sich hier mit Del getroffen? War er vielleicht der geheimnisvolle Unbekannte, der ihr die Tätowierung gemacht hatte? Plötzlich fiel mir ein, dass Zack mit Nachnamen Messier hieß – M wie Messier? Bei diesem Gedanken wurde mir ganz flau im Magen.

«Ich bin's nur», hörte ich Nickys Stimme von oben. Er steckte den Kopf durch das Geländer des Dachbodens und lächelte zu mir herunter. «Komm hoch, Desert Rose. Rauch eine mit mir.»

Ich stieg die Leiter hinauf. Nicky saß auf der Matratze. Neben ihm lag ein prall gefülltes Beutelchen mit Gras. Die Luft war süß vom Rauch. Diesen Geruch kannte ich aus New Hope nur zu gut. Lazy Elk roch so.

«Was gibt's Neues?», fragte er und reichte mir eine Camel. Seine Augen waren rot und glänzten. Er spielte mit dem Jagdmesser herum, hielt es an seinem Kunststoffgriff fest und schob es in die Lederscheide, immer rein und raus.

Ich erzählte Nicky atemlos von dem, was mir gerade unten bei den Schweinen passiert war. Wie ich seinen Vater mit der Pistole angetroffen und kurz darauf den Schuss gehört hatte. Nicky nickte nur.

«Die Sau ist nicht ganz richtig im Kopf. Seit sie neulich geworfen hat, ist sie nicht mehr dieselbe. Daddy macht jetzt Schinken aus ihr. Ein einziger Schuss, mitten durch den Kopf.» Nicky streckte die Hand aus wie eine Pistole. «Peng», sagte er und blies auf seine Fingerspitzen wie auf eine qualmende Mündung.

Eine Weile sagte keiner etwas. Nicky lächelte mich dämlich an und sah so aus, als wäre ein Teil seiner selbst gar nicht da.

«Du hast gekifft», sagte ich.

«Na und?», fragte er mit hochgezogenen Augenbrauen. «Und woher kennst du Zack?»

«Ich kenne alle möglichen Leute.»

«Na schön, was hatte er hier zu suchen?»

«Er hat mir das da gebracht», antwortete Nicky und zeigte auf das Gras.

«Das gibt er dir einfach so?»

«Quatsch, ich kauf es ihm ab. Das ist richtig guter Stoff. Willste mal probieren?»

«Nee.»

«Feigling.»

«Bin ich nicht. Nur zur Information: Ich könnte das Zeugs jederzeit zu Hause rauchen.»

Er schüttelte den Kopf, jetzt lächelnd.

«Doch, du bist 'n richtiger Feigling.»

«Verdammter Blödsinn.»

«Hoppla, die junge Dame flucht. Du treibst dich zu viel mit meiner verdorbenen Schwester rum. Die ist 'n schlechter Einfluss, wie man so sagt.»

«Komisch. Sie sagt dasselbe über dich.»

«Au weia. Jetzt sag mal, Desert Rose, was hat Del denn sonst noch so über mich erzählt?»

«Dass du in Wirklichkeit erst vierzehn bist und gar nicht sechzehn, dass du ein ganz ÜBLER Bursche bist und dass du irgendein Geheimnis hast oder so.»

«Uiuiui, was mein Schwesterchen alles so sagt. Und hat sie dir auch erzählt, was das denn für ein großes Geheimnis sein soll, das ich da hab?»

«Nee. Nur, dass ich bestimmt nichts mehr mit dir zu tun haben wollte, wenn ich davon wüsste.»

Nicky kaute auf seinem Daumennagel herum.

«Denkste wirklich, dass du dann nichts mehr mit mir zu tun haben wolltest?»

Ich zuckte die Schultern, blickte in seine glänzenden Augen und dachte: *Nie und nimmer.*

«Was denn, hast du jemanden umgebracht, oder was?» Ich lachte.

«Nee, nicht so was. Es ist ... na ja, es ist kompliziert. Das ist alles.»

«Mit kompliziert kenn ich mich aus», sagte ich und dachte dabei an den Schlamassel in New Hope.

«Ich mein ja nicht, dass du es nicht kapieren würdest, sondern nur, dass ich nicht recht weiß, wie ich es erklären soll. Aber ich erklär's dir. Versprochen. Ich überleg mir, wie, und dann erzähl ich dir die ganze Geschichte.»

«Wann?»

«Bald, Desert Rose. Das verspreche ich dir.» Er streckte die Hand nach meiner aus, blickte darauf herab und lächelte sein fuchsschlaues Lächeln. «Ich hab aber noch ein anderes Geheimnis. Willst du es hören?»

«Schon», antwortete ich, enttäuscht, mich mit einem zweitklassigen Geständnis begnügen zu müssen.

«Aber du musst mir versprechen, dass du nicht wegläufst und denkst, dass ich ein ganz ÜBLER Bursche bin.»

Ich warf Nicky einen Blick zu, und er drückte meine Hand. Er lächelte mich an, und seine Zähne waren so weiß, dass sie zu leuchten schienen. *Zähne sind Knochen.* Ich erinnere mich, dass mir dieser Gedanke durch den Kopf schoss und dass ich darüber lächeln musste. «Ich verspreche es», sagte ich.

«Gut. Also, ich verrate dir jetzt mein Geheimnis. Komm einmal ganz dicht heran, damit ich es dir zuflüstern kann.»

Ich hielt ihm das Ohr hin. Nickys Atem streifte warm

darüber. Er roch nach Marihuana und Zigarettenrauch, aber außerdem bemerkte ich einen moschusartigen Duft, ein bisschen wie Schweiß, nur angenehmer.

«Ich würde dich gern küssen. Wirklich schrecklich gern. Und ich glaub, dass du mich auch gern küssen würdest.» Die Worte waren feuchte Atemwölkchen, die auf meine Haut trafen und in sie einzudringen schienen, sodass mir darunter ganz warm wurde.

«Möchtest du?», fragte er leise, die Stimme rauer als je zuvor. «Möchtest du mich auch gern küssen?»

Ich nickte. Ich schloss die Augen wie die Frauen in den Filmen. Seine Lippen berührten meine ganz leicht, wie ein Schmetterling, doch dann wurde der Druck stärker. Er umschloss meine Lippen mit seinen, saugte an ihnen und öffnete sie mit der Zunge. Seine Zunge durchwühlte meinen Mund wie eine Art Insektenlarve, die sich einen dunklen, feuchten Winkel sucht. Seine Zähne stießen mit einem so lauten Klacken an meine, dass ich glaubte, wir müssten nun beide eine Macke im Zahn haben wie Del. Ob sie sich den Schneidezahn auf diese Weise angestoßen hatte: beim Küssen?

Das Küssen kam mir vor wie der Zusammenprall zweier Züge. So viel Kraft steckte dahinter. So viel Gefahr. Ich musste dabei an das Krachen des Schusses denken, der das Schwein mitten ins Gehirn getroffen hatte. Mir brummte der Schädel. Meine Zähne taten weh. Ich meinte, Blut zu schmecken.

Wir küssten uns, bis unsere Lippen geschwollen waren und unsere Münder trocken. Bis ich überhaupt nicht mehr daran dachte, was für üble Geheimnisse Nicky haben mochte. Ich lernte, mit meiner Zunge dasselbe zu machen wie Nicky. Er umklammerte meine Schultern so fest, dass ich am nächsten Morgen blaue Flecken hatte. Sein Atem ging so heftig und stoßweise, dass ich befürchtete, er könnte blau anlaufen und in Ohnmacht fallen.

«Mach weiter», murmelte ich, oder ich versuchte zumindest, es zu murmeln, während er seinen Mund auf meinen presste. Es hätte ewig so weitergehen können. Und das wäre es vielleicht auch. Doch Dels Stimme machte allem ein Ende.

«VERRÄTER!», schrie sie, und ihre Stimme erfüllte die Hütte wie eine ganz eigenständige Kraft, mächtiger als unsere wie Züge kollidierenden Küsse und furchterregender als der Schuss aus der Pistole ihres Daddys. Wir fuhren auseinander und schauten gerade noch rechtzeitig vom Dachboden herunter, um Del hinausstürmen zu sehen. Ich wandte mich Nicky zu, doch die Frage, ob wir wieder mit dem Küssen anfangen sollten, stellte sich nicht. Was ich in seinen Augen sah, war weder Liebe noch Lust, noch Schuldgefühl, sondern nackte Angst.

Wir kletterten die Leiter hinunter und eilten Del nach, doch sie war längst verschwunden. Nicky meinte, ich solle heimgehen. Er sagte, er werde Del bei sich zu Hause finden und sich mit ihr versöhnen. Sie werde wohl eine Weile brauchen, um sich abzuregen, aber er versprach mir, dass am nächsten Morgen alles wieder in Ordnung sein würde. Ich zog die Halskette, die ich ihr hatte schenken wollen, aus der Hosentasche.

«Gib ihr das», trug ich Nicky auf. «Und sag ihr, dass ich immer noch ihr Deputy bin.» Nicky nickte und folgte seiner Schwester den Hügel hinunter.

***

Als Del mich am nächsten Morgen nicht ansah und nicht einmal den Kopf hob, wurde mir klar, dass Nicky sein Versprechen, alles wieder einzurenken, nicht hatte halten können. Und obgleich ich mir nichts sehnlicher wünschte, als vor Del auf die Knie zu fallen und sie um Vergebung anzuflehen, schreckte ich davor zurück. Ich hatte Angst, dass sie mich nur noch mehr demütigen würde, sodass ich mich schließlich schlimmer fühlen würde als ohnehin schon.

Ich hätte sie gerne gefragt, ob Nicky ihr die Halskette gegeben hatte, hätte gerne einen Scherz über den Lahmen Wapiti gemacht und ihr gesagt, dass ich wirklich noch immer ihr Deputy war. Ihre beste Freundin auf immer und ewig.

Doch das Einzige, was mir einfiel, war eine Bemerkung über die verrückte Sau.

«Ich hab gehört, wie dein Daddy gestern ein Schwein erschossen hat.» Das erregte zumindest ihre Aufmerksamkeit. Sie hob den Kopf, und ich sah, dass sie ein schwärzlich blaues Veilchen am linken Auge hatte, das fast vollständig zugeschwollen war. Sie sah mich so hasserfüllt an, dass ich erleichtert war, den Bus kommen zu hören und zu sehen, wie der Blinker aufleuchtete und das Fahrzeug langsam zum Stehen kam, während Ron die Türen aufklappen ließ.

***

Seit Jahrzehnten verfolgt mich der Wunsch, noch einmal in die Vergangenheit zurückkehren und zwei Dinge in meinem Leben anders machen zu können. Diese Zeitreise würde mich nicht zu dem Punkt führen, an dem ich das Medizinstudium abbrach, um zu heiraten, und auch meine spätere Entscheidung, mein einziges Kind, das Kind von Jamie, abzutreiben, nicht tangieren. Nein, so sonderbar es auch klingen mag: Beide Veränderungen würden auf den 16. Juni 1971 fallen, als ich zehn Jahre alt war.

Der erste Punkt ist diese Begegnung an der Bushaltestelle. Ich würde auf die Knie fallen und Del um Vergebung flehen. Ich würde ihr versprechen, alles zu tun, was sie nur von mir wollte. Ich würde sie fragen, von wem sie das blaue Auge hatte, und Rache schwören; wer auch immer ihr wehtäte, ich würde es ihm heimzahlen.

Die zweite Sache, die ich am liebsten ungeschehen machen würde, ist etwas, das später am selben Tag passierte. Damals habe ich, davon bin ich überzeugt, die schlimmste Tat meines Lebens begangen. Sicher, ich habe meine Mutter im Stich gelassen, sicher, ich habe ein Kind abgetrieben, das ich mir wirklich wünschte, und ich war tausendmal in meinem Leben rücksichts- und gedankenlos. Aber diese eine Szene sucht mich immer wieder in nie enden wollenden Albträumen heim und hält mich nachts wach, wenn ich sie wieder und wieder vor meinem inneren Auge ablaufen lasse, mir vorstelle, alles wäre anders gekommen, und dabei doch genau weiß, dass es zu spät ist.

Und noch immer habe ich dieses letzte Bild vor Augen, wie Del verängstigt vor mir davonläuft. Jahrelang hat sie mich so heimgesucht. Ich hätte wissen müssen, dass sie es nicht dabei belassen würde.

Zehntes Kapitel
15. November 2002

Am Morgen, nachdem Nicky meine Mutter und ihre tote Katze zurückgebracht hatte, funktionierte das Telefon wieder. Ich nahm mir die Liste vor, die Raven mir gegeben hatte, meldete mich bei einigen Pflegeheimen zur Besichtigung an und telefonierte außerdem mit Meg Hammerstein, der Gedächtnis-Spezialistin, die mir einen Termin am Nachmittag anbot. Ich schaute kurz in der großen Scheune vorbei, und Gabriel erklärte sich bereit, sich während meiner Abwesenheit um meine Mutter zu kümmern. Auch wenn der Gedanke, meine Mutter in ein Pflegeheim zu stecken, mir Unbehagen bereitete, tat es mir doch gut, die Dinge anzugehen und abzuhaken. Gabriel war überglücklich, dass endlich Bewegung in die Sache kam.

Ich notierte mir gerade ein paar Fragen, die ich Meg stellen wollte, als die Polizei an die Tür klopfte. Es waren dieselben beiden Männer, die mich zur Nacht von Toris Ermordung befragt hatten und dann zurückgekehrt waren, um sich nach Del zu erkundigen – sie trugen Zivil, hatten die Polizeimarken in ihren Taschen verborgen und die Pistolen im Schulterhalfter. Sie stellten sich noch einmal vor: Detective Stone und Detective Weingarten. Ich unterhielt mich vor der Tür mit ihnen und ließ meine Mutter drinnen, die gerade am Küchentisch saß und Haferbrei aß.

«Wie wir gehört haben, waren Sie im Wald unterwegs», begann Stone. Er war immer derjenige, der redete, während der andere Notizen zu machen schien.

«Ja, sicher. Und?»

«Waren Sie auch in jener Nacht im Wald, als Tori Miller ermordet wurde?»

«Nein, das sagte ich bereits. Ich war die ganze Nacht mit meiner Mutter zu Hause.»

Er nickte und hob dann die Augenbrauen. «Mit Ihrer Mutter, auf deren Gedächtnis nicht unbedingt Verlass ist.»

«Sie hat Alzheimer.» Meine Stimme bebte ganz leicht. Ich gab mir Mühe, ruhig zu bleiben.

«Erzählen Sie uns von der Katze Ihrer Mutter.»

«Magpie?» Die Frage war so absurd, dass ich mich überrumpelt fühlte.

«Die junge Dame ... Raven hat uns die Katze gezeigt. Sie sagte, Sie wären im Wald gewesen, ein paar Stunden bevor man die Katze fand.»

Das war der Moment, in dem mir der Kragen platzte.

«Augenblick mal, hab ich das richtig verstanden? Raven glaubt, dass ich Magpie getötet habe? Na klasse. Hat sie vielleicht auch ein *Motiv* erwähnt? Bin ich vielleicht in Magpies *Testament* als Haupterbin eingesetzt?» Die beiden sahen mich ausdruckslos an. «Hören Sie, ich *mochte* diese Katze», endete ich lahm.

«Vorgestern Nacht hat Ihre Mutter den Notruf gewählt und Sie dort beschuldigt, ihre Katze verletzt zu haben. Außerdem sagte sie, Sie hätten die Ermordete gekannt. Kannten Sie Tori Miller?»

«Nein! Ich habe vor ein paar Tagen zum ersten Mal von

ihr gehört. Meine Mutter ist krank. Sie ist vollkommen verwirrt. Wie oft muss ich das noch erklären? Herrgott nochmal, Sie haben doch mit ihr geredet. Ist Ihnen denn nicht aufgefallen, dass sie unter Demenz leidet? Sie hat Del Griswold gemeint. Sie wollte sagen, dass ich vor dreißig Jahren Del Griswold gekannt habe.»

«Dann erzählen Sie uns doch von Ihrer Beziehung zu Delores Griswold.»

Das schon wieder. Es lief doch immer alles auf Del hinaus.

Ich holte tief Luft. Riss mich zusammen. «Da gibt es nichts zu erzählen. Sie hat unten am Fuß des Hügels gewohnt. Wir haben denselben Schulbus genommen. Das ist schon alles.»

«Nur noch eines, Miss Cypher», sagte Stone. «Besitzen Sie ein Schweizer Taschenmesser?»

Mir kam der Gedanke, es abzustreiten, aber das erschien mir albern. «Ja. Es ist in meiner Handtasche.»

«Wären Sie bitte so freundlich, es einmal herauszuholen?», bat er.

«Ja, natürlich.»

Meine Handtasche lag auf dem Tisch neben der Tür, und ich machte sie auf und wühlte darin herum. Schminkdöschen. Autoschlüssel vom Leihwagen. Schlüsselbund von zu Hause. Handy, in den Bergen Vermonts leider vollkommen nutzlos. Kaugummipackung. Verschiedene Stifte.

«Es ist bestimmt irgendwo hier drin», sagte ich. «Hier scheint ja so ziemlich alles drin zu sein, was nicht gerade in der Küchenspüle liegt.»

Keine Reaktion. Es war ja auch ein ziemlich blöder Scherz.

Ich zog den Reißverschluss der Seitentasche auf, weil ich etwas Hartes darin ertastet hatte. Das musste das Messer sein. Doch bei dem, was ich dann aufblitzen sah, hätte ich beinahe laut aufgeschrien.

«Haben Sie es, Miss Cypher?», fragte Stone.

«Nein. Es scheint nicht hier drin zu sein.»

Jetzt zitterten meine Hände ganz leicht. Meine rechte Hand steckte in der Handtasche und berührte etwas, das hoffentlich keiner der Detectives gesehen hatte, denn das hätte für mich geheißen: *Gehen Sie in das Gefängnis. Begeben Sie sich direkt dorthin.*

In der Seitentasche meiner Handtasche steckte Dels Sheriffstern.

«Weil ich der Sheriff von diesem ganzen Scheißkaff hier bin!»

Der Schweiß trat mir auf Stirn und Oberlippe.

Einfach tief durchatmen, redete ich mir zu. *Verhalte dich ganz normal.*

«Könnte das hier Ihr Messer sein?», fragte Weingarten und hielt ein kleines Plastiktütchen mit einem roten Messer darin hoch.

Ich betrachtete das Tütchen blinzelnd.

«Ich weiß nicht. Es sieht genauso aus. Aber ich habe mein Messer immer in der Handtasche.»

Und jetzt ist es weg. Stattdessen liegt Dels Stern darin. Hatte derjenige, der mein Messer entwendet hatte, mir den Stern in die Tasche gesteckt? War das hier vielleicht ein abgekartetes Spiel? Und wie lange fehlte das Messer schon? Wie lange trug ich den Stern schon mit mir herum?

Weiteratmen. Jetzt *nicht* in Panik geraten.

«Nun, wir werden das Messer untersuchen lassen.»

«Untersuchen?»

«Auf Blutspuren. Nur um sicherzugehen, dass an dem Messer ausschließlich Katzenblut klebt. Miss Cypher, dürften wir jetzt bitte Ihre Fingerabdrücke nehmen?»

«Wie bitte? Nein! Ich meine, das ist Zeitverschwendung. Das ist doch absurd. Ich hab die Katze nicht getötet, selbst wenn sich herausstellen sollte, dass sie mit meinem Messer getötet wurde.»

Aber genau in diesem Moment, während wir uns unterhalten, habe ich Dels Sheriffstern in der Hand.

«Sollten wir irgendetwas finden, das diese Waffe mit Tori Millers Ermordung in Zusammenhang bringt, müssen wir Sie leider vorladen und Ihre Fingerabdrücke nehmen», sagte Stone.

Ich zog langsam die Hand aus der Tasche, nachdem ich den Stern in die tiefste, dunkelste Ecke gestopft hatte, und zog den Reißverschluss fest zu.

Versuchte jemand, mir den Mord anzuhängen? Und falls ja, wie weit war der Mörder gegangen? Hatte er etwa mit meinem kleinen Wein-und-Käse-Yuppiemesser ein Stück aus Tori Millers Haut geschnitten?

Ich erschauderte unwillkürlich.

«Sind Sie fertig, meine Herren? Ich muss nach meiner Mutter sehen.»

«Sie hören von uns», verabschiedete sich Stone.

***

Auf der Suche nach Meg Hammerstein ging ich durch das niedrige, efeuüberwachsende Backsteingebäude mit den Büros der Professoren und Dozenten und bemühte mich dabei verzweifelt, nicht an das fehlende Messer und Dels Sheriffstern in meiner Handtasche zu denken, als ich auf einer der Türen einen bekannten Namen erblickte – Zachary Messier.

Suche Zack, Deputy.

Na, da hatte ich ihn also, auch wenn es sich eher so anfühlte, als hätte er mich gefunden.

Die Tür war einen Spaltbreit geöffnet, und als ich hineinlugte, erblickte ich dort hinter einem Schreibtisch einen Mann mit beginnender Glatze und Ziegenbärtchen. Sein einst leuchtend kastanienbraunes Haar war stumpf geworden und zeigte schon die ersten grauen Strähnen, doch er trug es noch immer lang und zu einem Pferdeschwanz zusammengebunden. Er hatte im Laufe der Jahre ein bisschen Speck angesetzt und sah nun wie ein richtiger College-Professor aus: weißes Hemd, olivgrüne Krawatte und beigefarbene Kordjacke mit Lederflecken an den Ellbogen. Das einzige Professoren-Untypische an ihm war ein großer, runder Silberanhänger, den er an einem Lederriemen um den Hals trug.

«Zack?», rief ich von der Tür.

«Hi!», rief er zurück und lächelte mich an, während er angestrengt versuchte, mein Gesicht mit einem Namen zu verbinden. Er blickte über den Rand der kleinen, rechteckigen Brille hinweg, die auf seiner Nasenspitze thronte.

«Ich bin Kate, Jean Cyphers Tochter.»

«Ach, Gott nochmal, natürlich. Sicher, Raven sagte, dass du hier bist. Komm doch rein, bitte.» Er lächelte mich herzlich an und machte eine einladende Geste.

Ich betrat das winzige Büro. An der hinteren Wand

ächzten Regale unter der Last von Büchern. Was nicht ins Regal passte, türmte sich in Stapeln auf dem Schreibtisch und auf dem Boden – ein Großteil schien von der Amerikanischen Revolution zu handeln. An der Wand hingen Universitätsdiplom und Promotionsurkunde, daneben ein Gruppenfoto auf einem Segelboot. Seit seiner Zeit in New Hope hatte sich bei Zack offensichtlich einiges getan. Dann fiel mein Blick auf ein verschlungenes Mandalagemälde und eine Gitarre, die neben dem Schreibtisch in einer Ecke stand. Vielleicht verändern wir Menschen uns in Wirklichkeit ja doch nicht, auch wenn das Haar schütter wird, trotz Universitätsabschlusses und schicker Klamotten.

Er stand auf, und der dicke Silberanhänger geriet ein wenig ins Pendeln, als Zack über die Schreibtischplatte hinweg nach meiner Hand griff und sie mit beiden Händen fest umfing.

«Ich freue mich sehr, dich zu sehen, Kate.» Seine Hände waren so warm wie sein Lächeln herzlich.

«Ich habe nur ganz kurz Zeit. Eigentlich bin ich wegen Meg Hammerstein hier.» Ich stand verlegen da und wartete darauf, dass er mich losließ. Als er meine Hand freigab, zeigte er auf einen leeren Stuhl vor seinem Schreibtisch, und ich setzte mich.

«Wie geht es deiner Mom, Kate?» Ich warf einen Blick unter den Schreibtisch und stellte zu meiner Erleichterung fest, dass er Schuhe trug. Schwarze, auf Hochglanz polierte Herrenslipper.

«Hm, nicht besonders gut. Ich erhoffe mir einen guten Rat von dieser Meg Hammerstein. Raven hat sie mir empfohlen.»

«Meg ist großartig. Sie kennt sich wirklich aus.» Aufseufzend beugte er sich über seinen Schreibtisch, legte die eine Hand aufs Herz und ergriff mit der anderen Hand die meine. Er hielt meinen Blick fest, die blauen Augen treu und ehrlich. Sie waren leicht gerötet. «Das mit Jean tut mir schrecklich leid. Ich besuche sie gelegentlich, aber in den letzten Wochen war wahnsinnig viel zu tun, da ging es einfach nicht.»

Ich nickte verständnisvoll.

Auf seinem Schreibtisch lag ein Plastiktütchen mit Keksen. Er sah, dass sie mir ins Auge fielen, und bot mir einen an. Ich lehnte ab. Er bediente sich.

«Wirklich nicht?», fragte er. «Haferflocken-Johannisbrot-Kekse. Ich bin süchtig danach.»

Ich schüttelte den Kopf.

«Ich wusste nicht einmal, dass du wieder hier lebst. Als ich zum letzten Mal von dir hörte, warst du in Kanada.»

«Stimmt. Nach Vermont bin ich eine Weile herumgezogen und schließlich in Halifax gelandet, wo ich eine Lehre als Bootsbauer machte. Ein paar Jahre später hat es mich aber an die Universität zurückverschlagen, und ich landete in Toronto. Dort hab ich meinen Doktor gemacht und war dann eine Weile Dozent. Vor zwei Jahren stieß ich auf eine Stellenausschreibung in der Zeitung. Es war, als hätte diese Aufgabe mich gefunden und mir gesagt, dass es Zeit wäre, nach Hause zu kommen.»

«Nach Toronto muss New Canaan dir ziemlich langweilig vorkommen.»

«Im Gegenteil. Einen glücklicheren Neuanfang habe ich nie gemacht. Ich bedaure nur, dass ich so lange damit gewartet habe.»

Ich nickte und blickte dann auf das Segelboot-Foto an der Wand.

«Ist das da neben dir auf dem Boot meine Mutter?»

Er nahm das silbern gerahmte Foto herunter und reichte es mir, damit ich es mir genauer ansehen konnte. Auf dem Bootsdeck standen Zack, Raven, Opal und meine Mutter, alle vier mit windzerzaustem Haar und sonnenverbrannten Gesichtern.

«Das Foto ist von letztem Jahr. Meine Güte, wie Jean das Meer liebte. Das Boot war eine ganz tolle Sache für sie. Sie segelte auch verdammt gut. Du hättest sie sehen sollen.»

«Ist das dein Boot?»

Er lächelte stolz. «Ich hab es am Lake Champlain liegen. Weißt du, wie es heißt? *Hope Floats.* New Hope zu Ehren. Gabriel war begeistert, aber ich hab ihn nicht aufs Wasser locken können. Das ist ihm wahrscheinlich zu spießig.»

Meine Mutter hatte diese Segeltörns mir gegenüber niemals erwähnt. Ich hatte ja nicht einmal gewusst, dass Zack wieder vor Ort war. Davon, dass er meine Mutter mit hinaus auf den Lake Champlain nahm, ganz zu schweigen. Wie viele kleine Details ihres Lebens es wohl gab, die ich niemals erfahren würde? Die endgültig verloren waren?

«Du und Raven, ihr seid also in Kontakt geblieben?»

«Raven ist eine tolle Frau. Sie studiert Psychologie, weißt du. Im Moment besucht sie sogar einen von meinen Kursen. Sie kommt vorbei, um sich Bücher zu leihen und sich ein Feedback zu ihren Gedanken zu holen. Sie hat übrigens die Kekse hier gebacken. Willst du wirklich keinen?»

Ich schüttelte den Kopf. Zack bediente sich erneut.

«Und Opal», fuhr er fort, «die ist einfach eine Wucht. Seit der Ermordung ihrer Freundin mache ich mir allerdings große Sorgen um sie. Wie geht es ihr?»

«Nicht besonders. Raven hat sie bei einem Psychiater angemeldet.»

«Mein Gott, sie hat Furchtbares durchgemacht. Ich sollte demnächst einmal vorbeischauen und sehen, ob ich irgendetwas für sie tun kann.» Er wischte sich Krümel aus seinem Bart und von der Krawatte.

Ich betrachtete seinen Anhänger, den ich für eine kleine Taschenuhr hielt. Er war dick genug, um ein Uhrwerk zu enthalten, und er schien einen Deckel zum Aufklappen zu haben.

Er bemerkte meinen Blick und hielt mir den Anhänger hin.

«Ist er nicht wunderschön? Er stellt das Rad des Lebens dar. Tibetisch.»

Auf der Vorderseite des Anhängers waren drei konzentrische Kreise eingraviert, jeder in gleichmäßige Segmente unterteilt. Der äußere Ring hatte zwölf, der mittlere sechs und der innere Ring zwei Unterteilungen. Im Zentrum sah man eine Schlange, ein Schwein und einen Hahn. In die Segmente waren jeweils einzelne Bilder eingraviert: ein Töpfer, ein Obst pflückender Affe, eine Gebärende und verschiedene andere Motive mit Göttern und Menschen bei Aktivitäten, die ich so schnell nicht näher erkennen konnte.

«Der äußere Ring stellt die zwölf Glieder der Ursachenkette dar», sagte Zack.

Ich nickte, als wüsste ich, wovon er redete.

«Und hier, in diesem Ring, haben wir die sechs Reiche

der Existenz: Götter, Titanen, Menschen, Tiere, Hungrige Geister und die Hölle.»

Mein Blick blieb an der Darstellung der Hungrigen Geister hängen: drei unbeholfene Geschöpfe, die dicht beieinander kauerten, mit langen, dünnen Hälsen und verzweifelten Augen.

«Hungrige Geister?», fragte ich.

«All jene, die nach ihrem Tod noch so sehr am Leben hängen, dass sie Geister bleiben und sich nach Essen und Trinken verzehren, aber dennoch nicht essen und trinken können.»

«Das ist hart», bemerkte ich.

Er kicherte.

Dann entdeckte ich, dass unmittelbar über dem Rad ein grässliches Gesicht mit langen, spitzen Zähnen zu sehen war, das wütend dreinblickte.

«Und wer ist dieser Bursche?», fragte ich.

«Der Todesgott. Er dreht das Rad.»

«Das heißt also, dass der Tod das Rad des Lebens dreht? Ist das nicht ein ziemlich grausames Paradox?»

«Es wirkt vielleicht makaberer, als es ist», antwortete er.

Man statte einen Hippie mit einer Seidenkrawatte, der Doktorwürde und der Mitgliedschaft im städtischen Yachtclub aus, tief in seinem Herzen bleibt er doch immer ein Hippie. Ich musste lächeln.

«Zack, darf ich dir eine vielleicht ein bisschen merkwürdige Frage stellen?»

«Schieß los. Merkwürdig erscheint mir ohnehin nur das Allerwenigste. Schließlich habe ich ja einmal in New Hope gelebt.» Er zwinkerte mir zu und machte es sich im Sessel bequem. Konnte das wirklich der nervöse junge Typ sein, den ich aus meiner Kindheit kannte? Plötzlich so charmant und gefällig?

«Ich habe mich gefragt, ob du mir irgendwas über Nicky Griswold sagen könntest. Er hat etwas ganz Merkwürdiges getan – er hat eine Botschaft für mich ausgelegt, dass ich dich suchen soll. Kannst du dir irgendeinen Reim darauf machen?»

Zack spannte einen Moment den Unterkiefer an und holte tief Luft. Ich hatte einen Nerv getroffen. Er stand auf und ging an mir vorbei, um die Tür zu schließen. Ich fühlte mich ein bisschen wie eine Schülerin, die etwas ausgefressen hat und vor den Direktor zitiert worden ist.

«Wie genau lautete die Botschaft denn?» Er hatte den Kopf schief gelegt und die Augenbrauen hochgezogen.

«Suche Zack. Mehr nicht.»

Er sammelte sich einen Moment lang, bevor er etwas sagte. In der Pause, die entstand, betrachtete er die Bücher auf den Regalen, als wäre dort die gesuchte Antwort zu finden. Schließlich setzte er sich wieder.

«Armer Nick», begann er schließlich, wobei er wieder die Hand zur Brust führte. Die andere legte er diesmal auf seine Schreibtischunterlage. «Ich habe wirklich Mitgefühl mit ihm. Aber ich musste einfach einen Schlussstrich ziehen. Vorbei ist vorbei, und er muss die Vergangenheit loslassen und seinen eigenen Weg finden. Nicky schaut manchmal hier vorbei und fragt, ob wir nicht zusammen einen trinken wollen. Ein paarmal bin ich mit ihm in die Kneipe gegangen, um der guten alten Zeiten willen, weißt du? Wahrscheinlich hätte ich das besser sein lassen. Vielleicht hat er das irgendwie falsch aufgefasst.»

«Falsch aufgefasst?»

«Ach, du weißt schon ...» Da waren sie wieder, die roten Ohren, die ich so gut in Erinnerung hatte. «Dass ich, ähm ... wieder Interesse hätte. Nicky ist ein toller Typ. Ich mag ihn wirklich sehr. Und ich behaupte auch nicht, dass ich das, was damals war, bereue, aber wir waren fast noch Kinder, verstehst du.»

Ich versuchte zu verstehen, worauf er hinauswollte, zuckte aber noch vor der sich aufdrängenden Schlussfolgerung zurück.

«Willst du damit sagen, dass ihr beide etwas miteinander hattet?»

Zack betrachtete mich einen Moment lang, und diesmal lief sein ganzes Gesicht rot an. Dann lachte er nervös und schüttelte den Kopf.

«Oje, ich dachte, du wüsstest Bescheid. Ich wollte dich nicht schockieren. Tja, das war wohl damals so meine Phase der freien Liebe.» Er warf mir ein schiefes Lächeln zu, schaute dann schnell weg und heftete den Blick auf seine Gitarre. War es noch dasselbe Instrument? Jene Gitarre, mit der er meiner Mutter im Tipi sein Ständchen gebracht hatte?

«Ach Gott, Kate. Ich dachte, er hätte dir davon erzählt. Ihr beide standet euch doch eine Weile recht nahe. Ich war überzeugt, du wüsstest Bescheid.»

«Absolut nicht», gestand ich.

Er zupfte an seinem Bärtchen.

«Ich war damals neunzehn. Ich dachte, Bisexualität wäre ein weiterer Weg zur Befreiung des Geistes. Die festgefahrenen Vorurteile über die Geschlechter und die eigene sexuelle Identität loslassen. Das Weibliche und das Männliche, Yin und Yang, miteinander in Einklang bringen. Mein Gott, es war das Jahr 1971. Damals war das *in.*»

Ich nickte verständnisvoll. Ich bin kein engstirniger Mensch. Die Tatsache, dass Zack und Nicky miteinander geschlafen hatten, stieß mich nicht ab, aber sie überraschte mich doch ziemlich. Nun verstand ich, warum Nicky das Geheimnis damals unbedingt für sich behalten wollte, aber das Ganze verletzte mich auch ein bisschen.

«Wusste Del Bescheid? Ich meine, über euch beide?» Kaum hatte ich die Frage gestellt, glaubte ich Dels Stimme zu hören: *Ein paar schlimme Geheimnisse. Das mein ich wirklich so. Ganz, ganz übel.*

«Ja», antwortete Zack. «Sie hat uns einmal überrascht. Das arme Kind. Ich glaub, sie hat einen Riesenschreck gekriegt. Nachdem sie es dann verdaut hatte, ließ sie die Sache als Damoklesschwert über seinem Haupt schweben. Sie erpresste ihn richtig. Sie kannte sein großes Geheimnis, und sie hat das nach Kräften ausgespielt. Sie hat wirklich verzweifelt versucht, ihren eigenen Platz in der Welt zu finden, nicht wahr?»

Ich nickte, biss mir auf die Lippen und fragte mich, wie weit Nicky wohl gegangen wäre, um Del an der Enthüllung seines Geheimnisses zu hindern. Und dann kam mir der Gedanke, ob Nicky vielleicht auch das ihre gekannt hatte.

«Hat Nicky jemals eine Tätowierung erwähnt?», fragte ich so beiläufig wie möglich.

Zack zog fragend die Augenbrauen hoch.

«Tätowierung?», fragte er. «Nicky hatte keine Tätowierung.»

«Dels Tätowierung.»

«*Del* hatte eine Tätowierung? Nein, Nicky hat niemals davon gesprochen. Und gesehen hab ich jedenfalls nichts dergleichen. Meine Güte, wie alt war sie denn damals? Vierzehn?

«Zwölf. Del war bei ihrem Tod zwölf Jahre alt.»

«Eine Tätowierung? Damals, 1971, bei einer Zwölfjährigen? Was für ein eigenartiges Kind! Voller Überraschungen.» Er kicherte ungläubig.

Ich spürte, dass mein Gesicht rot anlief, was daher kam, dass ich Dels Geheimnis nun schließlich doch preisgegeben hatte. Das hatte ich nicht beabsichtigt. Das Gespräch mit Zack war so mühelos verlaufen, dass mir die Frage einfach herausgerutscht war. So weit waren wir also schon gekommen, und ich beschloss, dass wir dann ruhig noch einen Schritt weiter gehen konnten.

«Kann ich dich noch was fragen?» Meine Stimme klang leise und schüchtern. Die Stimme einer Zehnjährigen.

«Nur zu. Einige Leichen haben wir ja schon aus dem Keller geholt – sozusagen.»

«Wusste meine Mutter über dich und Nicky Bescheid?»

Er schwieg eine Weile und betrachtete mich, wie mir schien, ausgesprochen nachdenklich. Das fand ich nur zu natürlich. Na ja, schließlich redeten wir hier über meine Mutter. Ich meine, will man das eigentlich, jemandem intime Geheimnisse über die eigene Mutter verraten?

Aus welchem Grund auch immer, er entschied sich, mir reinen Wein einzuschenken.

«Ja, sicher. Ich glaube, sie fand das sexy. Sie sagte, ihr wäre es egal, wenn ich mit einem Typen schlafe, aber wenn ich was mit einer anderen Frau anfinge, wäre es aus. Sie wollte keine Wiederholung der Lazy-Elk-Geschichte.»

Wieder streckte er die Hand über die Schreibtischplatte hinweg nach meiner aus. «Kate, deine Mom war eine ganz erstaunliche Frau. Damals war ich verrückt nach ihr. Ich weiß, dass du das als Kind nicht so toll fandest, und es tut mir leid. Ich wollte nie irgendjemandem auf die Zehen treten. Ich hab einfach nur versucht, meinem Herzen zu folgen, verstehst du?» Wieder griff er nach dem Lebensrad-Amulett an seinem Hals.

Zwar glaubte ich nicht, dass Zacks Herz das einzige Organ war, das ihn damals getrieben hatte, doch ich nahm die Entschuldigung an. So ein übler Typ war er schließlich gar nicht. Vielleicht für meinen Geschmack ein bisschen zu sehr Softy, aber ich spürte, dass er ehrlich mit mir war, und dadurch gewann er meine Sympathie.

Ich schaute auf die Uhr und sah, dass ich schon zehn Minuten zu spät dran war. «Ich muss los», sagte ich und stand auf. «Meg wartet wahrscheinlich schon auf mich.»

«Es war mir ein Vergnügen, Kate. Grüß deine Mom von mir. Ich schau demnächst mal bei ihr vorbei. Versprochen.» Er kam hinter seinem Schreibtisch hervor, um mich zu umarmen, in eine leichte Duftwolke von Sandelholz und Marihuana gehüllt. Es war eine dieser ausgedehnten, intensiven Umarmungen, die empfindsame Männer gut finden. Ganz unwillkürlich wand ich mich ein wenig.

***

Mein Gespräch mit Meg verlief nicht besonders gut – bestimmt dachte sie hinterher, die eigentliche Patientin mit Gedächtnisproblemen sei wohl ich. Ich konnte mich einfach nicht auf unser Gespräch konzentrieren. Während ich in ihrem Büro saß, dachte ich ständig darüber nach, wer nur Dels Sheriffstern in meine Handtasche gesteckt haben mochte und was da damals zwischen Zack und Nicky gelaufen war. Ich machte mir im Geist eine Liste der Leute, die Zugang zu meiner Handtasche gehabt haben könnten: Mutter, Raven, Gabriel, Opal und Nicky. Oder als ich bei Haskie's im Laden war, hatte mir da jemand den Stern in die Tasche geworfen? Aber wer? Und warum ausgerechnet mir?

Meg sagte gerade irgendetwas über eine «spezialisierte Einrichtung», womit vermutlich ein Pflegeheim gemeint war, doch statt ihr zuzuhören, dachte ich an den Tag zurück, an dem ich Zack aus der Jagdhütte hatte kommen sehen – derselbe Tag, an dem Nicky mich geküsst hatte. Nicky, der vermutlich nur Minuten zuvor mit Zack rumgemacht hatte. Mit Zack, der ins Tipi zurückkehrte, um mit meiner Mutter ins Bett zu gehen. Mir schwirrte wirklich der Kopf davon. Und außerdem brachte mich das Ganze zu meiner Ausgangsfrage zurück: Warum wollte Nicky eigentlich, dass ich Bescheid wusste? Steckte sein schlechtes Gewissen dahinter? Wollte er sein lange gehütetes Geheimnis lüften, um mein Vertrauen zu gewinnen? Und gab es noch andere Geheimnisse, dunklere Geheimnisse, die nur darauf warteten, ihre hässlichen Fratzen ans Licht zu strecken?

Ich dachte an den Todesgott mit seinen spitzen Fangzähnen und den bösen Augen, der uns alle wie in einem riesigen Rouletterad drehte: Götter, Halbgötter, Sterbliche, Hungrige Geister, Zack und Nicky, meine Mutter und mich, Opal und Raven ...

Die Kugel rollt und rollt im Kreis, und wo sie anhält, keiner weiß ...

Als Meg vorschlug, wir könnten uns in der folgenden Woche noch einmal zum Essen treffen, stimmte ich erleichtert zu. Natürlich war die Lage meiner Mutter ernst, aber ich schaffte es im Moment einfach nicht, mich darauf zu konzentrieren. Ich bedankte mich bei Meg und fuhr nach Hause.

***

Als ich heimkam, bereiteten Gabriel und meine Mutter in der Küche gerade eine Lasagne zu. Meine Mutter stand am Küchentisch und schlug Eier auf, die mit dem Käse, den Gabriel rieb, verrührt werden mussten. Sie arbeitete in Zeitlupe und betrachtete die Eier in ihrer Hand, als wäre etwas absolut Bestürzendes daran. Vielleicht dachte sie über die berühmte *«Was war zuerst da, die Henne oder das Ei»*-Frage nach. Oder vielleicht erinnerte sie sich auch daran, wie wir früher zu den Griswolds gegangen waren, um uns dort, an dem windschiefen Verkaufsstand, Eier zu holen.

Lazy Elk sagt, die wären nicht gut, weil Blutflecken drin sind, aber das bedeutet einfach nur, dass sie fruchtbar sind.

Gabriel trug eine Trainingshose mit Hosenträgern, ein verwaschenes Flanellhemd und einen unförmigen grünen Filzhut.

«Lass mal schauen, Jean. Was ist denn als Nächstes dran?», fragte er, um ihr ein Gefühl von Verantwortung zu geben. Als sie schwieg, hielt er ihr den Teller mit geriebenem Mozzarella hin und machte ein fragendes Gesicht.

«Käse», sagte meine Mutter.

«Du bist verdammt nochmal immer noch die beste Köchin von New Hope», sagte er, beugte sich vor und küsste sie auf die welke Wange.

«Ihr werdet niemals erraten, wer mir im College über den Weg gelaufen ist», sagte ich.

«Sprichst du vielleicht vom berühmt-berüchtigten Zachary Messier?», fragte Gabriel.

«Gibt es irgendwas, das du nicht weißt?», fragte ich den alten Mann.

«Jede Menge, mein Schätzchen. Jede Menge. Wie geht es dem Herrn Professor?»

«Bestens. Ich hab mich gefreut, ihn zu sehen.»

«Ich bin sehr froh, dass er zurückgekommen ist. Er hat den Anstoß dafür gegeben, dass Raven jetzt doch noch studiert, weißt du. Das war genau der kleine Schubser, den sie brauchte. Und er hat einen ausgezeichneten Einfluss auf Opal.»

«Zack», sagte meine Mutter, ein benommenes Lächeln im Gesicht. «Zack war bei mir, als die kleine Griswold ermordet wurde. Das arme kleine Ding.»

Du Glückliche, dachte ich, erinnerte mich an Zacks dreckige, nackte Füße und fragte mich, ob ihr Bett nach seinen Besuchen wohl immer schmutzig gewesen war und nach Sandelholz roch. Vielleicht hatte ich ihn damals falsch beurteilt, aber die Vorstellung von Zack unter der Bettdecke meiner Mutter bereitete mir immer noch Unbehagen.

«Weißt du», sagte ich, «irgendwie ist das komisch. Heute mit Zack zu reden hat mich ganz schön durcheinandergebracht. Ich hatte das Gefühl, als hätte ich ihn eigentlich nie richtig gekannt.»

Meine Mutter lachte laut auf und nickte mir zu.

«Du warst damals erst zehn oder elf, Kate», erklärte Gabriel. «Und obwohl du ein aufmerksames Kind warst, hast du zwangsläufig eine Menge nicht mitbekommen. Aber selbst jetzt übersehen wir alle so einiges. Wir sind der Meinung, jemanden zu kennen, und dann erfahren wir plötzlich irgendetwas über ihn, was alles über den Haufen wirft. Jedenfalls kommt da keine Langeweile auf, Katydid, meinst du nicht auch?», fragte er und sah mich mit zusammengekniffenen Augen an. Ein misstrauischer Blick, als fühlte er vor, ob ich vielleicht als Katzenmörderin in Frage käme. Ich war mir sicher, dass Raven ihm ihre Befürchtung vorgetragen hatte, und fragte mich, ob er mich nun ernstlich verdächtigte. Zum Teufel, vielleicht glaubten die beiden sogar, ich hätte Tori Miller umgebracht.

Wenn sie wüssten, was ich in meiner Handtasche mit mir herumtrug …

Ich musste den Stern auf irgendeine Weise loswerden. Je schneller, desto besser. *Heute Nacht*, dachte ich. Ich erledige es heute Nacht.

«Vermutlich», antwortete ich. «Ich zieh mich schnell um, und dann komme ich und helfe euch beiden.»

«Hey, schau dir mal das Bild deiner Mutter an. Sie hat fast den ganzen Nachmittag daran gearbeitet. Irgendwann musste ich eingreifen und ihr eine zusätzliche Dosis von ihrem Medikament verabreichen, nicht wahr, Jean? Du hast ein bisschen zu hart gearbeitet und bist richtig unter Hochspannung geraten. Aber jetzt fühlst du dich besser, oder?»

Ja, klar. Sie war so benommen, dass sie fast schon sabberte.

Ich ging ins Atelier, und mir fiel glatt die Tasche aus der Hand. Kein Zweifel, selbst im dämmerigen Abendlicht. Das Bild war bunter geworden, mit neuen Rosa-, Violett- und Blautönen. Außerdem sah man jetzt in der linken oberen Ecke ganz deutlich ein Augenpaar. Blaugraue Augen. Die Sorte Augen, die zwar gerade aus dem Bild herausschauen, deren Blick einem aber trotzdem auf Schritt und Tritt zu folgen scheint. Augen wie die von Jesus auf diesen unheimlichen Samtbildern vom letzten Abendmahl. Augen, die alles sehen. Ein Gesicht war nicht zu erkennen, da waren nur die Augen, die aus den Flammen starrten.

«Ma!», rief ich. «Ma, kannst du mal einen Moment hier reinkommen?»

Gleich darauf stand meine Mutter in der Tür, von Gabriel gefolgt.

«Ma, wer ist das?»

Sie sah das Bild einfach nur lächelnd an.

«Wer ist das da auf dem Bild?»

Ihr Lächeln wurde breiter, und sie kicherte. Es war nicht das Gekicher einer zweiundsiebzigjährigen Frau. Sie hielt die Hand vor den Mund, um das Lachen zu unterdrücken. Doch was dahinter hervorquoll, war das helle Gekicher eines kleinen Mädchens. Nachdem sie einmal angefangen hatte, schien sie gar nicht mehr aufhören zu können. Tränen schossen ihr in die Augen, und sie wieherte vor Lachen, bis sie keine Luft mehr bekam und Gabriel sie, mit einem verärgerten Blick auf mich, in die Küche brachte, wo er ihr eine weitere Elefantendosis ihres Medikaments verabreichte.

Elftes Kapitel

16. Juni 1971 und ein Tag im Herbst 1973

Die Leiche der zwölfjährigen Delores Ann Griswold wurde gegen neunzehn Uhr von ihrem Bruder Nicholas entdeckt. So verlas es der Nachrichtensprecher in den Dreiundzwanzig-Uhr-Nachrichten aus Burlington. Wir hatten keinen Fernseher im Tipi, aber in der großen Scheune stand einer, und ganz New Hope hatte sich davor versammelt. Inzwischen hatte die Polizei schon die erste ihrer zahlreichen Befragungen in New Hope durchgeführt, sich erkundigt, ob jemand Del im Laufe des Tages gesehen habe, und sich von jedem Einzelnen darlegen lassen, wo er oder sie sich am Nachmittag aufgehalten hatte. Ich behauptete, ich hätte Del nur in der Schule gesehen. Ich erzählte nicht, was dort wirklich vorgefallen war. Sie wussten, dass Del gehänselt worden war, ahnten aber nicht, wie schlimm wir es getrieben hatten. Oder dass ich diejenige gewesen war, die sie auf ihrer Flucht verfolgt und damit direkt in die Arme ihres Mörders getrieben hatte. Die Polizei war unseren Fragen danach, was denn nun eigentlich wirklich vorgefallen war, ausgewichen, aber als wir die Straße hinuntergingen und die Blaulichter der vielen Polizeifahrzeuge sahen, die vor dem Haus der Griswolds standen, wussten wir, dass es schlimm sein musste.

Als wir die Nachrichten sahen und Dels Schulfoto auf dem Bildschirm erschien, legte meine Mutter den Arm um mich.

«Wart ihr beide befreundet, Katydid?», fragte sie.

Ich schüttelte den Kopf und verleugnete Del im Tod so spontan wie im Leben. «Wir haben nur zusammen auf den Bus gewartet.»

Ich kniete mich unmittelbar vor den Fernseher, dorthin, wo ich normalerweise nicht sitzen durfte, weil meine Mutter sagte, ich solle mir nicht die Augen verderben. Diesmal blieb die Ermahnung aus. Del trug eine zu große weiße Bluse mit Puffärmeln und einer ungeschickt gebundenen Schleife am Kragen. Eindeutig eine alte Damenbluse, die sie irgendwo in einem Kleiderschrank gefunden haben musste, der ihrer Mutter oder sogar ihrer Großmutter gehört hatte.

Aus der Nähe sah ich, dass Dels Foto aus Hunderten von winzigen Pünktchen zusammengesetzt war, schwarze und weiße Pixel, die den direkten Weg durch die Luft in unseren Fernseher nahmen. Ich hatte die merkwürdige Empfindung, auf dieselbe Weise auseinanderzubrechen wie Dels Bild; in zahllose Bruchstücke zu zerfallen, die kein Mensch jemals wieder zu etwas würde zusammensetzen können, das irgendeine Ähnlichkeit mit einem zehnjährigen Mädchen hatte.

Der Sprecher sagte, Mr. Ralph Griswold habe Nicky auf die Suche nach Del geschickt, als diese nicht zum Abendessen erschienen sei. Schon am Nachmittag habe man Mr. Griswold von der Schule aus angerufen, um ihm mitzuteilen, dass Del die Schule geschwänzt und ihr Zeugnis nicht abgeholt habe.

Aus den Nachrichten erfuhr man nichts Detailliertes über Dels Ermordung, sondern nur, dass es sich eindeutig um einen Mord handelte. Später wurde berichtet, dass die Leiche nackt aufgefunden worden war. In der Stadt verbreiteten sich sofort die ersten Gerüchte, und sie wucherten jahrzehntelang weiter. Es hieß, Del sei enthauptet worden. Oder zerstückelt. Sie sei mit zerschnittener Kehle aufgefunden worden, an den Füßen aufgehängt wie ein Reh. Der Mörder habe ihr den Bauch aufgeschlitzt und eine rohe Kartoffel hineingetan. Ihr Bruder sei der Mörder. Nein, ihr Vater. Nein, einer von den Freaks in New Hope müsse der Täter sein.

Doch unabhängig von dem gerade aktuellen Gerücht war der Gedanke, der ihm zugrunde lag, immer derselbe. Was war denn schon zu erwarten von einem Mädchen wie Del: dreckig, großmäulig, eine halbe Wilde und wahrscheinlich ohnehin ein Kretin.

Die Polizei hatte fast auf Anhieb mehrere Verdächtige. Sie nahmen Dels Vater fest, weil allgemein bekannt war, dass er seine Kinder schlug (er hatte sich zu dem Veilchen bekannt, das Del am Tag vor ihrer Ermordung aufs Auge bekommen hatte), und zudem hatte die Polizei einen blutdurchtränkten Overall bei ihm im Wäschekorb gefunden. Die Detectives ließen ihn aber gehen, als sich im Labor herausstellte, dass es sich nur um Schweineblut handelte. Sie knöpften sich Nicky vor, weil er derjenige zu sein schien, der Del am Nächsten gestanden hatte. Sie nahmen ihn fest, als in seinem Zimmer Marihuana gefunden wurde, und weil er dabei einen der State Trooper angriff, kam er eine Weile in Jugendhaft. Sie nahmen Mike Shane fest, nachdem sie einen Stapel Briefe gefunden hatten, in denen er Del seine Liebe gestand, doch kurz darauf wurde er wieder freigelassen. Sie nahmen Zack fest, ließen ihn aber laufen, als meine Mutter seine Aussage bestätigte, dass er den ganzen Nachmittag mit ihr im Tipi gewesen sei. Zack behauptete später, einer der State Trooper habe ihm bei dieser Bestätigung seines Alibis zugezwinkert. Dann nahmen sie einen Mann mit dem selbst gewählten Namen Lazy Elk fest, weil man in Dels Schublade eine Halskette gefunden hatte, die, wie man feststellte, von ihm gefertigt war. Das Material reichte jedoch nicht, um die Beschuldigung aufrechtzuerhalten – er war zum Zeitpunkt von Dels Ermordung auf dem Weg zu einem Handwerkermarkt in Middlebury gewesen, und eine Frau, die an einer Tankstelle arbeitete, erkannte sein Foto und bestätigte sein Alibi. Also ließen sie Mark Lubofski laufen. Sie kamen zu dem Schluss, Del müsse die Halskette gestohlen haben. So etwas sei ihr ohne weiteres zuzutrauen.

Danach verließ Lazy Elk die Stadt (er kam mit den ständigen misstrauischen Blicken nicht klar, denn die Einwohner New Canaans waren im Gegensatz zur Polizei von seiner Unschuld nicht überzeugt), und man hörte nie wieder von ihm. Vor seiner Abreise rief er meine Mutter ein letztes Mal an, um sich noch einmal zu entschuldigen, ihr seine Liebe zu beteuern und sie darum zu bitten mitzukommen. Sie legte mitten im Gespräch auf, was ihr als die angemessene Antwort erschien. Jahre später versuchte die inzwischen erwachsene Raven, Lazy Elk zu finden, sogar mit Hilfe eines Privatdetektivs. Doch weder Lazy Elk noch Mark Lubofski hatte irgendeine Spur hinterlassen. Mein kleiner Diebstahl hatte sich in etwas viel Umfangreicheres verwandelt: Ich hatte nicht nur eine Halskette entwendet, sondern auch Raven den Vater gestohlen und ihn selbst in eine anonyme Existenz getrieben, irgendwo, wo keiner je von New Hope, Lazy Elk oder der Kartoffeltrine gehört hatte.

***

Als Nicky zwei Jahre nach Dels Ermordung aus der Jugendhaftanstalt in Brattleboro entlassen wurde, beschrieb er mir endlich, was er in jener Nacht, als er Del auf dem Dachboden der Jagdhütte fand, gesehen hatte. Wir liefen uns eines Nachmittags im Herbst zufällig über den Weg und setzten uns mit zwei Dosen Limonade auf die Treppe des Gemischtwarenladens. Nicky war inzwischen sechzehn. Er wirkte befangener. Größer. Vielleicht schämte er sich ein bisschen. Meine eindringlichste Erinnerung ist, dass er meinem Blick auswich.

Im Laufe der folgenden Jahre sahen Nicky und ich uns gelegentlich aus der Ferne, aber bis zu meinem Fortgang aus der Stadt blieb dies unser letztes Gespräch.

«Sie lag einfach da, lang ausgestreckt auf der alten Matratze. Nackt. Nur um den Hals hatte sie diesen ledernen Würgeriemen. Ihr Gesicht war irgendwie violett, und die Zunge stand ihr ein bisschen aus dem Mund. Und dann waren da noch die Schnitte.»

«Schnitte?»

«Ja. Der Drecksack hatte ihr ein quadratisches Stück Haut aus der Brust geschnitten. Als hätte er versucht, sich einen Zugang zu ihrem Herzen zu schneiden. Und das Hautstück hat er mitgenommen, wie so eine verdammte Trophäe.»

Erst in diesem Moment wurde mir klar, dass Nicky nichts von der Tätowierung gewusst hatte. Anscheinend hatte außer mir selbst, Del und ihrem Mörder keiner davon gewusst. Nachdem die Polizei alle Schüler der fünften Klasse befragt hatte, hakte sie bei mir nach, warum ich Ellie und Sam von einer Tätowierung erzählt habe. Aus Angst behauptete ich, ich hätte mir alles nur ausgedacht – alles, was ich den beiden Mädchen erzählt habe, sei erstunken und erlogen gewesen. In Wirklichkeit hätte ich Del so gut wie gar nicht gekannt, erzählte ich den Cops. Ich hätte nur bei Ellie und Samantha Eindruck schinden wollen. Ich hätte niemals eine Tätowierung oder auch nur den Zipfel einer Tätowierung gesehen. Vielleicht habe Del einmal so etwas erwähnt, aber gesehen, nein, gesehen hätte ich es nie. Und Del hätte sowieso ständig gelogen, da hätte man nie wissen können, was man nun glauben sollte. Falls sie wirklich eine Tätowierung gehabt habe, wisse ich zumindest nichts davon. Damals, als die Polizei mich befragte, ging ich davon aus, dass die Detectives die Tätowierung mit eigenen Augen an der Leiche gesehen hatten. Warum sollte ich sie dann beschreiben?

Nachdem Nicky mir von dem quadratischen Stückchen fehlender Haut berichtet hatte, erwog ich, doch noch zur Polizei zu gehen. Obwohl ich ernsthaft darüber nachdachte, sagte ich mir damals dann aber mit meinen zwölf Jahren, dass ich Del Griswold gegenüber schon genug Versprechen gebrochen hatte. Nein, ich würde ihr Geheimnis sicher bewahren. Das wenigstens, so dachte ich damals, wäre ich ihr schuldig.

Doch viele Jahre lang befand ich mich nachts, wenn ich die Augen schloss und einschlafen wollte, wieder in jenem Kartoffelkeller. Und Del streifte ihre Kleider ab. *«Also, willst du jetzt nicht hinschauen, oder was?»*, fragte sie.

Und wenn ich dann den Blick von der gestampften Erde des Bodens hob, sah ich es: *M.*

Es tut gut weh.

Zwölftes Kapitel

15. und 16. November 2003

Alle Kinder hatten übereinstimmend ausgesagt, dass sie am letzten Schultag den Sheriffstern an Dels Brust gesehen hätten. Doch bei den Kleidern, die ordentlich gestapelt neben der Leiche gelegen hatten, war er nicht gefunden worden. Und natürlich befand er sich auch nicht in Dels Zimmer, lag nicht wohlverwahrt in der Schublade neben ihren anderen Schätzen: der toten Taube, den Briefen von Mike, der Farbmusterkarte und der eigenartigen, aus Holzstückchen, Getränkedosenverschlüssen und Patronenhülsen gefertigten Halskette – es gab keinen Zweifel, dass Del an jenem Tag niemals zu Hause angekommen war.

Die Theorie der Polizei lautete, der Mörder sei kurz nach der Mittagspause auf Del gestoßen. Möglicherweise hätten sie sich in der Hütte verabredet. Vielleicht seien sie sich aber auch zufällig begegnet. Vielleicht sei sie an jenem Tag zu Fuß nach Hause gegangen, er habe sie gesehen und ihr angeboten, sie im Auto mitzunehmen. Doch was auch immer geschehen war, der Sheriffstern war weg, und die Polizei hatte den Mörder in Verdacht, ihn mitgenommen zu haben, zusammen mit dem quadratischen Stück Haut, das mit dem kleinen Dolch mit dem Griff aus Horn-Imitat herausgeschnitten worden war. Trophäen, vermutete die Polizei. Zum Andenken.

Aber jetzt, Jahrzehnte später, war der Stern plötzlich bei mir, oder nicht? Ich trug dieses wichtige Beweisstück in meiner Handtasche mit mir herum und griff gelegentlich hinein, um die scharfe Nadelspitze zu betasten und die Finger über das eingravierte Wort Sheriff streifen zu lassen.

Doch ich war nicht so dumm, dieses Objekt bei mir zu behalten. Es würde mich belasten. Mit meiner Behauptung, Del kaum gekannt zu haben, hatte ich die Polizei belogen. Mein Schweizer Messer war als Indiz für den Mord an der Katze beschlagnahmt worden, und vielleicht war ja auch Tori Miller damit umgebracht worden. Wie würde ich dastehen, wenn man den Sheriffstern bei meinen Sachen fände?

Ich beschloss, ihn zu vergraben.

Und zwar an dem Ort, wo Del mir ihr erstes Geheimnis gezeigt hatte – im alten Kartoffelkeller. Ich ging kurz nach Mitternacht los, lange nachdem wir die Lasagne gegessen hatten, Gabriel zur großen Scheune zurückgekehrt war und ich meine Mutter für die Nacht eingeschlossen hatte. Ich nahm eine Taschenlampe und ein Gartenschäufelchen mit und ging auf dem alten Pfad durch den Wald und dann über die ehemaligen Felder und die Weide der alten Farm, bis zu der schweren Tür, die hinter dem Farmhaus in den Hang eingelassen war. Widerstrebend zog ich an dem alten Metallgriff. Die Tür quietschte in den Angeln und öffnete sich langsam und knarrend, wie die zu einer alten Gruft in einem Gruselfilm.

Kühle, feuchte Erde. Durchhängende Regalbretter. Faulige Körbe, einst voller Kartoffeln und Wurzelgemüse, deren Inhalt schon vor Jahren zu Staub zerfallen war. Vergessene Einmachgläser – Tomaten trieben darin herum wie gemusterter Stoff und Birnen wie winzige Föten. In einem gesprungenen Marmeladenglas lag der Kerzenstummel, den Del damals angezündet und vor ihre Brust gehalten hatte, um mir ihr Geheimnis zu zeigen.

Die bleischwere Luft roch nach Fäulnis und feuchter Erde. Dels Geruch. Ich hielt den Atem an, eilte die ausgetretenen Holzstufen hinunter, wählte aufs Geratewohl eine Stelle im Boden und begann, die festgetretene Erde aufzugraben. Dabei hatte ich das schreckliche Gefühl, dass Del die ganze Zeit mit mir im Raum war. Ich meinte fast, sie aus den Augenwinkeln sehen zu können.

Ich kann dir was zeigen. Ein Geheimnis. Du musst mir versprechen, es niemandem zu verraten.

Ich vergrub den Stern so tief, wie ich es mit meinen zitternden Händen schaffte, trat die Erde wieder fest und verwischte meine Spuren mit einem alten Besen, der an der Wand hing.

Über Baumwurzeln und Steine stolpernd, rannte ich nach New Hope zurück, und mein Herzschlag dröhnte in meinen Ohren wie die Schritte eines Verfolgers.

Fang mich doch.

Als ich die Abzweigung zur Jagdhütte gerade hinter mir hatte, entdeckte ich vor mir ein über den Pfad tanzendes Licht. Ich blieb stocksteif stehen und beobachtete den Lichtschein, der auf dem Boden hin- und herhüpfte und sich ganz langsam in meine Richtung bewegte. Ich versuchte, nicht laut zu keuchen.

Del?

Nein, unmöglich. Del war lange tot. Und ich glaubte nicht an Geister.

Ich machte die Taschenlampe wieder an und leuchtete in die Richtung des mysteriösen Lichtscheins.

Zu meiner Erleichterung sah ich, dass ich es weder mit einem Gespenst noch mit einem Irrlicht zu tun hatte. Es war ein Mensch aus Fleisch und Blut, der selbst eine Taschenlampe in der Hand hielt. Der oder die Unbekannte trug Jeans und ein Sweatshirt. Und sobald der Lichtstrahl meinen nächtlichen Genossen traf, drehte er oder sie sich erschrocken nach mir um, machte kehrt und rannte den Hügel hinauf zurück nach New Hope.

«Shit», murmelte ich und raste hinterher, die Taschenlampe immer auf den Rücken des Fliehenden gerichtet.

Nun mag es nicht gerade als die schlauste Idee der Welt erscheinen, in dem Wald, wo Tori Miller nur wenige Tage zuvor ermordet worden war, hinter einem Unbekannten herzujagen, aber ich wusste, dass ich allmählich ein paar Puzzleteile zusammenfügen musste, wenn ich meinen eigenen Arsch retten wollte. Jemand versuchte, mir etwas anzuhängen. Vielleicht war es der Mörder, vielleicht auch nicht. Eines aber wusste ich mit Sicherheit – man musste einen verdammt guten Grund haben, um mitten in der Nacht in diesem Wald unterwegs zu sein. Das Gartenschäufelchen in meiner Linken rief mir meinen eigenen Grund in Erinnerung. Jetzt wollte ich wissen, was meinen nachtwandernden Genossen in den Wald geführt hatte.

Wer immer es war, er oder sie war gut in Form. Ich bin eine ziemlich gute Läuferin, hatte aber Mühe, das Tempo auch nur zu halten, vom Aufholen ganz zu schweigen.

Doch der Gejagte stolperte und fiel zu Boden, was mir kostbare Sekunden verschaffte. Ich erreichte die geheimnisvolle Person, als sie gerade wieder aufgestanden war, packte sie von hinten an ihrem Sweatshirt und riss die arme Seele wieder zu Boden.

Hatte ich den Mörder erwischt? Oder jemanden, der Gespenst gespielt hatte?

Ich hielt das Schäufelchen wie einen Dolch umklammert und richtete die Taschenlampe auf den geheimnisvollen Flüchtling.

Der Lichtstrahl traf Opal ins Gesicht, und sie stieß einen Schrei aus.

«Opal? Meine Güte! Was treibst du denn hier? Du hast mir einen Riesenschrecken eingejagt.» Ich ließ das Schäufelchen sinken.

Sie begann zu weinen. Ich legte den Arm um sie, und sie drängte sich an mich und klammerte sich mit ganzer Kraft an mir fest.

Sie ist ja noch ein Kind, dachte ich. *Nicht älter als damals Del.*

Wie sie mich so umklammert hielt, kamen mir all die Ähnlichkeiten zwischen Opal und Del in den Sinn. Beide waren schmale Mädchen, die den ersten Ansatz ihrer Brüste unter Jungenkleidung versteckten. Das Haar hatte dieselbe bräunlich blonde verwaschene Farbe. Und dann war da noch etwas, worauf ich nicht mit dem Finger zeigen konnte – eine Art entschlossene Verzweiflung, die beiden gemeinsam war. Eine Verzweiflung, die sich als Charisma tarnte.

Ich nahm sie fest in die Arme und hätte sie so gerne vor allem beschützt. Ich dachte an die letzte Szene dieser

Art, damals vor zwei Jahren vor der großen Scheune, als ihr Arm schlaff herunterhing wie der gebrochene Flügel eines Vogels.

Da oben ist jemand.

«Ich dachte, du wärst die Kartoffeltrine», schluchzte Opal.

Und ich dachte dasselbe von dir.

«Ganz ruhig, Opal, mein Schätzchen. Ich bin's, Kate. Dir kann nichts passieren.» Ich wiegte sie in meinen Armen. «Was um alles in der Welt machst du um diese Uhrzeit hier draußen?»

«Einfach spazieren gehen», antwortete sie.

Nein, dachte ich und erinnerte mich, wie sich das Licht ihrer Taschenlampe unruhig über dem Pfad bewegt hatte. *Du hast etwas gesucht. Aber was?*

«Was machst *du* denn hier?», fragte sie und zog sich plötzlich vor mir zurück, als wäre ihr gerade der Gedanke gekommen, dass die gute alte Tante Kate vielleicht nicht das war, was sie zu sein schien. «Und warum hast du das da dabei?» Sie zeigte auf das schmutzige Gartenschäufelchen.

Das Allerletzte, was ich wollte, war, dass Opal Angst vor mir bekam. Aber ich hatte auch nicht vor, ihr den Grund meines mitternächtlichen Ausflugs zum Kartoffelkeller zu verraten. Das Kind hielt mit etwas hinterm Busch, und so lange es mir gegenüber nicht ehrlich war, würde ich den Teufel tun und ihm etwas erzählen, womit ich mich selbst belastete.

«Ich suche Pilze», sagte ich und merkte erst im Nachhinein, wie vollkommen absurd das klang. Ich bin nun wirklich kein Naturmädel. Ich könnte einen Pfifferling nicht von einem Fliegenpilz unterscheiden, und ich hoffte inständig, dass Opal jetzt kein Quiz über die Pilze Neuenglands aus dem Ärmel schütteln würde.

Im Schein meiner Taschenlampe fassten wir uns misstrauisch ins Auge, und jede von uns beiden wusste genau, dass die andere log.

«Was hältst du davon, wenn wir zurückgehen?», schlug ich vor, und sie nickte erleichtert. Wir gingen Seite an Seite bergauf und leuchteten den Pfad mit unseren beiden Taschenlampen aus. Zwischendurch musste ich immer mal wieder einen Blick auf sie werfen, um mir in Erinnerung zu rufen, dass ich hier nicht mit Del unterwegs war.

«Kate?»

«Ja?»

«Bist du mir böse? Wegen der Uhr, meine ich.»

«Nein, nicht böse», antwortete ich. «Ich war nur überrascht.»

«Ich hätte sie dir zurückgegeben.»

«Ich weiß. Und ich hätte sie dir geliehen, wenn du mich darum gebeten hättest. Machst du das oft? Dir Sachen von anderen Leuten nehmen?»

Sie schwieg. «Manchmal», antwortete sie schließlich.

«Opal? Hast du sonst noch irgendwas von mir genommen?»

Wie zum Beispiel ein rotes Schweizer Messer.

«Nein. Nur die Uhr.»

«Ehrenwort?»

«Ich schwör's», sagte sie. Ihre nächsten Worte aber veranlassten mich dazu, mich umzudrehen und ihr mit der Taschenlampe ins Gesicht zu leuchten wie ein Vernehmungsbeamter in einem billigen Krimi. *Heißt du tatsäch-*

lich Opal? Oder bist du in Wirklichkeit die von den Toten auferstandene Delores Ann Griswold?

«Hand aufs Herz und Stein und Bein», sagte sie.

***

«Ma, bei deinem Bild krieg ich irgendwie das Gruseln», gestand ich. Es war schon nach dem Abendessen, und meine Mutter stand vor ihrer Staffelei und fügte im Licht der Lampe weitere Farbschichten hinzu. Wir hatten den Tag gemeinsam zu Hause verbracht – keine Termine, keine Gespräche über Pflegeheime.

Nur am Nachmittag hatte es eine kleine Unterbrechung gegeben, als jemand an die Tür klopfte und ich Zack mit einem Blumenstrauß auf der Haustreppe antraf. Er trug Jeans, Birkenstock-Sandalen, ein weites Baumwollhemd, das mit mythologisch wirkenden Vögeln bestickt war, und darüber dasselbe Kordjackett, in dem ich ihn auch neulich schon gesehen hatte.

«Die sind für Jean», sagte er, während er sich vorbeugte, um mich an den Blumen vorbei zu umarmen. Diesmal stieg eine solche Marihuanawolke aus seinen Kleidern auf, dass ich schon fast vom Geruch stoned war. Er musste auf der Fahrt gekifft haben.

«Danke. Komm doch rein. Sie ist im Atelier. Sie freut sich bestimmt, dich zu sehen.» Zack folgte mir nach drinnen und begab sich schon ins Atelier, während ich mit den Blumen in die Küche ging und ein altes Einmachglas aufstöberte. Ich stellte gerade den Strauß hinein, als ich im Atelier ein Poltern hörte und erschreckt dorthin eilte.

Ich kam gerade rechtzeitig, um zu sehen, wie Zack mit aschfahlem Gesicht die Tür hinter sich zumachte.

«Was ist passiert?», fragte ich.

«Sie hatte wohl keine Lust auf Besuch», sagte er. Dann fiel mir plötzlich auf, dass sein linker Jackettärmel mit leuchtend roter Farbe beschmiert war. Er begann, mit einem Taschentuch daran herumzuwischen.

«Geh schon mal in die Küche. An der Spüle findest du Seife, Wasser und eine Bürste. Ich komme gleich nach.»

Zack ging zur Küche, und ich klopfte an die Ateliertür, öffnete sie vorsichtig und sah, dass meine Mutter energisch an ihrem Bild arbeitete.

«Alles in Ordnung, Ma?»

«Bestens, Katydid.»

Ich machte die Tür behutsam hinter mir zu und ging in die Küche, wo Zack am Ärmel seines Kordjacketts herumschrubbte.

«Das tut mir wirklich schrecklich leid», sagte ich. «Sie ist einfach nicht sie selbst. Sie ist vollkommen unberechenbar geworden.»

Ich ging zur Arzneikassette und nahm mir vor, am nächsten Morgen Dr. Crawford anzurufen. Es kam mir so vor, als erhöhten wir inzwischen jeden Tag die Dosis, ohne eine entsprechende Wirkung zu erzielen. Ihr Körper schien sich unglaublich schnell an das Medikament zu gewöhnen. Oder war die Krankheit gerade in Begriff, sich gravierend zu verschlimmern?

Ich steckte ein paar Tabletten in die Hosentasche, um sie meiner Mutter zu verabreichen, wenn Zack gegangen war.

«Halb so wild, Kate. Ich hätte sie nicht so überrumpeln

dürfen.» Er lächelte. «Nächstes Mal komme ich im Overall. Und binde mir vielleicht noch eine Kuhglocke um.»

«Meine Güte. Am besten ziehst du das Jackett aus, und wir weichen es ein. Oder ich bringe es in die Reinigung.»

«Ach was, das ist nicht nötig. Ich muss sowieso gleich los.» Er tupfte den Stoff mit Papiertüchern trocken. «Kate, ich bin vor allen Dingen hier vorbeigekommen, um mit dir über Opal zu reden.»

«Über Opal?»

«Tja, na ja. Das ist ein bisschen peinlich. Raven war heute Vormittag bei mir im Büro. Sie war außer sich.»

«Hör mal, Zack, wenn es hier um die Katze geht ...»

«Katze? Nein. Sie macht sich große Sorgen, weil Opal in letzter Zeit ziemlich merkwürdig ist. Sie ist der Meinung, dass es besser wäre, wenn du dich nicht mehr mit Opal triffst.»

Ich sah ihn finster an.

«Raven hat dir aufgetragen, mir das zu sagen?»

«Ich habe es ihr angeboten. Ich hatte Angst, dass sie in ihrer gegenwärtigen Verfassung selbst mit dir spricht ...»

«Aha», sagte ich.

«Hör mal, Kate, ich glaube, dass Raven sich das bestimmt bald anders überlegt, aber sie ist im Moment einfach ein bisschen aus der Fassung, was ja auch keinen verwundern dürfte. Sie macht sich Sorgen, weil Opal sich so in diese albernen Kartoffeltrinen-Geschichten verbeißt und weil sie sich wegen deiner Verbindung mit Del dermaßen an dich gehängt hat.»

«Meine Beziehung zu Opal ist älter als ihr Interesse an der Kartoffeltrine», verteidigte ich mich. «Sie hat sich schon bei meinem letzten Besuch an mich gehängt, und damals war überhaupt nicht von Del die Rede.»

«Ich weiß, Kate», beschwichtigte mich Zack. Er hob resigniert die Arme. «Das ist ja auch nicht meine Idee. Mir ist klar, dass es zwischen dir und Opal nicht nur um Del geht. Vermutlich hast du sogar einen positiven Einfluss auf das Mädchen. Aber Raven sieht es im Moment eben anders.»

«Opal braucht jemanden, mit dem sie reden kann», sagte ich.

«Das weiß ich. Ich werde versuchen, so viel wie möglich für sie da zu sein. Und Raven bringt sie nächste Woche zu einem Psychiater – der Trauertherapeut, den die Schule ihr besorgt hat, hat ihn empfohlen. Er soll hier weit und breit der beste sein.»

«Ein Psychiater wird sich gerade mal eine Stunde Zeit für sie nehmen, allerhöchstens, und sie in die wunderbare Welt der Psychopharmaka einführen. Sie braucht aber jemanden, mit dem sie wirklich über die ganze Sache reden kann. Jemanden, der nicht fürs Zuhören bezahlt wird. Hat sie dir erzählt, was sie gesehen hat? Weißt du, dass sie überzeugt ist, dass Del eigentlich hinter ihr her ist?»

Er holte tief Luft. «Ja. Das hat sie mir auch erzählt. Ich weiß, dass sie leidet und verzweifelt versucht, sich irgendeinen Reim auf diese Katastrophe zu machen. Und ich finde es ebenfalls unvernünftig von Raven, dass sie den Kontakt zwischen Opal und dir unterbinden will, aber im Moment erscheint es mir als das Vernünftigste, ihrem Wunsch zu entsprechen. Tut mir leid.»

«Schon gut», antwortete ich mit einem dramatischen Seufzen. «Inzwischen sollte ich mich daran gewöhnt haben, hier der Sündenbock zu sein.»

Zack berührte lächelnd das Schicksalsrad an seinem Hals.

«Wir alle arbeiten uns, so gut es geht, durch unser Karma.»

«Nicht wahr?» sagte ich und betrachtete den Anhänger, auf dem ganz oben der Todesgott hockte und meinen Blick mit einer drohenden Grimasse erwiderte.

***

Die Augen in der Ecke des Gemäldes meiner Mutter bekamen allmählich einen Körper – oder vielmehr nur den Schatten eines Körpers. Nicht so, dass man jemanden hätte erkennen können.

«Ich habe fast das Gefühl, als würden diese Augen mich beobachten», sagte ich zu ihr.

«Sie sieht dich», bestätigte meine Mutter und tüpfelte mit einem Pinsel Farbe auf das Bild.

«Wer denn?»

Ich hatte dieses Spiel allmählich satt.

«Sie beobachtet dich. Du hast etwas, das ihr gehört. Sie will es zurück.»

In mir erwachte eine sonderbare Angst, die von Unmöglichem raunte.

«Ich weiß nicht, wovon du sprichst, Ma.»

Meine Mutter stand noch immer mit dem Rücken zu mir und betrachtete das Bild. Sie machte einen Buckel, nahm dann die Schultern zurück und richtete sich hoch auf – wie ein Soldat in Habtachtstellung.

«Gib ihn zurück, Deputy!», schrie sie.

Genau wie das Gekicher vom Vortag schien auch dies

nicht die Stimme meiner Mutter zu sein. Es war eine Kinderstimme. Die energische Aufforderung eines Mädchens. Die Stimme, die ich aus dem Mund meiner Mutter hörte, war Dels Stimme.

Aber das war natürlich unmöglich. Verlor ich allmählich den Verstand? Hatten die Strapazen der vergangenen Woche mich so sehr angegriffen?

«Was?» Ich trat einen Schritt zurück, und wider alle Vernunft packte mich unwillkürlich die Angst, dass sie sich gleich zu mir umdrehen würde und dass mir dann Dels helle Augen aus dem runzligen Gesicht meiner Mutter entgegenstarren könnten.

«Ich sagte, dass du ihn besser zurückgeben solltest, Katydid.» Jetzt war es wieder ihre eigene Stimme. Sie ließ die Schultern sinken und entspannte sich.

«Gerade eben hast du mich aber anders genannt.» Meine Stimme bebte.

Sie malte weiter. Sie verstellte mir den Blick auf die Leinwand, sodass ich nicht sehen konnte, woran sie gerade arbeitete.

«Weiß nicht. Schlag hat mein Gedächtnis kaputt gemacht. Feuerschlag.»

«Was soll ich denn zurückgeben?» Ich tat mein Bestes, die nervöse Anspannung in meiner Stimme zu unterdrücken. Ich hatte mich bestimmt einfach nur verhört.

Wieder kicherte meine Mutter, legte den Pinsel aus der Hand und trat zur Seite. Über der Staffelei hing eine Öllampe, und auf dem Tisch, wo die hölzerne Palette lag, brannte eine Kerze. Das flackernde Licht tanzte über das Gemälde hinweg und ließ es noch lebendiger wirken. Mein Blick blieb an etwas Glänzendem in der linken Ecke hängen. Ich trat dicht an die Staffelei heran, um es mir näher anzuschauen.

Aus tiefster Kehle stieg ein Schrei in mir auf. Ich presste die Hand vor den Mund. Ich zwinkerte heftig, überzeugt, dass ich Opfer einer Halluzination geworden war. Das war einfach *unmöglich*. Doch meine Augen trogen mich nicht.

Auf den Oberkörper der verschwommenen Gestalt mit den unsteten bleichen Augen hatte meine Mutter einen fünfzackigen Silberstern gemalt, auf dem in kleinen dunklen Buchstaben das Wort SHERIFF prangte.

***

Der Hörer zitterte in meiner Hand, als ich die Nummer wählte.

Er nahm ab.

«Nicky, ich bin's, Kate. Hier läuft irgendwas Verrücktes ab. Kannst du herkommen?»

Er schwieg einen Moment.

«Ist das als Entschuldigung zu verstehen?», fragte er.

«Ja, tut mir leid, dass ich so biestig war. Ich dreh hier noch durch. Ich muss mit dir reden.»

«Ich bin in einer Viertelstunde da.»

«Bring einen Schluck Wild Turkey mit.»

«Gluck, gluck», machte er und legte auf.

Ich schaute nach meiner Mutter – sie schlief tief und fest. Ich brachte das Vorhängeschloss an und sperrte sie für die Nacht ein. Dann zündete ich in der Küche ein paar Kerzen an und legte im Ofen noch etwas Holz nach. Ich ging ins Atelier meiner Mutter zurück, zog mich um und bürstete mir das Haar. Als mein Blick auf den Spiegel über der Kommode fiel, hielt ich abrupt inne. Ich sah mein Spiegelbild, aber es war nicht allein. In der rechten oberen Ecke war gerade noch die Gestalt aus dem Gemälde meiner Mutter zu erkennen – ihre Augen beobachteten mich dabei, wie ich mich selbst beobachtete. Genau in diesem Moment klopfte es laut an der Haustür. Ich zuckte erschrocken zusammen. Natürlich war es nur Nicky. Ich schluckte heftig, nahm die Lampe und ging zur Tür, um ihn einzulassen.

Wir setzten uns an den Küchentisch. Ich stellte Käse und Cracker hin, und Nicky schenkte uns zwei anständige Gläser Whisky ein.

Nicky hatte sich rasiert, das Haar gekämmt und ein sauberes, frisch gebügeltes weißes Hemd angezogen, in dem er richtiggehend zivilisiert aussah. Zum Beweis, dass er trotzdem ein Bursche vom Land war, trug er eine Jeansjacke mit fadenscheinigen Ellbogen und abgewetztem Kragen.

«Warum hast du mir nie davon erzählt?» Ich hatte keine Lust, Zeit mit Small Talk zu vertun.

«Wovon denn?» Er musterte mich vorsichtig.

«Von dir und Zack. Ich hab gestern mit ihm geredet, und da hat er mir alles erzählt.»

«Was genau hat er denn erzählt?», fragte Nicky.

«Genug. Mein Gott, es kommt mir so vor, als hättest du damals noch ein ganz anderes Leben geführt, von dem ich nicht die geringste Ahnung hatte. Wirklich, ich war vollkommen naiv. Ich dachte, er hätte dir Drogen verkauft.»

«Hat er auch», antwortete Nicky und spähte angestrengt in sein Glas.

«Aber er war mehr als nur dein Dealer, oder?»

«In gewisser Hinsicht», gab Nicky zu und starrte in die bernsteingelbe Flüssigkeit.

«Hör mal, Nicky, hier ist in den letzten Tagen verdammt viel seltsamer Mist passiert, und ich würde es wirklich zu schätzen wissen, wenn du mir gegenüber endlich einmal ehrlich wärst. Also, wie soll ich eigentlich irgendwas von deiner Geisterstory ernst nehmen, wenn du mich sowieso die ganze Zeit belogen hast?» Meine Stimme klang plötzlich brüchig. «Ich brauche wenigstens einen einzigen Menschen, der einmal aufrichtig zu mir ist. Hier in dieser Stadt hat jeder massenhaft Geheimnisse. Das ist wie bei diesen russischen Puppen in der Puppe. Darum, bitte, ich flehe dich an, keine Lügen mehr.

«Ich hab dich niemals angelogen.» Er starrte noch immer in sein Glas, setzte es dann an die Lippen und trank es in einem Zug aus.

«Ich würde sagen, die Auslassung dieses kleinen Details über Zack und dich zählt als Lüge. Und jetzt los, Nicky. Erzähl mir davon. So viel bist du mir schuldig.»

Nicky kaute eine Weile auf seiner Unterlippe herum. Er hob die Augen, begegnete meinem Blick und schaute schuldbewusst zur Seite. Er griff nach der Flasche, schenkte sich noch einen Drink ein, kippte ihn herunter und steckte sich eine Zigarette an.

«Ich bin nicht schwul, weißt du.»

«Nicky, so schlimm ist das nicht.» Ich legte meine Hand auf seine.

«Nicht schwuler als sonst wer. Ich hatte schon so ein paar Freundinnen im Laufe der Jahre. Hab nie geheiratet wie du, aber einmal war ich nahe dran. Das damals mit

Zack, das war verrückt. Ich mein, wenn ich da heute drüber nachdenke, kommt es mir vor wie ein ferner Traum. Als sähe ich einen Film. Kannst du das verstehen?»

Ich nickte. Einige Abschnitte meines Lebens fühlten sich genauso an. Jamies Affären, all die Jahre, in denen ich die hilflose Märtyrerin gespielt hatte.

«Der Typ war verrückt nach mir», erzählte Nicky und stieß eine Rauchwolke aus. «Und ich ließ mich mitreißen. Ich nahm alles, was er sagte, für bare Münze. Er sagte, die Sexualität sei etwas Fließendes, und wenn ich es mit ihm zusammen machte, hieße das nicht, dass ich, du weißt schon, schwul wäre. Er hat mir Walt Whitman vorgelesen. Ganz schön starker Tobak für einen Jungen, für den es bis dahin schon das höchste der Gefühle war, einmal eine Krähe oder ein Eichhörnchen zu schießen. Im Nachhinein glaube ich, dass es die Gefahr war, das *Verbotene* daran, was es so verführerisch machte. Es passierte nur einige wenige Male, und jedes Mal hab ich mir gesagt, dass von jetzt an Schluss damit sein müsste, aber wenn er dann wieder auftauchte und mich anfasste, konnte ich einfach nicht widerstehen. Gerade die Angst vor dem Erwischtwerden hat die Sache so prickelnd gemacht. Kannst du das nachvollziehen?» Er blickte zu mir auf, die Augen feucht und betrunken. Ich nickte.

«Warum hast du mir das nicht erzählt?», fragte ich.

«Ich wollte. Ich habe es mir ein Dutzend Mal vorgenommen. Aber ich hatte Angst, dich zu verschrecken. Ich war damals ein bisschen verliebt in dich.» Nicky errötete und lächelte mich befangen an. «Ich verstand es ja selbst nicht, wie hätte ich es dann dem Mädchen erklären sollen, das ich unbedingt haben wollte?»

Jetzt wurde ich rot. Ich drückte Nickys Hand und ließ sie dann los.

«Und dann hat Del euch erwischt», sagte ich und schenkte mir ein zweites Glas ein.

«Ja, genau, Del hat uns erwischt.» Er stieß eine Qualmwolke und einen bedauernden Seufzer aus. «Ist die Leiter hochgeschlichen, das kleine Biest, und hat zugeschaut. Ich wusste gar nicht, dass sie da war, bis wir, du weißt schon ... fertig waren.»

«Und was hat sie dann gemacht?»

«Scheiße, du weißt ja, wie sie war. Sie hat mir gedroht, es zu verraten. Immer, wenn sie irgendwas von mir wollte, ist sie damit gekommen. Und es hat auch so ziemlich jedes verdammte Mal funktioniert.»

«Hat sie es denn verraten?»

«Nein. Nicht dass ich wüsste. Ich dachte, sie hätte es vielleicht dir erzählt, aber anscheinend hat sie das nicht.»

«Nicky, gibt es sonst noch etwas, das du mir verschweigst? Irgendwas über Del?»

«Wie zum Beispiel?» Nickys Stimme klang verärgert. Abwehrend. «Wie zum Beispiel, ob ich sie ermordet habe? Herrgott nochmal, Kate!»

«Das hatte ich nicht gemeint.»

«Jetzt bist du dran», gab Nicky zurück. «Wie wär's, wenn du mir jetzt mal was erzählst, was ich nicht weiß?»

Ich biss in einen Cracker und trank einen Schluck Whisky. Dann beschloss ich, dass es Zeit war, reinen Tisch zu machen – Nicky zu erzählen, wie ich seine Schwester verraten hatte. Er hatte mir endlich sein Geheimnis preisgegeben, da war es jetzt an mir, mit meinen herauszurücken. Ich begann mit der Tätowierung.

«Mein Gott, ein M?», fragte Nicky, fuhr hoch und setzte sich gerade hin. «Bist du dir sicher, dass es ein M war? Weißt du, was das bedeutet? Es ist ein gottverdammter Hinweis. Wahrscheinlich ist M die Initiale des Mörders. Die Polizei hat vermutet, dass es jemand war, den Del kannte, jemand, dem sie vertraute.»

Ich nickte zustimmend. Dann machte ich weiter. Ich erzählte Nicky, wie ich mich als Doppelagentin bei Ellie beliebt machen wollte und wie alles schrecklich schiefgelaufen war. Ich versuchte, keine Entschuldigungen für mich vorzubringen. Ich schilderte ihm Dels letzten Schulnachmittag. Nickys Augen schwammen von Tränen und wurden dann dunkel vor Zorn. Ich machte weiter, obwohl ich befürchtete, vielleicht zu weit gegangen zu sein und ihn mit meiner Ehrlichkeit verprellt und gegen mich eingenommen zu haben, aber jetzt gab es kein Zurück mehr. Und sosehr ich mich auch dessen schämte, was ich getan hatte, war es doch eine Erleichterung, endlich jemandem die ganze Geschichte anzuvertrauen.

Ich schilderte, wie ich Del zuletzt mit einem Stein in der Hand nachgejagt war. Dann machte ich einen Sprung in die Gegenwart und berichtete ihm alles, was sich seit meiner Rückkehr nach New Canaan ereignet hatte: Ich erinnerte ihn an die Katze, die verschwunden und dann tot aufgefunden worden war, mein abhanden gekommenes Messer neben ihr, erzählte von der Spur im Schnee, von der Streichholzbotschaft und von dem Gemälde meiner Mutter. Ich berichtete ihm von Opal: dass sie gesagt hatte, sie habe die Kartoffeltrine gesehen, und dass sie überzeugt war, das eigentlich beabsichtigte Opfer des Mörders zu sein; und dass ich sie zweimal dabei erwischt hatte, wie sie im Wald etwas suchte. Ich schilderte die Szene, die ich kurz zuvor mit meiner Mutter erlebt hatte, als sie mit Dels Stimme gesprochen und ihren Stern zurückverlangt hatte, und äußerte meine Befürchtung, allmählich durchzudrehen. Ich glaubte nicht an Geister und das Übernatürliche, aber allmählich gingen mir die rationalen Erklärungen aus. Entweder ich verlöre gerade den Verstand, oder meine realistische, wissenschaftliche, nüchterne Art der Weltsicht sei völliger Quatsch. Eine beschissene Alternative. Zum Schluss erzählte ich Nicky davon, wie Dels Stern plötzlich in meiner Handtasche aufgetaucht war.

Als ich fertig war, schenkte ich zwei Fingerbreit Wild Turkey in mein leeres Whiskyglas und kippte den Drink schnell herunter. Meine Hand zitterte. Nicky sah mich nicht an. Ich hätte gerne sein Gesicht in die Hände genommen und es sanft zu mir gewendet, um in seinen Augen zu lesen.

Nicky schenkte sich noch einen Drink ein und starrte eine Weile in das Licht der Öllampe.

Als er schließlich etwas sagte, klang seine Stimme rau, als wäre er kurz davor, loszuheulen oder zu brüllen. Ich hatte ein bisschen Angst.

«Weißt du, woher Del den Stern hatte, Kate? Hat sie dir je davon erzählt?»

«Nein. Nie.»

«Dieser stumme Junge, Mike Shane, hat ihn ihr gegeben. So habe ich mir das jedenfalls irgendwann zusammengereimt. Sie sagte, dass der Junge, der ihr den Stern gegeben hat, sie liebte. Der Stern sollte sie daran erinnern, dass sie sein Leitstern wäre oder irgend so 'n Quatsch. Der Kerl war bis über beide Ohren verknallt. Er hat ihr auch Briefe geschrieben. Der arme Sack konnte nicht reden, aber mit Briefen war er klasse. Hat ihr sein stummes, kleines Herzchen ausgeschüttet. Gott, wie Del diesen verdammten Stern geliebt hat. Die hat sich wirklich für den Sheriff gehalten, als hätte der Stern ihr irgendwie Macht verliehen oder so.»

Ihr Talisman.

Er spielte mit seinem Feuerzeug herum und drehte es unaufhörlich zwischen den Fingern. Er hatte Mechanikerhände: kurze, kräftige Finger, Schmutz unter den Nägeln und Schmieröl in den Hautfalten. Tja, ich merkte, dass ich mich danach sehnte, von diesen Fingern berührt zu werden. Ich wollte, dass es wieder wie damals war.

«Ich erinnere mich.» Ich nickte und löste den Blick von seinen Händen. «Und ich erinnere mich auch an Mike Shane. Weißt du eigentlich, was aus ihm geworden ist?»

«Wie ich höre, wohnt er jetzt in Burlington. Ein Freund von mir aus der Werkstatt kennt seine Familie. Armes Pack aus der Wohnwagensiedlung. Samy, mein Arbeitskumpel, sagt, Mikes Dad hätte die Kinder ständig mit Zigaretten verbrannt und so ’n Scheiß. Traurige Geschichte.»

«Ja, würde ich auch so sagen. In der Schule hatten sie ihn genauso auf dem Kieker wie Del. Kein Wunder, dass die beiden sich zueinander hingezogen fühlten.»

Nicky nickte. «Kate, ich würde gern das Bild deiner Mutter sehen.»

Ich nahm eine Kerze und führte ihn ins Atelier. Er trat sofort vor die Leinwand, noch immer die Flasche Wild Turkey in der Hand, und betrachtete aufmerksam die schemenhafte Gestalt in den Flammen. Ich stellte mich hinter ihn und leuchtete mit der Kerze.

«Unheimlich», flüsterte er, trat einen Schritt zurück und

stieß dabei gegen mich. So standen wir einen Moment lang da. Sein Rücken berührte meine Brust, und ich atmete ihm in den Nacken. Ich weiß, dass ich hätte wegtreten müssen, mich rechtzeitig zurückziehen, aber es war schon zu spät. Ich beugte mich vor, schmiegte mich an ihn, legte ihm die linke Hand auf die Schulter, strich ihm über den Oberarm und berührte schließlich seine Brust, wo ich unter dem weichen Hemdstoff seinen rasenden Herzschlag spürte. Doch als ich die Hand unter seine Jacke gleiten ließ, ertastete ich noch etwas anderes.

Hosenträger?, dachte ich im ersten Moment bei der Berührung des Nylonriemens, doch als ich der Ausbeulung an seiner linken Seite nachtastete, wusste ich sofort, worum es sich handelte.

«Was ist das?»

«Zum Schutz», antwortete er, griff unter die Jacke, holte die kleine Pistole hervor und legte sie auf das Gästebett.

Beim Anblick der Waffe überlief mich unwillkürlich ein Schauder der Erregung. Was soll ich sagen? Ich muss wohl ein geheimes Faible für waffenvernarrte Tunichtgute haben. Tausendmal lieber ein Ganove als ein Kardiologe.

«Etwa vor mir?», flüsterte ich in seinen Nacken und betastete die Riemen des Pistolenhalfters.

«Man kann nie vorsichtig genug sein», antwortete er.

Meine Finger fanden seinen obersten Hemdenknopf, öffneten ihn und gleich darauf den nächsten. Ich fuhr mit der Hand unter sein Hemd und streichelte sanft über seine rechte Brustwarze.

«Da hast du wirklich recht», bemerkte ich. «Vielleicht hättest du die Waffe nicht so schnell aus der Hand geben sollen.»

Endlich drehte er sich um.

Dreißig Jahre nach dem ersten war unser zweiter Kuss kein bisschen weniger heftig, und es steckte eine Verzweiflung dahinter, die uns als Kindern fremd gewesen war.

***

«Kate, was ist mit dem Stern passiert? Was hast du mit ihm gemacht?»

Nicky lag mir gegenüber, den Ellbogen aufgestützt, in der Hand die Flasche Wild Turkey, die er zwischen uns festhielt. Auf dem Tisch neben dem Gästebett brannte die Kerze, und das Kerzenlicht spielte in seinem Haar und tauchte seine Haut in sanftes Licht. Er sah fantastisch aus.

«Hab ihn im Kartoffelkeller vergraben», antwortete ich schläfrig. «Erst gestern Nacht.» Meine Finger tasteten sich von seiner Kehle zu seinem Brustbein. Ich wollte nicht über den Stern nachdenken. Es war ein gutes Gefühl, endlich wieder mit einem Mann zusammen zu sein. Und jetzt wollte er das kaputt machen.

«Du weißt, was wir tun müssen, oder?»

Ich antwortete nicht. Und ich war mir ziemlich sicher, dass seine Antwort mir nicht gefallen würde. Tatsächlich:

«Wir müssen ihn holen. Wir müssen ihr den Stern zurückgeben.»

Ich nahm abrupt die Hand von seiner Brust und setzte mich verärgert auf.

«Herrgott, Nicky, wir reden hier von einem Mädchen, das seit dreißig Jahren tot ist. Wie sollen wir ihr denn so etwas Reales wie diesen Stern zurückgeben? Willst du vielleicht ihr Grab aufbuddeln und ihn reinschmeißen?»

Er schüttelte den Kopf.

«Ich glaube, dass wir ihn deiner Mutter geben müssen. Sie wird wissen, was damit zu tun ist.»

Na, fantastisch. Mein attraktiver Held und seine brillanten Vorschläge.

«Meiner Mutter! Guter Gott, das fehlte gerade noch.» Meine Worte klangen ein bisschen undeutlich. Das kam vom Bourbon. «Falls du das vergessen haben solltest – meine Mutter steht kurz vor der Einlieferung in ein Pflegeheim. Für morgen ist übrigens schon die erste Besichtigung geplant – ich nehme sie mit. Du hast sie ja selbst erlebt. Sie hat nur noch Mus im Hirn. Sie wird völlig verdattert sein, wenn wir ihr einen rostigen alten Sheriffstern in die Hand drücken.»

«Kann sein. Aber anscheinend steht sie irgendwie in einem inneren Kontakt zu Del. Dafür ist das Gemälde hier ein sicherer Beweis. Und vergiss nicht, wie sie dich mit Dels Stimme angesprochen und den Stern zurückverlangt hat.»

«Das könnte ich mir auch nur eingebildet haben. Die Stimme, die ich gehört habe, klang nicht wie ihre eigene – mehr kann ich nicht sagen. Vielleicht war es ja gar nicht Dels Stimme. Meine Mutter weiß überhaupt nicht, was sie von sich gibt, Nicky. Sie ist krank.»

Jetzt setzte Nicky sich aufrecht hin.

«Egal, Kate. Auch wenn du jetzt einen Rückzieher machst, sage ich dir, dass wir meiner Meinung nach den Stern holen sollten. Du musst ihn Jean ja nicht heute Nacht geben. Vielleicht gibst du ihn ihr auch gar nicht.

Aber holen müssen wir ihn. Was kann das denn schon schaden?»

Ich entgegnete nichts. Ich rief ihm nicht in Erinnerung, dass ich den Stern ja gerade deswegen verbuddelt hatte, weil ich befürchtete, sonst noch im Knast zu landen. Ich wies ihn nicht darauf hin, dass die Polizei Dels altes Abzeichen als äußerst belastendes Indiz betrachtete und dass derjenige, der mit dem Ding erwischt wurde, einiges zu erklären haben würde.

«Es kann überhaupt nicht schaden, so ist das», sagte er, warf mir sein schlaues, charmantes Lächeln zu, sprang aus dem Bett und zog sich an. «Absolut nicht. Und jetzt komm, Desert Rose, zieh dich an, und dann los.»

Ich gehorchte ihm widerstrebend. Als ich mir die Bluse zuknöpfte, fiel mein Blick auf das Bild und die schemenhafte Gestalt. Die Augen – *ihre* Augen – schienen sich in meine zu bohren.

Ich hab dich.

***

Ich ließ den Strahl der Taschenlampe über die Regale wandern und dann zu Boden gleiten. Von meiner Aktion am Vorabend war nichts mehr zu erkennen – ich hatte alle Spuren gut verwischt. Und betrunken, wie ich war, hatte ich auch nicht die geringste Ahnung, wo ich den Stern vergraben haben mochte. Da blieb nichts anderes übrig, als loszubuddeln. Einfach irgendwo anfangen und loslegen. Also, Ärmel hochgekrempelt und in die Hände gespuckt!

Nicky nahm einen Schluck aus der mitgebrachten Flasche und stellte sie auf dem Regal ab. Ich entschied mich für eine Stelle an der hinteren Wand – ich war doch in der

Nähe der Marmeladenglas-Kerze gewesen, oder? –, trat zurück und fiel fast um, als ich das Schaufelblatt in den Boden stieß.

Ich war vollkommen betrunken. So viel war mir auf dem Weg durch den Wald und den Hügel hinunter klar geworden. Als wir zu der Stelle gelangt waren, wo einmal das alte Erbsenfeld gewesen war, hatte ich mich an Nicky festgeklammert und ihm lauter Fragen gestellt, die mit den Worten *Erinnerst du dich* begannen.

Erinnerst du dich an die totgeschossene Krähe, die du an einem Draht aufgehängt hast?

Erinnerst du dich, wie du Billy the Kid warst?

Erinnerst du dich, wie du mir beigebracht hast, mit dem Luftgewehr zu schießen?

Erinnerst du dich, wie unsere Zähne zusammengestoßen sind, als wir uns küssten? Was für eine unglaubliche Gewalt dahinter steckte. Wie bei einem Unfall.

Nicky stützte mich beim Gehen, obwohl er gelegentlich ebenfalls über eine Baumwurzel oder ein Grasbüschel stolperte. *Ja*, antwortete er. *Ich erinnere mich.* Ich presste mich an ihn, spürte seine Körperwärme und sehnte mich danach, wieder mit ihm im Bett zu liegen.

Dann kamen wir beim Kartoffelkeller an, und ich zog die Tür auf, tastete mich die Treppe hinunter und meinte dabei die ganze Zeit, Del zu riechen. Ich verfehlte die letzte Stufe, vertrat mir den Knöchel und fiel auf Knien in den Dreck. Ich leuchtete mit der Taschenlampe um mich. Nicky legte mir die Schaufel in die Hand. Das kleine Gartenschippchen behielt er selbst.

«Los, fangen wir an», sagte er. «Grab ihn aus.» Nur klang es fast so, als hätte er *sie* gesagt. Grab *sie* aus.

Graben. Graben. Digging to China. Grab schaufeln. Kartoffeln ausgraben. Ein Kartoffel, zwei Kartoffel. Ich begann, das Lied zu summen, und dann wurde mir schlecht.

«Ich muss gleich kotzen», sagte ich.

«Grab weiter», sagte Nicky. «Das geht vorüber.»

Auch das hier wird vorübergehen. Ich buddelte wie ein Hund auf der Suche nach dem leckeren Knochen, den er gerade eben vergraben hat. Zähne sind Knochen, fiel mir ein. Wie Dels Knochen jetzt wohl sein werden, tief dort unten in ihrem Metallsarg? Metall. Metallschaufel. Metallstern. Und ein Blechgeschmack im Mund.

Der Stern war nicht da, wo ich ihn erwartet hatte. Da, wo ich ihn gerade eben vergraben hatte.

«Wir brauchen einen Metalldetektor», jammerte ich.

«Wir finden ihn», versprach mir Nicky. «Du musst dich einfach nur erinnern.»

Er stieß das Schippchen in die festgestampfte Erde.

Erinnern. Ja, ich erinnerte mich. Ich erinnerte mich, wie rot und entzündet das M auf Dels Brust ausgesehen hatte. Ihr Geheimnis. Es tut gut weh. Ich hörte auf zu graben, griff nach der Flasche, wischte über das Mundstück und spülte den metallischen Geschmack fort. «Gluck, gluck», sagte ich und machte mich wieder an die Arbeit. Ein Zwerg in der Mine. He-ho, he-ho.

«Wonach haben die sieben Zwerge eigentlich gegraben?», fragte ich Nicky und kippte vor Lachen beinahe um. «Scheißzwerge», sagte ich. «Bei denen sah das immer so einfach aus.»

Wieder stieß ich den Spaten in den Boden, ein Stück weiter rechts, und ich wusste, dass der Stern einfach da sein musste. Stern über Bethlehem, zeig uns den Weg.

«Erinnerst du dich», begann ich von neuem. «Damals, der erste Tag. Als du die Kellertür aufgerissen hast, Del ihre Bluse ausgezogen hatte, ich sie anschaute und keiner von uns wusste, was kommen würde. Keiner wusste, dass wir gerade dabei waren, in ein Unglücksfahrzeug zu steigen, in einen Zug, der entgleisen würde. Erinnerst du dich, dass damals keiner von uns so was geahnt hat?»

Ein Klacken, und meine Schaufel stieß auf Metall. Ich bückte mich und tastete die Erde ab. Da war er wieder. Rostig und scharfzackig. Er lag schwer in meiner Hand. Eher wie eine Bürde als wie etwas, das man sich gewünscht hat.

«Herrgott», sagte ich. «Der Deputy hat ihn gefunden.»

Dann beugte ich mich vor und kotzte.

Zweiter Teil

Die letzten Tage:

17. November 2002

16. Juni 1971

Ein Kartoffel, zwei Kartoffel,
drei Kartoffel, vier
Dich jagt sie jetzt und schnappt dich gleich,
schließ doch zu die Tür

Dreizehntes Kapitel
17. November 2002

Hier bleib ich nicht!»

«Das brauchst du auch gar nicht, Ma. Wir wollen doch nur mal schauen.»

Die Augen meiner Mutter waren starr und leer auf eine Stelle über meiner rechten Schulter gerichtet.

«Ich bleib hier nicht!»

Ich warf der Frau, die uns herumführte, einen entschuldigenden Blick zu – einer gewissen Mrs. Shrewsbury, die auf traurige Weise einem kleinen, knopfäugigen Nagetier ähnelte.

«Vielleicht», sagte die Spitzmaus, über ihre Brille spähend, «würde Ihre Mutter lieber an einem Malkurs teilnehmen, während wir die Besichtigung fortsetzen.»

Ich nickte, und wir setzten meine Mutter an einem langen Tisch ab, wo mehrere Alte mit dicken Pinseln, riesigen Zeitungsseiten und in Tassen gefüllten Tempera in den Primärfarben zugange waren. Ich half meiner Mutter in einen Plastikkittel und sah zu, wie die Kursleiterin sie zum Malen animierte.

«Hier bleib ich nicht», wiederholte sie, klang aber schon nicht mehr ganz so entschlossen. Nachdem sie einmal den Pinsel bekommen hatte und ungeschickt in der verbundenen Hand hielt, machte sie sich sofort an die Arbeit und vergaß ihre Umgebung.

Mrs. Shrewsbury zeigte mir den Aufenthaltsraum, den

Speisesaal, das Besuchszimmer und einen Veranstaltungskalender. Ich war zu verkatert, um irgendetwas anderes zu tun, als zu allem unverbindlich zu nicken. Mein Fußknöchel tat weh, und ich hinkte ein bisschen beim Gehen. Ich hatte es eilig, den Rundgang zu beenden und dem schrecklichen Geruch dieses Ortes zu entfliehen – einer widerlichen Mischung aus Antiseptika und Erbsengemüse.

An die Ereignisse der vergangenen Nacht erinnerte ich mich nur noch verschwommen. Ich wusste, dass Nicky und ich in den Kartoffelkeller gegangen waren, um den Stern auszugraben, und zwar mit Erfolg: Das rostige Sheriffabzeichen hatte morgens unter meinem Kopfkissen gelegen, noch schmutzig von der Erde des Kellers. Ich konnte mich nicht erinnern, wie ich nach Hause oder ins Bett gekommen war. Ich erinnerte mich auch nicht an Nickys Aufbruch, wusste aber, dass es im Morgengrauen gewesen sein musste. Als Raven auf dem Weg zur Arbeit vorbeischaute, um uns ein paar Kleie-Muffins vorbeizubringen, machte sie eine Bemerkung. *Du hattest einen Übernachtungsgast, nicht wahr?*, sagte sie. Als ich erklärte, dass wir einfach nur geredet hätten, hob sie eine Augenbraue und machte: *Mhm.* Offensichtlich glaubte Raven mir inzwischen kein Wort mehr. Und nach Zacks Besuch war ich ihr auch nicht gerade wohlgesinnt. Wenn sie nicht wollte, dass ich mit ihrer Tochter redete, na schön – aber mal ehrlich: Sie hätte wenigstens den Mumm haben können, zu mir zu kommen und es mir selbst zu sagen. Hatte sie wirklich so eine Angst vor mir?

***

«Ich weiß, wie hart das manchmal sein kann», sagte Mrs. Shrewsbury gerade. «Es ist eine weitreichende Entscheidung, und ihre Mutter erscheint Ihnen vielleicht ... ablehnend. Doch als Krankenschwester wissen Sie ja selbst, wie viel Pflege jemand mit der Krankheit Ihrer Mutter rund um die Uhr benötigt. Eine einzige Person ist damit einfach überfordert.» Ich nickte und dachte dabei an das Gemälde meiner Mutter und an ihre neueste Angewohnheit, mit Dels Stimme zu sprechen. *Wenn du wüsstest, meine Gute.*

«So etwas ist immer mit Schuldgefühlen verbunden», fuhr Mrs. Shrewsbury fort. «Aber Sie werden bald sehen, dass Sie das Richtige getan haben. Ihre Mutter wird sich rasch einleben. Wirklich, so etwas wie Groll kennt eine Demenzkranke nicht. In wenigen Wochen wird es so sein, als wäre sie immer schon hier gewesen.»

Und das soll ein Trost sein?

Dann dachte ich daran, wie leicht meine Mutter sich gerade eben im Malraum hatte ablenken lassen. Vielleicht würde sie sich schließlich doch einigermaßen mühelos hier einleben.

«Hier kann ihr nichts passieren. Wir werden auf sie aufpassen. Wie bereits gesagt, haben wir derzeit zwei freie Plätze. Wenn Sie wollen, könnte Sie schon nächste Woche hier einziehen.»

Ich nickte und erklärte, dass ich die Entscheidung nicht überstürzen wolle. Eigentlich war ich ja mehr als scharf darauf, dieses ganze Kuddelmuddel hinter mir zu lassen und den Rückflug nach Seattle anzutreten. Wenn sie erst einmal sicher in einem Pflegeheim steckte, konnte meine Mutter malen, was sie nur wollte, und nach Herzenslust mit Dels Stimme sprechen. Doch bei dem Gedanken, mich von hier zu verdrücken, hatte ich ein Gefühl, als würde mir jemand ganz leicht von hinten auf die Schulter tippen und sagen: *Der Mörder läuft noch immer frei herum. Und was, wenn Opal sich wirklich in Gefahr befindet?*

Mrs. Shrewsbury tätschelte mir den Arm und erklärte erneut, sie wisse, wie hart so etwas sei.

Dann führte sie mich in den Aufenthaltsraum, wo der Fernseher dröhnte. Davor saßen, die Laufgestelle neben sich geparkt, drei alte Weiblein und verfolgten eine Gameshow. In der Ecke saß ein alter Mann auf einem orangeroten Plastikstuhl, sabberte vor sich hin und sang ein Lied. Die Melodie kam mir irgendwie vertraut vor, auch wenn ich sie nicht recht erkennen konnte – irgendein kindischer Singsang. Ich näherte mich ein wenig, damit ich ihn trotz des Fernsehers verstehen konnte.

«Kartoffeltrine, Kartoffeltrine, du stinkst wie alte Margarine», sang er.

O Gott. Mein Mund wurde trocken. Ich fragte mich, ob ich ihn falsch verstanden hatte.

«Was sagten Sie gerade?», fragte ich und beugte mich so weit vor, dass ich mit diesem zahnlosen alten Mann im fleckigen Schlafanzug auf Augenhöhe war. Seine blauen Augen waren wässrig und bleich. Er roch nach verdorbener Milch.

«Ach, das ist nur Mr. McKenzie», sagte Mrs. Shrewsbury. «Ein richtiger Sänger, nicht wahr, Ron?»

«Ein Kartoffel, zwei Kartoffel, drei Kartoffel, vier – dich jagt sie jetzt und schnappt dich gleich, schließ doch zu die

Tür.» Es war ein Sprechgesang, kein Singen mehr, und seine trüben, feuchten Augen blickten direkt in meine.

«Ron McKenzie? Haben Sie früher den Schulbus gefahren?», fragte ich.

Der alte Mann grinste nur und schnalzte mit der Zunge. Ein Sabberfaden lief ihm über das stoppelige Kinn.

«Aber ja doch, du hast den Bus gefahren, nicht wahr Ron?», fragte Mrs. Shrewsbury. «Bis zur Rente. Und Mechaniker warst du auch, hast den städtischen Fuhrpark betreut, nicht wahr?»

«*Dich* jagt sie jetzt und schnappt dich gleich, schließ doch zu die Tür», wiederholte Ron, den Blick auf mich geheftet und mit breitem, zahnlosem Lächeln.

«Erinnern Sie sich an Del Griswold?» Meine Stimme klang dünn und verzweifelt. «Die Kartoffeltrine? Sie ist immer bei Ihnen im Bus mitgefahren.» Ich hatte die Hand an seinem Schlafanzugärmel und beherrschte mich mühsam, die Antwort nicht aus ihm herauszuschütteln.

Er grinste. Noch ein Sabberfaden.

«Sie war ein Monkey», sagte er schließlich. «Dreckiger, kleiner Monkey. Und ihr Bruder auch.»

«Welcher Bruder? Meinen Sie Nicky?»

«Kartoffeltrine, Kartoffeltrine, du stinkst wie alte Margarine.» Jetzt nuschelte er vor sich hin.

Ich starrte den alten Mann an und beugte mich so dicht zu ihm hinunter, dass sein heißer, saurer Atem mein Gesicht streifte.

«M steht für Monkey», flüsterte er. «Sie war ein Monkey.»

In diesem Moment, im Neonlicht des Aufenthaltsraums, das Gelächter des Showpublikums im Ohr und die Spitzmaus mit neugierig schief gelegtem Köpfchen an meiner Seite, dämmerte mir eine grauenhafte Möglichkeit. Sie waberte in dem stinkenden Atem dieses alten Mannes, diesem abscheulichen Gestank nach saurer Milch – und sie war kein bisschen weniger abscheulich.

«Haben Sie ihr das M gemacht, Mr. McKenzie? Haben Sie Del das M gemacht?» Ich zwang mich, die Worte auszusprechen, obwohl ich Angst vor der Antwort hatte. War es möglich, dass ich mich Auge in Auge mit Dels Mörder befand, einem senilen Mann im fleckigen Schlafanzug?

Ron McKenzie lächelte und begann, sich summend im Stuhl hin und her zu wiegen. Das Summen wurde zu einem leisen, klagenden Heulen. Mein alter Busfahrer heulte wie ein Kojote, und nach jedem Luftholen wurde er lauter. Mrs. Shrewsbury legte mir die kleinen, spitzen, welken Nagetierhändchen auf den Arm und zog mich mit den Worten weg, wir sollten besser gehen, bevor er sich noch mehr aufregte. Wir wandten uns zur Tür, doch in diesem Moment hörte das Geheul auf und er rief nun ganz freundlich nach mir, die Stimme zittrig und erschöpft.

«Hey, Deputy!», sagte er. Ich blieb stocksteif stehen. Es lief mir eiskalt den Rücken hinunter. «Gib der Affentrine besser, was sie will. Gib dem Monkey den Stern zurück. Gib ihr ihren Ste-hern zurück!»

Ich drehte mich nach dem alten Mann um, der einmal für die NASA gearbeitet hatte, und sah gerade noch, wie sich ein dunkler Fleck auf seinem Schoß ausbreitete. Er schaute mich lachend an, während seine Pisse über den Rand des Plastikstuhls tropfte und auf dem Schachbrettmuster des Kachelbodens eine Pfütze bildete.

***

«Ich will nach Hause», sagte meine Mutter, als ich zu ihr an den Maltisch trat. «Du kannst mich nicht hierlassen.»

Glaub mir, wir hauen hier so verdammt schnell ab, wie unsere Beine uns tragen.

Ich drehte mich um und blickte den Gang hinunter, überzeugt, dass der alte Ron McKenzie mir gefolgt war. Ich sah aber nur eine Hilfskraft in rosa Uniform, die mit Putzeimer und Wischlappen zugange war.

«Ich lass dich nicht hier, Ma. Wir gehen jetzt.» Meine Stimme war so zittrig wie meine Hände, mit denen ich ihr ungeschickt den Malkittel auszog. Ich brauchte meine ganze Selbstbeherrschung, um sie nicht bei der Hand zu packen, hinter mir herzuzerren und laut schreiend davonzulaufen.

«Ich hab ein Bild gemalt», sagte meine Mutter. «Es ist für Opal.»

«Das ist nett von dir, Ma.»

Ein Kartoffel, zwei Kartoffel, drei Kartoffel, vier, dich jagt sie jetzt und schnappt dich gleich, schließ doch zu die Tür.

Sang gerade irgendjemand dieses Lied, oder hatte es sich inzwischen in meinem Kopf festgesetzt?

«Ich hatte gehofft, Sie würden über Mittag bleiben», sagte Mrs. Shrewsbury. «Dann könnten wir noch einige Unterlagen durchgehen.»

«Ich will nach Hause», wiederholte meine Mutter.

«Ich weiß, Ma, ich auch. Komm schon, zieh den Mantel an.»

Ich entschuldigte mich bei der Spitzmaus, wir müssten

jetzt los, ich würde sie aber anrufen, sobald wir eine Entscheidung getroffen hätten.

Ich wandte mich meiner Mutter zu, um ihr in den Mantel zu helfen, und warf dabei einen Blick auf ihr frisch gemaltes Bild. Wieder musste ich einen plötzlichen Aufschrei unterdrücken.

Dort, auf der riesigen Zeitungsseite, prangte ein in sorgfältigen Grauschattierungen gemalter Sheriffstern.

«Ma? Warum ausgerechnet für Opal?»

«Was ist, Katydid?»

«Das Bild. Du sagtest, es wäre für Opal.»

«Ach, hab ich das gesagt?» Sie dachte eine Weile mit schief gelegtem Kopf nach. «Arme kleine Opal. Meinst du, sie weiß es?»

«Was, Ma?»

«Wer ihr Vater ist?»

«Wovon redest du eigentlich? Wer ist denn ihr Vater?» Ich war mir sicher, dass sie gleich Lazy Elk sagen würde – sie hatte natürlich Opal mit Raven verwechselt, so wie sie auch ständig Raven mit Doe verwechselte. Mein Gott, es war wirklich schwer, da nicht den Überblick zu verlieren.

«Natürlich Ralph Griswold, du Dummkopf! Der Mann mit den Eiern und den Schweinen, der am Fuß des Hügels wohnt. Das wusstest du doch, Katydid, oder?» Sie sah mich spöttisch an, als läge ihr die Bemerkung *Was ist denn mit deinem Gedächtnis los?* auf der Zunge.

***

«Hör zu, Kate, ich hab heute mit Jimmy geredet und mich nach Mike Shane erkundigt. Jetzt rate mal, was der Scheißkerl da oben in Burlington macht.»

Nicky und ich saßen am Küchentisch und aßen Thunfischsandwichs. Meine Mutter malte an ihrem Bild. Ich hatte Nicky gleich nach unserer Rückkehr vom Hollows Care Center zum Essen eingeladen. Ich hätte ihm schrecklich gern erzählt, was meine Mutter von seinem Dad behauptet hatte, nämlich dass er auch Opals Vater wäre, beschloss aber, vorläufig lieber noch den Mund zu halten. Vielleicht bildete sie sich das ja auch nur ein.

Aber was, wenn es stimmte? Was, wenn Opal wirklich Dels Halbschwester wäre? Ich wusste, wenn ich die Wahrheit herausfinden wollte, musste ich gerade die Person fragen, die sie mir garantiert nicht würde verraten wollen: Raven.

Nicky ließ mir keine Zeit zu raten, was Mike inzwischen machte. «Du wirst es nicht glauben. Es passt hundertprozentig. Mike Shane ist verdammt nochmal ein Tattookünstler. Ihm gehört das Dragon Mike's Tattoo Emporium oben in Burlington.»

Ich verdaute diese Information und überlegte, was alles daraus folgen mochte. Vielleicht war Dels Tätowierung ein Frühwerk Mikes. Ein dauerhafteres Geschenk als der Silberstern. Vielleicht war ich mit meiner Verdächtigung des alten Ron McKenzie auf dem Holzweg.

«Das ist ein erstaunlicher Zufall», gab ich zu.

«Ein Zufall – zum Teufel, ich würde sagen, das ist ein Beweis. Sagtest du nicht, dass sie den Buchstaben M auf der Brust hatte? M für Mike. Ich wette, dass er es war. Vor dem Mord hatte er sie tätowiert, und dann musste er die Tätowierung herausschneiden, um seine Spur zu verwischen.»

«Es lohnt sich sicherlich, dem nachzugehen. Aber ich kann mir den sanften, kleinen Mike Shane nicht wirklich als Dels Mörder vorstellen. Er war doch damals nicht älter als elf oder zwölf. Und am letzten Schultag war er in ziemlich übler Verfassung. Nach meiner Erinnerung musste er sogar ins Krankenhaus gebracht werden.»

«Aber Kate, der Kerl ist verdammt nochmal ein Tattookünstler.»

«Ich weiß. Das ist schon ein sehr komischer Zufall. Wie schon gesagt, wir sollten da einmal genauer hinschauen. Aber hör dir mal an, was ich heute herausgefunden hab. Was weißt du noch von Ron McKenzie – dem Schulbusfahrer?»

«Nicht viel. Der Typ war ziemlich leicht reizbar, beherrschte sich aber. Er nannte uns Monkeys. Daran erinnere ich mich.»

Ich berichtete ihm von meinem Vormittag im The Hollows und gab wieder, was Ron gesagt hatte.

«Meine Güte, die Tätowierung war vielleicht eine Art, sie zu brandmarken», sagte Nicky. «M für Monkey. So ähnlich wie in *Der scharlachrote Buchstabe* oder wie der Quatsch heißt. Der Drecksack.» Nickys Gesicht zuckte.

«Ich weiß nicht recht ... Es war so ein fein eingraviertes und hübsches M», warf ich ein. «Wenn jemand, der sie hasste, das gemacht hätte, so ein Typ wie Ron zum Beispiel, hätte er es bestimmt grob und schlampig getan. Ich hab mir immer vorgestellt, dass der, der ihr das M tätowiert hat, sehr an Del hing.»

«Klar, er hat so an ihr gehangen, dass er sie erwürgt und

anschließend wie ein Metzger an ihr rumgeschnippelt hat. Ich finde, wir sollten uns sowohl mit McKenzie als auch mit Shane unterhalten. Verdammt, vielleicht sollten wir wirklich zur Polizei gehen», schlug Nicky vor.

Ich schüttelte den Kopf.

«Womit denn? Aufgrund irgendeiner Bemerkung, die ein seniler Greis genuschelt hat, bevor er sich die Hose vollpisste? Sollte Ron Dels Mörder sein, hat er bekommen, was er verdient. Er steckt schon in seinem ganz persönlichen Gefängnis. Er tut mir beinahe leid. Jedenfalls wissen wir hundertprozentig, dass er sich nicht hinausgeschlichen haben kann, um Tori zu ermorden. Und das einzige Indiz, das wir gegen Mike haben, ist der Buchstabe M, den ich gesehen habe und von dem sonst keiner irgendwas zu wissen scheint. Zum Teufel, wenn ich zu den Bullen gehe, setzen die mich wahrscheinlich sofort ganz oben auf die Liste ihrer Verdächtigen, falls ich da nicht ohnehin schon stehe. Vor allem, wenn die dann auch noch herausfinden, dass ich den verdammten Stern habe.»

«Was? Die Polizei hat dich doch niemals verdächtigt», sagte Nicky erstaunt.

«Damals nicht, aber heute schon. Danach zu urteilen, wie sie sich mir gegenüber verhalten haben, dürfte ich inzwischen die Hauptverdächtige sein.»

«Das ist doch verrückt! Du hattest mit der Sache nicht das Geringste zu tun.»

«Nein, und du auch nicht, aber du wirst verdächtigt, oder? Dich hatten sie doch nach dem Mord an Tori Miller als Ersten im Visier. Man kann eben einfach Pech haben, Nicky.»

Er dachte darüber nach. Ich räumte unterdessen den Tisch ab.

«Und was ist mit dem Stern?», fragte Nicky. «Nach dem, was du jetzt auch von Ron gehört hast, meinst du da nicht, dass du irgendwas damit anstellen solltest? Wenn meine Vermutung stimmt und wir es hier mit Del zu tun haben, dann weiß sie, dass du den Stern hast.»

«Jetzt denk mal nach, was du da sagst. Du klingst fast so abgedreht wie der alte Ron. Ja, ich hab den Stern, aber ich kann überhaupt nichts damit anfangen. Besser, wir hätten das verdammte Ding in der Erde gelassen. Ich hätte mich nicht von dir überreden lassen dürfen.»

«Vielleicht hast du ja recht», räumte er ein. «Du warst ganz schön betrunken. Das hab ich sozusagen ausgenutzt.»

Darüber musste ich lachen. «Ich bin mir nicht sicher, wer hier wen ausgenutzt hat.»

Er lächelte mir schüchtern zu. Ich wurde rot und betrachtete seine Augenfältchen. Krähenfüße. Als hätte der geschossene Vogel sich irgendwie gerächt. Er hatte etwas Verletzliches, Jungenhaftes an sich.

«Nicky, ich muss dir das ganz ehrlich sagen. Beziehungen und so, darin bin ich nicht gut. Meine Ehe war ein Desaster. Und in Gefühlssachen bin ich eine Katastrophe.»

Ich betrachtete den Mann, der vor mir saß, und sah wieder den Vierzehnjährigen vor mir, die Haut gebräunt von der Arbeit auf dem Feld und die Augen glänzend vor Begehren. Er roch nach Zigarettenqualm und Benzin. Er nahm seine John-Deere-Mütze ab und legte sie auf den Tisch.

«Die letzte Nacht hat mir eine Menge bedeutet», begann er. «Und ich hoffe wirklich, dass das nur der Anfang war. Ich will gar keine großartigen Gelöbnisse. Ich weiß, dass jeder von uns sein eigenes Leben hat. Ich hab auch keine Ahnung, wie weit uns das hier führen wird oder ob es überhaupt irgendwohin führt, aber verdammt nochmal, wir sind inzwischen erwachsen. Wir können nichts ungeschehen machen, aber wir können den nächsten Schritt tun, verstehst du? Also, gib uns eine Chance, okay? Lass uns einfach schauen, wie weit wir miteinander kommen.»

Seine Stimme war so sanft wie alter Whisky, und wenn er flüsterte, schwang etwas Raues darin mit, von dem mir ganz warm wurde. Ich beugte mich vor und legte meine Lippen auf seine.

Diesmal stießen unsere Zähne nicht zusammen, und es steckte auch nicht diese gewaltige Kraft dahinter wie in der Nacht zuvor. Wir küssten uns sanft und zärtlich. Keine Verzweiflung, nur eine Andeutung von unterdrückter Sehnsucht. Sehnsucht vielleicht nicht nur nach dem anderen, sondern auch nach der Vergangenheit. Danach, die Zeit zurückzudrehen und noch einmal von vorn zu beginnen – eine zweite Chance zu bekommen. Ich legte meine Hand an seinen Hinterkopf, zog ihn näher zu mir heran und versuchte ihn festzuhalten. Einen winzigen Moment lang war es so, als wären wir wieder Kinder und oben auf dem Dachboden, halb erstickt, aber verliebt in diese Atemlosigkeit.

«Nicky und Kate, Nicky und Kate, verliebt, verlobt, verhei-ratet!»

Der Singsang meiner Mutter, mit Kinderstimme geschmettert, riss uns in die Gegenwart zurück, und Nicky und ich fuhren mit einem Ruck auseinander. Es war Dels

Stimme, und der Ausdruck in Nickys verängstigtem Gesicht zeigte mir, dass nicht ich allein das dachte.

Vielleicht war es die Tatsache, dass wir belauscht worden waren, vielleicht war es die emotionale Erschöpfung oder mein Kater oder vielleicht sogar die Hormone, aber in diesem Moment stießen meine unbewussten Ängste mit einem heftigen Ruck an die Oberfläche meines Bewusstseins. Del sprach aus dem Mund meiner Mutter, manipulierte sie mit irgendwelchen unsichtbaren kosmischen Fäden wie eine Marionette und ließ sie sprechen wie ein Bauchredner seine Puppe. Das waren die Tatsachen, schlicht und ergreifend. Sie hatte zu uns zurückgefunden, und wie Nicky mich schon gewarnt hatte: Sie war stinksauer.

«Wann ist denn die Hochzeit?», fragte sie. Die Stimme eines rachsüchtigen Kindes aus dem Mund meiner armen alten Mutter zu hören war obszön. Sie drehte sich um und ging kichernd ins Atelier zurück, die Tür schlug sie hinter sich zu. Darauf folgte ein Krachen und Scheppern, als ob sie alles im Raum kurz und klein schlug.

«Du solltest jetzt gehen», flüsterte ich. «Ich ruf dich später an.»

«Kate, ich ...»

«Geh einfach. Es ist in Ordnung. Wir reden später darüber.»

So viel zum Thema zweite Chance.

Er nahm seine schmierölfleckige Mütze und setzte sie auf.

«Tut mir leid», sagte er.

«Mir auch», antwortete ich, und dann war er weg.

Vierzehntes Kapitel
17. November 2002

Eine Stunde später war ich damit beschäftigt, Glasscherben im Atelier zusammenzukehren, als Opal eintrat.

«Du meine Güte!», sagte sie. «Was ist denn hier passiert?»

«Meine Mutter hat beschlossen, ein wenig umzudekorieren.»

Das Zimmer sah aus wie ein Schlachtfeld. Vor allem an meinen Sachen hatte sie sich ausgelassen. Sie hatte all meine Kleidung aus dem Koffer gezerrt und so gut sie konnte zerrissen. Das Gästebett, auf dem ich nachts schlief, hatte sie umgeworfen und Kissen und Decken im Raum verstreut.

«Ich wollte dir erzählen, dass ich die Jenny fertig hab. Gerade habe ich die Wingwalkerin festgeklebt und das Modell aufgehängt.»

«Sie ist bestimmt froh, da oben zu sein, vor allem wenn man bedenkt, dass all ihre Plastikschwestern immer nur Zügen nachwinken dürfen, die im Kreis um sie herumfahren.»

Opal nickte. Sie setzte sich auf den Boden. «Ich soll mich von dir fernhalten, weißt du.»

«Ja, ich weiß.»

«Meine Mutter sagt, du könntest gefährlich sein», erklärte Opal.

«Das sagt sie?»

«Und ich wette, du hast keine Ahnung von Waldpilzen.»

«Und ich wette, du hast das, was du kürzlich im Wald gesucht hast, immer noch nicht gefunden. Was ist es, Opal? Hat es irgendetwas mit dem Mord an Tori zu tun? Mein Messer ist es doch wohl nicht, oder? Hast du mir mein Schweizer Messer weggenommen?»

Alle Farbe wich ihr aus dem Gesicht, bis sie dem Geist ähnelte, vor dem sie sich so fürchtete.

Sollte sie wirklich Dels Halbschwester sein? Jedenfalls hatte sie in diesem Moment eine überwältigende Ähnlichkeit mit ihr. Mein vorherrschendes Gefühl war der heftige Wunsch, sie zu beschützen. Ich wollte Opal so beschützen, wie ich Del niemals hatte beschützen können.

«Ich kann dir helfen», sagte ich. «Du musst nur ehrlich zu mir sein. Bitte, Opal. Du kannst mir vertrauen. Was hast du im Wald gesucht? Was verschweigst du mir?»

Sie machte den Mund auf, um mir endlich die Wahrheit zu sagen, doch etwas kam dazwischen. Ich folgte ihrem Blick zur Staffelei in der Ecke, auf der das Gemälde stand, dem einzigen Gegenstand im Zimmer, den meine Mutter bei ihrem Wutanfall verschont hatte.

«Was ist das?», fragte Opal, und als sie auf das Bild zuging, wurde ihr Gesicht sogar noch bleicher.

«Das jüngste Werk meiner Mutter. Es soll den Tipi-Brand darstellen.»

Achte nicht auf die beiden unruhigen grauen Augen in der Ecke.

«Aber da ist jemand drin», entgegnete Opal, streckte die

Hand aus und berührte die Gestalt auf dem Bild. «Jemand mit einem Sheriffstern. Wer ist das?»

«Ich weiß nicht, Opal», antwortete ich.

«Sie ist es, nicht wahr? Es ist Del. Hatte sie so einen Stern?» Opals Stimme bebte jetzt.

«Opal ...»

«Sag's mir! Sag mir wenigstens in diesem einen Punkt die Wahrheit, und ich werd dich nie wieder nach Del fragen. Ich werd dich in Ruhe lassen, genau wie alle es von mir verlangen.»

Na ja, Dels Stern war schließlich kein großes Geheimnis. Opal musste nur irgendjemanden fragen, der sie damals gekannt hatte, oder sich in der Bibliothek die einschlägigen alten Zeitungsartikel heraussuchen.

«Schon gut, schon gut. Ja, Del hatte einen Sheriffstern. So ein wertloses Blechdings. Kinderkram. Den hat sie immer getragen. Sie hatte ihn auch am Tag ihrer Ermordung angesteckt, aber dann war er schließlich verschwunden. Er wurde nicht am Tatort gefunden.»

«Das heißt, dass der Mörder ihn genommen hat?» Ihr Gesicht verzerrte sich vor angestrengtem Nachdenken.

«So lautete die Theorie.» Ich erwartete ein Sperrfeuer von Folgefragen, doch Opal schwieg. Sie stand einfach nur da und starrte das Bild an.

«Und nun, Opal? Heißt das wirklich, dass wir mit Del fertig sind?», fragte ich.

«Hand aufs Herz», antwortete sie, drehte sich um und stürzte hinaus.

Ich war froh, dass sie das *Stein und Bein* weggelassen hatte.

Ich wählte die Telefonnummer der großen Scheune,

und Raven nahm beim zweiten Klingeln ab. Ich konnte nur hoffen, dass sie von Opals Besuch bei mir nichts mitbekommen hatte.

«Hi, Raven, ich muss gleich ein paar Stunden weg. Nach Burlington. Würdest du bei meiner Mutter bleiben, bis ich zurückkomme? Ich würde ja Gabriel bitten, nur war der erst gestern hier. Gegen Abend sollte ich zurück sein. Ich ruf zwischendurch von Burlington aus an, ob alles in Ordnung ist.»

Raven zögerte mit ihrer Antwort, damit klar war, dass sie keine Lust hatte, mir einen Gefallen zu tun. Für die Katzenmörderin würde sie sich kein Bein ausreißen.

«Was willst du in Burlington?», fragte sie misstrauisch.

«Einen alten Freund besuchen.»

Sie seufzte. «Jean helfe ich gern. Bevor du kamst, war ich jede freie Minute bei ihr. Mir ist sie niemals ausgerissen.»

Ich überhörte den Seitenhieb.

«Ich weiß deine Hilfe zu schätzen», antwortete ich. «Hör mal, meine Mutter hatte vorhin einen ziemlich heftigen Anfall. Ich hab ihr eine Haldol gegeben und sie zu Bett gebracht. Wahrscheinlich wird sie einfach durchschlafen.»

«Ich bin in zehn Minuten da», sagte Raven.

***

«Ich dachte, wir könnten noch einen Tee trinken, bevor ich losfahre», empfing ich Raven und zeigte in die Küche, wo ich Teekanne und Tassen bereitgestellt hatte. Raven sah mich misstrauisch an.

«Ich möchte mit dir über etwas reden.»

Raven setzte sich an den Tisch, schenkte sich eine Tasse grünen Tee ein und gab vorsichtig einen Löffel Honig aus dem Topf in der Mitte des Tisches hinzu. Fast dachte ich, sie würde mich auffordern, vor ihr zu trinken, um sicherzugehen, dass ich den Tee nicht vergiftet hatte.

«Falls du mit mir über Opal reden willst, kann ich nur sagen, dass das Thema nicht zur Diskussion steht. Ich bin der Meinung, dass du derzeit einen schlechten Einfluss auf sie hast.»

«Es geht *tatsächlich* um Opal, aber es hat nichts mit mir zu tun.»

«Womit denn dann? Willst du hier vielleicht die Erziehungsberaterin spielen? In dem Fall würde ich dir nämlich raten, einfach den Mund zu halten.»

«Ich möchte wissen, wer Opals Vater ist.»

Raven sah aus wie vom Donner gerührt.

«Was?»

«Du hast mich richtig verstanden.»

Sie machte ein angewidertes Gesicht. «Das geht dich *absolut nichts* an! Für wen hältst du dich eigentlich?»

«War Ralph Griswold der Vater?»

Ihre dunklen Augen wurden stumpf und schwarz.

«Wer hat das gesagt?»

«Ich weiß es aus zuverlässiger Quelle», log ich.

«War es etwa Nicky?» Sie fuhr sich mit den Händen durchs Haar. «Ich bring den versoffenen Trottel um.»

Es war also wahr. Und noch ein Geheimnis, das Nicky für sich behalten hatte.

«Opal weiß nichts davon, oder?»

«Meine Güte. Natürlich nicht. Hat deine ‹Quelle› dir nicht erzählt, dass ich vergewaltigt wurde? Das werd ich meiner Tochter bestimmt nicht aufbürden: Meine liebe Opal, dein leiblicher Vater war eine widerliche Dumpfbacke, ein Vergewaltiger und wahrscheinlich auch ein Pädophiler. Wie würde sie das wohl aufnehmen?»

«Ich wusste wirklich nicht, wie es passiert ist. Es tut mir schrecklich leid.»

Raven schnaubte. «Auf dein Mitleid kann ich verzichten. Das ist lange her, und der Drecksack hat uns allen den Gefallen getan, kurz danach abzukratzen. Ich habe eine wunderschöne Tochter, die mir das Wichtigste auf der Welt ist. Wenn du auch nur mit dem Gedanken spielst, Opal davon zu erzählen, wirst du das mehr bereuen, als du es dir vorstellen kannst. Dafür werd ich schon sorgen.»

Jetzt begriff ich, warum sie nicht wollte, dass Opal sich mit den Geschichten über Del und die Griswolds befasste.

«Natürlich erzähle ich ihr nichts», antwortete ich vorsichtig. «Das ist deine Aufgabe, nicht meine. Aber ich frage mich, ob sie nicht einen unbewussten Verdacht hat. Das würde erklären, warum sie ständig über Del nachgrübelt, meinst du nicht?»

Sie funkelte mich wütend an.

«Wolltest du nicht wegfahren, Kate? Dann machst du dich jetzt besser auf die Socken. Das Wetter soll heute noch schlechter werden.»

Ich verstand den Wink, nahm Mantel und Schlüssel und ließ Raven am Tisch zurück.

***

Wer wohl noch alles über Opals Vater Bescheid wusste?

Bevor ich auf die Interstate 89 nach Burlington einbog, hielt ich bei Haskie's, um eine Tasse Kaffee zu trinken und eine Packung Aspirin zu kaufen. Mein Fußknöchel schmerzte noch immer, und meinem Kopf ging es auch nicht viel besser. Ich hatte beschlossen, für den Rest meines Besuchs einen großen Bogen um den Wild Turkey zu machen.

«Ich hab von der Katze deiner Mutter gehört», sagte Jim Haskaway, während er die Preise meiner Einkäufe eintippte. «Ganz schön merkwürdige Sache – dass jemand dem Tier einfach so die Kehle durchgeschnitten hat.»

O nein. Nicht das noch. Ich hatte es eilig und war nicht in der Stimmung für weiteren Kleinstadtklatsch.

Ich nickte.

«Und da ist noch so was Komisches», fuhr Jim fort. «Bei diesem alten Mord – an Del Griswold. Als ich bei Toris Beerdigung mit Ellie Miller redete, erwähnte ich so nebenbei, dass du seit kurzer Zeit hier bist, um nach deiner alten Mutter zu schauen. Wir kamen ins Gespräch, und Ellie sagte, du und die kleine Delores, ihr wärt damals richtige Busenfreundinnen gewesen. Jetzt denk ich mir, bestimmt ist Ellie nach dem Mord an ihrer Tochter völlig durcheinander und ein bisschen verwirrt. Denn ich meine mich doch genau zu erinnern, du hättest mir gesagt, dass du die kleine Griswold kaum gekannt hast.»

Er fasste mich mit geübt misstrauischem Blick ins Auge. Na großartig, ein Kleinstadt-Amateurdetektiv. Achtung, Miss Marple im Anmarsch. Ich wollte ihm vorschlagen, bei seinem Job als Feuerwehrkommandant zu bleiben, wurde aber von einem Signalton aus dem Polizei- und Feuerwehrfunkgerät unterbrochen, dem Jim sofort seine ganze Aufmerksamkeit zuwandte. Eine statisch knisternde Stimme berichtete von einem Autounfall in der Stadt, in der Nähe des Wasserfalls, und darauf folgte wieder eine Serie elektronischer Piepstöne.

«Ellie hat sich wohl geirrt – es ist ja auch schon sehr lange her», erklärte ich, legte mein Geld auf die Theke und hastete davon, bevor er mir das Wechselgeld herausgeben konnte. Er war zu sehr auf das Funkgerät konzentriert, um mir nachzurufen. Noch einmal gerettet.

Ich hatte den Leihwagen vor Millers Antiquitätenladen geparkt, und als ich an dem *«Im Winter geschlossen»*-Schild vorbei in das Geschäft sah, erblickte ich dort eine mit einem Stapel Postkarten beschäftigte Frau, die ich sofort als Ellie erkannte. Zum letzten Mal gesehen hatte ich sie bei der High-School-Abschlussfeier, und seit damals hatte sie sich tatsächlich kaum verändert. Sie hatte noch immer eine perfekt aufrechte Haltung und war modisch und gleichzeitig adrett gekleidet. Ihr Haar war blonder denn je, und sie trug es ordentlich zu einem Knoten hochgesteckt. Als sie aufblickte und mich entdeckte, fühlte ich mich genötigt, kurz hereinzuschauen, und trat zur Ladentür, die trotz des «Geschlossen»-Schildes nicht abgeschlossen war.

«Ich hab gehört, dass du in der Stadt bist», sagte sie grußlos.

Freut mich auch, dich zu sehen, Ellie.

Der Laden roch nach altem Leder und Möbelpolitur. Ein Strang mit Schlittenglöckchen klingelte auf, als ich die Tür hinter mir zumachte.

«Es spricht sich herum», erklärte ich und zwang mich zu einem freundlichen Lächeln. Ellie wandte sich dem Stapel alter Postkarten zu, die sie auf ihrem Schreibtisch sortierte. Alte, vergilbte Bilder eines längst verschwundenen

Vermont. Vor den Kartenstapeln lagen ein silberner Brieföffner, ein Notizblock und ein Stift. Der Schreibtisch war klein, fast wie ein Kinderschreibtisch, und Ellie, die kaum die Beine darunter bekam, schien schrecklich unbequem zu sitzen.

Der Laden selbst befand sich in einem chaotischen Zustand, als wäre jetzt, in der Nachsaison, eine größere Umräumaktion geplant. Hinten im Laden lehnte eine Leiter an deckenhohen Regalen, die vollkommen leer waren. Überall im Laden standen Stapel sorgfältig beschrifteter Kartons, außerdem lagen Klemmbretter, Preisschildchen und Antiquitäten- und Sammlerkataloge herum.

«Herzliches Beileid», sagte ich. Die Worte klangen hohl. Sie blickte nicht auf und sortierte weiter Postkarten, legte sie aus wie Tarotkarten, mit denen man eine ungewisse Zukunft vorhersagt.

«Die Leute reden», erwiderte Ellie endlich mit bebender Stimme. «Es heißt, du könntest mit dem, was Tori zugestoßen ist, etwas zu tun haben.»

Ihr Gesicht zuckte, als sie den Namen ihrer Tochter aussprach. Sie befingerte eine fleckige Postkarte mit dem Bild eines alten Wasserrades, das früher die Mühle der Stadt angetrieben hatte. Längst verschwunden. Das Holz verfault. Das Metall zerbröselt.

«Ich?»

«Du und Nicky Griswold.»

Das perfekte Verbrecherpaar.

Ich prustete heraus, konnte das Lachen nicht unterdrücken.

«Ich und Nicky Griswold», wiederholte ich. «Denkst du das wirklich, Ellie?»

Sie schürzte die Lippen und blickte auf das Bild eines Mannes hinunter, der mit einem Pferdegespann kübelweise Ahornsirup transportierte. Der Inbegriff von Vermont.

«Ich denke überhaupt nicht mehr. Wenn man ein Kind verliert, hört man auf zu denken.» Die Worte waren scharf, und sie hob keinen Moment lang den Blick von der Postkarte. Ich nickte mitfühlend, obwohl ich wusste, dass sie es nicht sah.

«Ich hab gehört, was *Nicky* denkt», fuhr Ellie fort. «Er läuft in der Stadt rum und behauptet, die Kartoffeltrine hätte es getan.» Sie schnaubte verächtlich. «Hier gibt man der Kartoffeltrine so ziemlich an allem die Schuld. Ein zu trockener Sommer? Sie hat Schuld. Für jeden Autounfall ist sie verantwortlich. Aber es widert mich an, dass die Leute ihr nun auch das hier in die Schuhe schieben. Einfach nur ihren Namen und den von Tori im selben Satz zu hören widert mich an.» Ihre Hände zitterten, als sie hektisch mit den Karten hantierte, und die Ordnung der Stapel, die sie anhäufte, wirkte vollkommen willkürlich.

«Ich verstehe», sagte ich.

«Nein!» Ihre Stimme klang scharf. Wütend. «Nein, du verstehst gar nichts. Warum bist du eigentlich gekommen, Kate? Um in Erinnerungen an alte Zeiten zu schwelgen? Um mir zu sagen, wie leid dir das mit meiner Tochter tut?» Sie sah zum ersten Mal zu mir auf und fixierte mich mit stechendem Blick. Sie setzte sich sogar noch aufrechter hin und stieß sich dabei die Knie an der Unterseite des kleinen Schreibtischs an.

«Es tut mir *wirklich* leid.» Meine Stimme klang fast wie ein Winseln. «Ich wollte dir nur mein Beileid aussprechen. Ich gehe jetzt und lasse dich arbeiten.»

«Ausgezeichnete Idee», antwortete sie. «Am besten steigst du in deinen Wagen und verschwindest aus New Canaan, Kate. Keiner will dich hier haben. Kaum, dass du hier aufgetaucht bist, haben die Probleme angefangen.»

Da hatte sie recht. War meine Ankunft der Auslöser für alles gewesen? Hatte ich irgendwelche Kräfte in Bewegung gesetzt? Oder war das alles einfach nur ein unglückseliger Zufall?»

«*Geh* einfach!», brüllte Ellie. Sie stand mit einem Ruck auf und wies mit ausgestrecktem Arm zur Tür. Beim Aufstehen stieß sie mit den Beinen gegen die Schreibtischkante, riss den Tisch um, und die Postkarten flogen in alle Richtungen. Der Brieföffner schlitterte über den Boden und blieb vor meinen Füßen liegen. Ellie kauerte sich, Postkarten einsammelnd, auf den Boden und begann zu weinen. Ich hob den Brieföffner auf und trat mit der Absicht, ihr mit den Postkarten zu helfen, einen Schritt auf sie zu. Ellie wich zurück und griff sich an die Kehle.

«Hast du es jetzt auch auf mich abgesehen? Denkst du, ich hätte noch nicht genug durchgemacht? Glaubst du, du könntest mir irgendwas antun, was schlimmer wäre als der Schmerz, den ich jetzt schon empfinde?» Inzwischen schluchzte sie laut. Ich ließ den Brieföffner fallen.

«O Gott, nein. Es tut mir leid. Ich wollte doch nur ... Es tut mir leid.»

Sie hatte noch immer die Hand schützend vor die Kehle gelegt.

«Weißt du, eigentlich glaube ich nicht, dass du meine Tochter ermordet hast», sagte Ellie unter Tränen.

Bevor ich noch über eine Antwort nachdenken konnte, fuhr sie fort: «Aber ich glaube, dass du weißt, wer es getan hat. Das sehe ich deinen Augen an. Ich sehe es genau so, wie ich damals gesehen habe, dass du in Wirklichkeit mit Del befreundet warst und dass du Sam und mir nichts als Lügen über sie aufgetischt hast. Hab ich recht, Kate?»

Ich machte den Mund auf, um etwas zu sagen, irgendwas – *Das geht dich nichts an, wir waren damals in der fünften Klasse, Mensch nochmal, was spielt das denn heute noch für eine Rolle* –, doch stattdessen klappte ich den Mund wieder zu, machte auf dem Absatz kehrt und schlüpfte zur Tür hinaus. Sie hatte es schließlich doch geschafft, dass ich mich wie eine Verbrecherin fühlte.

«Habe ich recht?», schrie Ellie mir verzweifelt nach. Ich schlug die Tür heftig zu, sprang in meinen Wagen und fuhr davon, ohne mich noch einmal umzublicken.

***

Dragon Mike's Tattoo Emporium lag an der Pearl Street zwischen einer Kosmetikschule und einem chinesischen Schnellrestaurant. Die Wände des dämmrigen Eingangsraums waren mit Tattoomotiven bedeckt. In der Ecke stand ein großer Metallschreibtisch mit einem gepolsterten Stuhl dahinter und einem Klappstuhl aus Metall davor. Hinter dem Schreibtisch war ein zugezogener roter Vorhang, und dahinter hörte man Stimmen: eine Männer- und eine Frauenstimme, begleitet von einem steten mechanischen Summen. Gleich darauf trat eine Frau mit stacheligem magentarotem Haar hinter dem Vorhang hervor. Sie trug enge Jeans, Biker-Boots, ein weißes T-Shirt und eine Lederweste.

«Hi, wie geht's?», fragte sie.

«Ganz gut.»

«Ja? Gut. Lass dir Zeit. Schau dir die Bilder in Ruhe an. Wir haben auch Bücher. Frag mich, wenn du was wissen willst, einen Preis oder so. Hast du dich schon mal tätowieren lassen?»

«Nein.»

«Eine Jungfrau, hm? Na ja, es heißt, dass es nie bei einem einzigen Tattoo bleibt. Und das stimmt. Es hat einfach was. Man kann gar nicht genug davon kriegen. Ist wie eine Sucht.» Sie hielt mir die Arme zum Betrachten hin. Sie waren von Dutzenden roten Rosen umrankt. In die Blumen eingewoben waren mehrere Herzen, ein schwarzer Panther und einige leuchtend bunte Schmetterlinge.

«Das ist nur die Spitze des Eisbergs», meinte sie augenzwinkernd. «Die wahren Schönheiten sind verborgen.»

Ich hoffte inständig, dass sie mir nicht anbieten würde, sie mir zu zeigen.

Es tut gut weh.

«Eigentlich», gestand ich, «wollte ich mich gar nicht tätowieren lassen. Ich hatte gehofft, ich könnte mit Mike sprechen.»

Sie betrachtete mich skeptisch.

«Du kennst Mike?»

«Ja, wir sind zusammen zur Schule gegangen.»

«Dann weißt du auch, dass er nicht gerade viel reden wird.»

Ich nickte, und sie fuhr versonnen fort: «Ein paar von meinen Freundinnen wundern sich, was ich mit einem Typ anfange, der nicht reden kann, aber ich sag mir, Gott hat ihm das eine genommen und ihm dafür was anderes gegeben. Der Mann ist ein Künstler. Er hat eine Begabung. Verstehst du, was ich mein? Wir müssen dankbar sein für das, was wir haben, und nicht verbittert wegen dem, was uns fehlt. Stimmt's?»

Ich nickte wieder.

Sie lächelte breit und ließ dabei mehrere Goldkronen aufblitzen.

«Er frischt gerade ein altes Tattoo auf. Ich sag ihm, dass jemand auf ihn wartet. Wie heißt du nochmal?»

«Kate. Kate Cypher. Ich weiß nicht, ob er sich an mich erinnert.»

«Ich sag ihm Bescheid.» Sie verschwand wieder hinter dem Vorhang, und ich hatte Zeit, die Wände zu betrachten. Ich sah Totenschädel, aus deren Augen Schlangen krochen, Totenschädel, um die sich Rosen rankten.

Gebein, dachte ich. *Von Del sind jetzt nur noch die Knochen übrig.* Oder doch mehr? Ich schauderte.

Die Frau kam wieder hinter dem Vorhang hervor.

«Er ist gleich so weit. Ich geh schon heim. Mach's dir gemütlich.» Sie zeigte auf einen alten Kunstledersessel in der Ecke. Daneben stand ein Couchtisch, auf dem sich Tattoomagazine türmten. Sie holte eine Lederjacke unter dem Schreibtisch hervor und ging hinaus. «Bis bald mal», rief sie mir zu.

Kurz darauf kam ein riesiger Mann mit kahl rasiertem Schädel hinter dem Vorhang hervor, gefolgt von einem langen, dünnen Mann, der das Haar zum Pferdeschwanz gebunden trug. Ich dachte daran, was für eine Bohnenstange Mike gewesen war, und fand, dass sich nicht viel geändert hatte. Dann redete der magere Typ.

«Danke, Mike», sagte er und reichte dem Koloss ein

Bündel Banknoten. Der Riese nickte lächelnd. Der Magere verließ den Shop.

«Mike? Mike Shane?»

Jetzt blieb beinahe *mir* die Sprache weg. Mein alter Schulkamerad sah aus wie eine Motorradfahrerversion von Meister Proper, einschließlich Goldring im Ohr. Er trug zerrissene Jeans und eine schwarze Lederweste ohne etwas darunter. Unter seiner nackten Haut wölbten sich die Muskeln. Sein Bizeps entsprach so ungefähr meinem Taillenumfang.

Er nickte mir mit ausdrucksloser Miene zu.

«Ich heiße Kate Cypher. Wir sind zusammen zur Schule gegangen. Erinnern Sie sich?»

Ein weiteres Nicken.

«Also, es ist so, ich bin aus einem bestimmten Grund hier. Es ist ein ziemlich merkwürdiger Grund. Ich bin wegen Del Griswold gekommen.»

Diesmal kein Nicken. Er holte Luft und schien dann den Atem anzuhalten, was seine unglaublich breite Brust sogar noch mächtiger wirken ließ. Er machte eine Geste in Richtung seines Schreibtischs, und ich setzte mich ihm gegenüber auf den metallenen Klappstuhl. Er holte einen Notizblock und einen Stift hervor, schrieb einen Satz auf und hielt mir das Blatt hin.

Was wollen Sie?

«Ich will, dass Sie mir von Dels Tätowierung erzählen.»

Er runzelte die Stirn.

Was für eine Tätowierung?

«Der Buchtstabe *M* auf ihrer Brust. Den haben doch Sie ihr gemacht, oder?»

Er betrachtete mich eine Weile, ohne etwas aufzuschreiben. Ich begriff, dass er mir nichts sagen würde, wenn ich nicht den Anfang machte.

«Keiner weiß von der Tätowierung, Mike. Ich glaube, dass ich die Einzige war, der Del sie gezeigt hat. Sie war sehr stolz auf dieses Tattoo. Sie sagte, jemand, der ihr etwas bedeute, habe es ihr gemacht.»

Er kritzelte heftig ein paar Worte auf seinen Block.

Ich habe Del nicht ermordet.

«Das glaube ich Ihnen. Ich will nur wissen, wie das mit der Tätowierung war.»

Er schrieb eilig etwas auf und schob mir den Block dann trotzig hin. Er war mit ordentlichen, schräg gestellten Blockbuchstaben bedeckt, die für die Geschwindigkeit, mit der er schrieb, erstaunlich leserlich waren.

Ich war in der Ambulanz, als Del ermordet wurde. Ich war fünf Stunden lang da. Es wurden Röntgenaufnahmen gemacht. Arm und Nase waren gebrochen. Sie haben ja selbst gesehen, wie ich an jenem Tag verprügelt wurde. Die Polizei wusste, dass ich Del nicht ermordet haben konnte. Die mussten nur in der Notaufnahme anrufen und meinen kaputten Arm anschauen.

«Die Polizei wusste nichts von dem Tattoo, Mike. Der Mörder hat das M herausgeschnitten.» Er sackte in sich zusammen und heftete den Blick auf die Tischplatte, die Augen so kalt und glasig wie Murmeln. Ich fuhr fort: «Ich schlage Ihnen einen Deal vor. Wenn Sie mir die Wahrheit über die Tätowierung sagen, gehe ich damit nicht zur Polizei. Ich glaube Ihnen, dass Sie Del nicht ermordet haben. Wie Sie schon sagten, war das ja ganz unmöglich. Aber ich glaube, dass Sie ihr vielleicht dieses M eintätowiert haben. Und außerdem glaube ich, dass die Polizei sich vielleicht für diesen Teil der Geschichte interessieren könnte.»

Er blickte mir in die Augen und kritzelte dann auf seinen Block:

Das ist dreißig Jahre her.

«Ja, ich weiß. Aber falls Sie noch nichts davon gehört haben sollten: Es hat kürzlich einen zweiten Mordfall gegeben. Eine Kopie des ersten. Die Tote ist Ellie Busheys Tochter. Daher interessiert sich die Polizei plötzlich wieder brennend für den ungelösten Fall von Del Griswold. Also, soll ich mit dem, was ich weiß, zur Polizei gehen, oder werden Sie mir helfen? Ich will Ihnen keinen Ärger machen, Mike. Ich will nur wissen, was passiert ist. Ich möchte so viel wie möglich über die letzten Monate in Dels Leben wissen.»

Die Rolle der hart gesottenen Privatdetektivin lag mir nicht gerade, aber ich musste irgendwie vorwärts kommen. Ich hatte das Gefühl, dass ich ganz dicht an dem dran war, was bei Dels Ermordung wirklich passiert war, und Mike war ein wichtiges Puzzleteilchen.

Er sah mich einen Moment an und blickte dann wieder auf seinen gelben Schreibblock hinunter. Er nahm den Stift zur Hand und begann zu schreiben. Mit gerunzelter Stirn und zusammengekniffenen Augen. Er hielt den Stift so fest, dass ich meinte, er müsste jeden Moment zerbrechen. Anfangs schrieb er langsam, dann aber immer schneller und mit hastig hingeworfenen Buchstaben, als müsste er ein Rennen gewinnen. Er schrieb drei Seiten voll – wenn er mit einer Seite fertig war, riss er sie ab und schob sie mir zu, während er schon mit der nächsten begann. Als er fertig war, wischte er sich den Schweiß von der Stirn und legte den Stift aus der Hand.

Kaum jemand kannte Del so, wie ich sie kannte. Man hielt sie für geistig zurückgeblieben, und dasselbe dachte man wohl auch von mir. «Ein Ei wie das andere», so schrieb ich Del gern. Del meinte, wir wären eher wie Zwiebeln als wie Eier, mit all unseren vielen Schichten. Die Leute sahen nur die schmutzige äußere Hülle, mehr nicht. So hat Del es immer ausgedrückt.

Mein erstes Tattoo hab ich mir mit zwölf gesetzt. Ein winziges Herz mit den Initialen DG darin. Ich hab es auf dem rechten Oberschenkel. Düsternis Gottes. Dafür stünden die Buchstaben, habe ich Lucy vorgeflunkert, aber sie weiß bestimmt, dass ich lüge. Ich habe nie mit ihr über Del gesprochen. Und das werde ich auch niemals tun. Ich glaube nicht, dass sie mir dann den Laufpass gäbe, aber es würde sie vollkommen fertig machen. Zu wissen, dass ich ein anderes Mädchen so sehr geliebt habe. Auch wenn wir damals Kinder waren. Und wenn sie dann herausfände, dass das Mädchen schon tot ist, könnte sie Del niemals ausstechen. Gegen eine erste Liebe kommt man nicht an – insbesondere nicht, wenn sie tot ist. Dann fühlt man sich immer als zweite Wahl.

Ich habe Del wirklich geliebt. All ihre Schichten. Obwohl ich beim Schälen weinen musste. Del hat irgendwie immer wieder etwas Neues gefunden, um mich zum Weinen zu bringen. Sie sagte, es gäbe noch andere Jungs. Beschrieb mir, was sie manchmal mit denen trieb, als wollte sie mich irgendwie heiß machen oder eifersüchtig oder was auch immer – ich musste einfach nur weinen. Aber sie sagte, ich sei für sie der Einzige. Ich sei etwas ganz Besonderes. Und zum Beweis bat sie mich, ihr meinen Namen auf die Brust zu tätowieren. So würden wir miteinander verbunden sein ... für immer. Ja, für immer.

Na ja, Sie wissen ja, dass es so was wie für immer nicht gibt. Ich kam nur bis zum M. Dann hat irgendein Drecksack, vermutlich einer von den anderen Typen, sie ermordet. Vielleicht hat er das Tattoo gesehen, ist eifersüchtig geworden und ausgeflippt. Vielleicht hat er ihr das M deswegen herausgeschnitten. Damit sie ganz allein ihm gehört. Das könnte ich auf irgend so eine perverse Weise sogar verstehen. Ich hatte keine Ahnung, dass das Tattoo fehlte. Ich hatte immer erwartet, dass die Polizei mich mit dem M in Verbindung bringen würde, aber das blieb aus.

Jedenfalls, wie schon gesagt, ich habe Del nicht ermordet und weiß auch nicht, wer es getan hat. Das Mädchen war ein Rätsel. Ich habe sie geliebt, ja, aber ich bin niemals zum Kern vorgedrungen, wenn Sie verstehen, was ich meine. Ins Herz der Zwiebel. Ich habe nur die Oberfläche angekratzt. Und mein M dort zurückgelassen, zum Zeichen.

Ich las alle drei Seiten durch und schob sie dann wieder zu Dragon Mike zurück. «Danke», murmelte ich. Ich fühlte alles Mögliche. Neid, Demut, Trauer. Hatte ich mir jemals gestattet, einen Menschen so zu lieben, wie Mike Del geliebt hatte? So sehr, dass meine Initialen in seine Haut geritzt waren und seine in meine? Ich beneidete ihn um diese Liebe. Und darum, dass er die Chance gehabt hatte, Del auf diese Weise kennenzulernen. Mir wurde klar, dass ich nicht den Mut gehabt hatte, diese Schichten abzuschälen, weder bei Del noch bei sonst irgendjemandem. Nicht einmal bei meinem Mann. Meinem Exmann.

Eines war klar – ich hatte Del überhaupt nicht gekannt. Sie hatte eine Parallelexistenz geführt, von der ich nicht das Geringste wusste. Da war ein Leben, in dem es Jungs gab, die sie liebten, sie tätowierten und mit ihr rummachten.

Und einer von ihnen hatte sie ermordet. Aus dem Bauch heraus wusste ich, dass das nicht der Riese gewesen war, der mir hier am Schreibtisch gegenübersaß. Er hatte Del geliebt und ihr das M eintätowiert, aber ich glaubte weder, dass er sie ermordet hatte, noch dass er den Täter kannte.

«Ich hätte gern ein Tattoo, Dragon Mike», sagte ich und fühlte mich plötzlich spontan und mutig. Der Riese lächelte mich an.

«Einen Namen», erklärte ich. «Desert Rose.»

Mike nickte und blätterte zu einer freien Seite auf seinem Block. Er schrieb den Namen kalligraphisch, ganz ähnlich wie das M damals auf Dels Brust.

Möchten Sie Blumen darum herum? Eine rote Rose vielleicht?

«Nein. Einfach nur den Namen.»

Wo wollen Sie ihn haben?

«Auf der Brust. Die gleiche Stelle wie Dels M.»

Mike nickte und führte mich hinter den Vorhang. Während er alles zurechtlegte, erkundigte ich mich nach dem Stern. «Mike, erinnern Sie sich an den Sheriffstern, den Sie Del damals gegeben haben?»

Mike sah verwirrt aus, griff nach seinem Notizblock, kritzelte die Antwort hin und reichte sie mir.

Ich habe Del den Stern nicht gegeben.

«Ja, aber wer war es dann?»

Ich weiß nichts Genaues. Ich glaube, sie hat damals gesagt, ihr Bruder hätte ihn ihr gegeben oder vielleicht jemand, den ihr Bruder kannte. Irgendein Freund ihres Bruders.

«Welches Bruders?»

Vielleicht des jüngsten. Der, der ihr nahestand. Ich habe den Namen vergessen.

«Nicky?»

Ja, Nicky. Ein Freund von Nicky. Hatte der nicht einen Freund, den Del sehr mochte? Schon ein bisschen älter. Lebte da oben in dieser Kommune. Der hat ihr den Stern geschenkt.

Fünfzehntes Kapitel

16. Juni 1971

Am letzten Schultag gab es ein Abschiedsfest – mit Kickball, einem Wassermelonensamen-Spuckwettbewerb und einem Wettrennen von Kindern, die paarweise an einem Bein zusammengebunden waren. Die Blockflötengruppe gab ein Konzert, für das sie das ganze Jahr geübt hatte. Und alle Fünftklässler, die auf die weiterführende Schule wechselten, bekamen ihr Abschlusszeugnis – sogar Artie Paris würde diesmal einen Abschluss bekommen und an die Junior High School weitergereicht werden.

Das Fußballfeld war eine große, freie Fläche hinter dem Pausenhof, und hier wurden alle Schüler der Number 5 Elementary School versammelt. Den ganzen Vormittag über gab es Spiele, und gegen elf veranlasste die Rektorin, dass Hamburger und Hot Dogs gegrillt wurden.

Nach einem langen und chaotischen Mittagessen verkündete Miss Johnstone, nun sei es Zeit für die Suchjagd der fünften Klasse. Jeder von uns erhielt eine Liste mit Dingen, die er finden musste, sowie mit Hinweisen, die zu einigen der schwierigeren Objekte führen sollten. Manches war ganz einfach: ein Stein von der Größe eines Zehncentstücks, eine Butterblume. Andere Gegenstände waren von den Lehrern versteckt worden: *Suche das Gedicht in den Bäumen und notiere den Text; irgendwo im Bereich des Lagerschuppens ist das Bild eines berühmten Mannes versteckt. Wer ist es, und was hat er vollbracht?*

Ich hatte gerade das Bild gefunden, notierte *Präsident Abraham Lincoln* und schrieb dazu, dass er die Sklaven befreit habe und später von einem Mann namens John Wilkes Booth in einem Theater erschossen worden sei, als Ellie hinter mir auftauchte, atemlos vom Laufen.

«Sie haben sich die Kartoffeltrine und den stummen Mike geschnappt, unten am Fluss. Komm, los», sagte sie, ergriff meine Hand und zog mich hinter sich her.

In den Augen der Lehrer müssen wir wie zwei unschuldige, ins Spiel vertiefte Mädchen gewirkt haben, die bei der Suchjagd fröhlich über das Fußballfeld rannten. Wir liefen schnell, und Ellie mit dem langen, hinter ihr herwehenden weißblonden Haar und dem hübschen gelben Kleid, das um ihre glatten, narbenlosen Knie flatterte, lachte hell auf. *Ist es nicht schön, dass die komische Kate nun endlich ein paar Freundinnen gefunden hat,* mochte ein Lehrer zum anderen sagen. *Ist es nicht schön, wie gut sie sich einfügt?*

Hinter dem Fußballfeld kam ein Streifen mit hohem Gras, das bald in bambusähnliches Gestrüpp überging. Ich hatte gehört, dass man, wenn man sich auskannte, im schulterhohen Gras den Anfang eines geheimen Pfades entdecken konnte. Dieser Pfad führte durch Gras, Gestrüpp und Wildblumen zum Fluss hinunter. Hier schlichen sich die Kinder in der Schulpause hin, um mit Zündplättchen herumzuballern oder (so ging das Gerücht) sogar zum Knutschen. Ellie schien den Weg zu kennen und schlüpfte, mit mir im Schlepptau, ohne zu zögern durch eine schmale Lücke im Gestrüpp. Vom feuchten Gras wurde meine Jeans nass, und Ellies Finger gruben sich in meine Hand, während sie mich immer weiter zog, dorthin, wo das Plätschern von fließendem Wasser und das höhnische Geschrei von Kinderstimmen zu hören war.

Der Bloodroot River war allenfalls ein Flüsschen zu nennen. Elritzen waren so ziemlich die einzigen Fische darin, und selbst im Frühjahr zur Schneeschmelze stieg das Wasser nicht über Kniehöhe.

Dort, wo das Gestrüpp sich zum Ufer hin lichtete, erblickte ich ein Dutzend Kinder, die sich im Halbkreis versammelt hatten, die Augen auf etwas geheftet, das am Boden lag. Sie sangen Kartoffeltrinen-Reime.

Als Ellie und ich uns in den Halbkreis der Zuschauer schoben, hielt Ellie mich noch immer bei der Hand. Vermutlich war das das Erste, was Del sah, als sie zu mir aufblickte.

Del lag rücklings im Sand, auf die Ellbogen gestützt. Artie Paris stand bei ihren Beinen und hatte den stummen Mike an den Armen gepackt. Artie hatte den größeren Jungen wie eine schlappe, schlaksige Puppe fest im Griff.

«Ein Kartoffel, zwei Kartoffel, drei Kartoffel, vier!
Wir wollen diese Faulkartoffel nicht mehr länger hier!»

Die Kinder schrien der liegenden Del den Sprechgesang ins Gesicht. Ein paar Jungs bespuckten sie, und der fette Tommy trat Del in die Rippen.

«Ein Kartoffel, zwei Kartoffel, drei Kartoffel, vier!

Kartoffelfresser Griswold-Del ist ein Trampeltier!»

Del wirkte erleichtert, mich zu sehen.

«Desert Rose», murmelte sie. Ihre Lippen bluteten. Ich dachte, dass sie sich vielleicht beim Sturz darauf gebissen hatte. Vielleicht hatte ihr auch jemand eine gescheuert. Es war schwer zu sagen. Eines war jedenfalls klar: Del steckte in der Klemme, und es sah so aus, als wäre ich ihre einzige Chance. Ihr Deputy war eingetroffen.

Das Dutzend versammelter Kinder begann, sie mit kleinen Steinen zu bewerfen; Kiesel, mit denen sie sich die Hosentaschen vollgestopft hatten. Die Steinchen prallten von der Liegenden ab, und sie zuckte zusammen wie unter Nadelstichen.

Ich weiß, dass ich zu Del treten und sie aus dem Schmutz hätte aufheben sollen, während ich Artie eine Warnung zuknurrte. Ich hätte tun sollen, was ein guter Deputy getan hätte: meinem Sheriff bis zuletzt zur Seite stehen.

Im College habe ich in einem Soziologielehrbuch einen Text über die Mob-Mentalität gelesen. Ich fürchte, eine bessere Entschuldigung werde ich nicht finden. Ich wurde von dem Gefühl, zur Gruppe zu gehören, mitgerissen, und in diesem kurzen Moment der Verwirrung kam mir diese Zugehörigkeit realer und aufregender vor als meine Freundschaft mit Del.

Ich war zehn, Herrgott nochmal. Macht denn nicht jeder in diesem Alter solche Fehler? In Momenten der Schwäche und in einer von Angst getriebenen Grausamkeit?

Wahrscheinlich fast jeder. Aber ich vermute, dass nur die allerwenigsten Menschen sich diese Szenen ihr ganzes Leben lang zwanghaft immer wieder vergegenwärtigen und sie wieder und wieder mit dem Wörtchen *wenn* neu durchspielen: *Wenn ich Del an jenem Tag damals doch nur auf die Beine geholfen hätte, wenn ich doch nur tapfer und zuverlässig gewesen wäre und ihr beigestanden hätte, so wie sie zu mir gehalten hätte, wenn sie nicht ermordet worden wäre.*

Aber so kam es nicht.

«Ein Kartoffel, zwei Kartoffel, drei Kartoffel, vur!
Dein Bruder ist dein Daddy, und die Mami ist 'ne Hur!»

Es war ein Vers, den ich gut kannte und schon Hunderte von Malen gehört hatte, aber mitgesungen hatte ich ihn nie. An diesem Tag aber, mit Del im Dreck zu meinen Füßen und Ellies Hand in meiner, war ich Teil des Rudels und stimmte ein.

Del betrachtete mich weiter, und ihr flehender Gesichtsausdruck verwandelte sich in ein breites, verzerrtes Kürbiskopfgrinsen, bei dem ihr angeschlagener Zahn zum Vorschein kam. Und dann, da unten im Dreck und mitten im Steinhagel, begann sie zu lachen. Sie lachte, als könnte sie gar nicht mehr aufhören, und ihr Gelächter machte den aufgebrachten Mob nur noch wütender.

«Sei still!», schrie ich. «Sei verdammt nochmal einfach still!»

Die Steine wurden größer. Sie zuckte bei jedem Treffer zusammen, versuchte aber nicht zu entkommen. Unter gackerndem Gelächter wälzte sie sich auf dem Boden hin und her. Ellie bückte sich nach einem Stein und ich mich ebenso. Der Stein, den ich aufhob, war dunkel und glatt, er hatte die Größe und Form eines Eis. Er passte perfekt in meine Hand.

«Ich hab was für dich, Del», sang Artie und stieß Mike angewidert zur Seite. Die Kinder hörten auf, Steine zu werfen, und warteten ab, was als Nächstes kommen würde. Wir alle sahen schweigend zu, wie Artie zum Flussufer ging und dort etwas aufhob, das wie ein großer brauner Stein aussah. Er zog sein Taschenmesser aus der Hosentasche und stieß es in das braune Ding, das ich nun rasch als Kartoffel erkannte. Er schnitt ein Stück davon ab und ging damit zu Del hinüber.

«Weit aufmachen, Kartoffelmädchen.»

Del biss die Zähne zusammen, doch Artie zwängte ihr den Mund auf und schob das Stück hinein.

«Iss doch noch was, Delores», sagte er und setzte sich rittlings auf sie. Er stieß ihr ein weiteres Stück rohe Kartoffel in den Mund, und sie begann, halb erstickt zu würgen.

«Hey, stummer Mike, wusstest du schon, dass deine Frau ein Geheimnis hat?», fragte Artie, warf den Rest der Kartoffel weg und wischte sich die Hände am Oberschenkel ab. Er saß noch immer rittlings auf Del und hielt sie mit seinem Gewicht fest. Mike kniete neben den beiden auf dem Boden, so wie schon die ganze Zeit, seit Artie ihn losgelassen hatte. Del drehte den Kopf zur Seite und spie Kartoffelstücke aus. Dann lachte sie wieder los, wie wahnsinnig, den Mund weit aufgerissen.

«Zeig uns doch mal deine Tätowierung, Del», forderte Artie sie auf.

Das Grinsen wich aus Dels Gesicht, und sie verstummte. Wieder sah sie mich an, aber diesmal glühten ihre Augen vor Wut.

«Verräter werden in den Rücken geschossen», zischte sie.

«Was?», fragte Artie. «Was zum Teufel soll denn das

heißen? Wer hat dir denn erlaubt zu reden, du Kartoffelschlampe?»

Da begann Del sich zu wehren, versuchte bockend, sich Artie zu entreißen, aber der hielt sie fest. Ich sah, dass sie sich den Silberstern an die Bluse geheftet hatte, aber das reichte nicht zum Schutz. So viel zum Thema Talisman.

«Wer will die Tätowierung der Kartoffeltrine sehen?», rief Artie. «Für fünfundzwanzig Cent sind Sie dabei. Kommen Sie her, treten Sie heran. Wo ist die Tätowierung eigentlich, Delores? Hast du sie auf dem Arsch?» Bei diesen Worten stand er auf, drehte Del mit einem Ruck um und riss ihr die Hose herunter. Die Unterwäsche hatte ein verblasstes Blümchenmuster. Der Gummi war gerissen und der Schlüpfer clownesk weit. Artie riss ihn herunter und entblößte ihren nackten Hintern.

«Nichts zu sehen», brüllte er.

Aber da *war* etwas zu sehen: Beide Pobacken waren mit blauen Flecken bedeckt, die etwa die Form von Handabdrücken hatten. Ellie keuchte leise auf und ließ meine Hand los.

«Du meine Güte, wer hat denn das gemacht?», fragte Artie.

Del so zu sehen war mehr, als der stumme Mike ertragen konnte. Er war mager, aber groß, und es kam völlig unerwartet, als er sich auf Artie stürzte.

Mike und Artie wälzten sich an diesem Nachmittag am Flussufer im Sand, keuchend und stöhnend, als wären alle beide des Sprechens unfähig. Artie verprügelte den stummen Mike nach Strich und Faden. Es war die schlimmste Schlägerei, die ich je gesehen habe – schlimmer als alle Raufereien, die ich während meiner Jahre am staatlichen Krankenhaus erlebt habe, und schlimmer als die Boxkämpfe, zu denen mein Mann mich in der Anfangszeit unserer Ehe schleppte. Ich sah an jenem Tag zu, wie Mike die Nase gebrochen und der linke Arm ausgekugelt wurde, der dann wie ein gebrochener Flügel herabbaumelte. Doch Mike kämpfte weiter, zweifellos mit dem Mut, den ihm seine Liebe zur Kartoffeltrine verlieh, und getrieben von dem Bedürfnis, ihr öffentlich zur Seite zu stehen. Mike war so sehr damit beschäftigt, Prügel zu beziehen, dass er gar nicht mitbekam, wie Del vom Boden aufstand und sich zurückzog, ganz langsam zuerst, und sich dann umdrehte und losrannte. Die anderen Kinder, die nur noch Augen für den Zweikampf hatten, schrien: «Mach ihn platt, Artie», und «Mach Mike zu Mus!», und schienen gar nicht zu bemerken, dass Del sich entfernte. Sie rannte nicht zum sicheren Fußballfeld und zu den Lehrern zurück, sondern den Fluss entlang in Richtung Stadt. Und ohne viel nachzudenken, rannte ich ihr hinterher, den Stein in der Hand. Da alle von der Prügelei abgelenkt waren, schien keiner es zu bemerken. So rannten wir.

Del war immer schon schneller gewesen als ich, und obwohl ich mir alle Mühe gab, kam ich ihr nicht näher. Ehrlich gesagt weiß ich auch nicht, was ich getan hätte, wenn ich sie erwischt hätte. Der Stein in meiner Hand deutete darauf hin, dass ich sie nicht jagte, um mich zu entschuldigen.

Diesmal rief sie mir kein spielerisches *Fang mich doch* zu. Es war nur das Hämmern unserer Schritte auf Erde und Stein zu hören und der Herzschlag, der in unseren Ohren dröhnte. Ich folgte ihr fast eine Meile weit bis zur Railroad-Street-Brücke, dann blieb ich stehen und sah ihr nach, wie sie abbog und über Mr. Delucas Wiese in Richtung Hof rannte, jetzt sogar noch schneller.

In meiner Erinnerung an Del läuft sie, die gelbe Cowgirl-Bluse flatternd im Wind, über diese Wiese davon; schon da, in gewisser Weise, ein Geist.

Sechzehntes Kapitel

17. November 2002

Ich fuhr kurz nach sechs Uhr vom Highway ab und suchte ein Münztelefon, um zu Hause anzurufen. Der Schriftzug auf meiner verbundenen Brust brannte wie hundert Bienenstiche. Ich hatte mich auf dem Rückweg nach New Canaan beeilt, um möglichst dem Schnee zuvorzukommen, vor dem die Radiosprecher immer wieder warnten. Sie berichteten von Schneestürmen im südlichen Vermont, die langsam in Richtung Norden zogen. Die Nacht würde es in sich haben. Die Wetterberichte erinnerten mich an Ellies Bemerkung, man schiebe der Kartoffeltrine sogar die Schuld am schlechten Wetter in die Schuhe. Vielleicht war das ja Dels Schneesturm, der da gerade heraufzog.

«Hi, Raven. Ich wollte nur mal hören, ob alles in Ordnung ist. Ich bin auf dem Rückweg.»

«Kate! Gut, dass du anrufst. Es hat einen Unfall gegeben.»

«Mom?»

«Nein, nein, nicht Jean. Sie ist kurz nach deiner Abfahrt aufgewacht und steht jetzt schon den ganzen Nachmittag im Atelier und malt. Sie war ganz ruhig und friedlich. Nein, ich meine Nicky. Er hat heute Nachmittag seinen Pick-up zu Schrott gefahren. Und zwar kurz nach deinem Aufbruch. Ganz in der Nähe des Wasserfalls.»

Ich erinnerte mich an das Alarmgepiepse aus Jims Feuerwehrfunkgerät.

«Mein Gott, wie geht es ihm?» Auf das Schlimmste gefasst, hielt ich den Atem an.

«Es war ein schwerer Unfall, aber er wird es wohl überstehen. Er hat sich den Knöchel gebrochen. Einige Schnittverletzungen und Prellungen. Man wird ihn schon heute wieder aus dem Krankenhaus entlassen. Alle zwanzig Minuten ruft er bei mir an und fragt nach, ob du zurück bist. Das ewige Geklingel treibt mich noch in den Wahnsinn. Er lässt fragen, ob du ihn abholen könntest. Er sagt, er *muss* dich sehen.» Diesen letzten Satz sprach sie mit kindischer Ironie.

«Also, wenn du noch etwas länger bei Mutter bleiben könntest, fahr ich beim Krankenhaus vorbei und nehme ihn mit.»

«Kein Problem, Kate. Ich warte sowieso auf Opal. Sie ist vorhin mit dem Rad losgefahren, kurz bevor ich zu Jean gegangen bin. Ich erwarte sie zum Abendessen hier. Ich hab Ratatouille gemacht. Wir lassen dir und Nicky was übrig.»

***

Die Krankenschwester in der Notaufnahme sprach Nickys Verfassung mit mir durch, erklärte, dass eine Gehirnerschütterung nicht völlig auszuschließen sei, und nannte mir eine Reihe von Warnsignalen. Als ich sie darauf hinwies, dass ich selbst ausgebildete Krankenschwester bin, wirkte sie erleichtert.

«Dann wissen Sie ja, dass ihn heute Nacht jemand im Auge behalten muss.»

«Er kann bei meiner Mutter und mir übernachten. Wir kümmern uns um ihn.»

Sie führte mich in den Notaufnahmeraum Nummer drei, wo Nicky auf einer Rolltrage lag. Am linken Fuß trug er einen Gips. Das Gesicht war angeschwollen und voller Schnittwunden. Über dem linken Auge war er mit sieben Stichen genäht worden, über dem linken Ohrläppchen mit zwei. Als er mich sah, lächelte er.

«Hi, Desert Rose. Sieht schlimmer aus, als es ist. So schlecht fühle ich mich gar nicht.»

«Nein, das hatte ich auch nicht erwartet. Du bist mit Schmerzmitteln vollgepumpt. Was ist passiert, Nicky?»

«Weißt du was? Bring mich hier raus, dann reden wir im Auto weiter. Wenn wir die Abkürzung durch die Seitenstraßen nehmen, ist es gar nicht so weit bis zu mir.»

«Nein.» Ich schüttelte den Kopf. «Du kommst mit zu meiner Mutter. In dieser Verfassung kannst du nicht allein bleiben. Morgen früh fahren wir bei dir vorbei und holen ein paar von deinen Sachen. Du bleibst so lange bei uns, wie es nötig ist.»

«Okay, Schwester Kate, ich bin bei dir ja wohl in guten Händen. Hätte ich gewusst, dass ich dann bei euch einziehen darf, hätte ich den Unfall schon früher gebaut.»

Er grinste von seiner Rolltrage zu mir auf.

Die Schwester kam zurück und ließ Nicky die Entlassungsformulare unterschreiben. Seine Pistole war von einem der Polizisten, die in der Ambulanz Dienst hatten, in Gewahrsam genommen worden, und sie erklärte, wo wir sie uns aushändigen lassen konnten. Ein Hilfspfleger schob Nicky im Rollstuhl zum Auto, während ich seine Krücken und die Schmerzmittel trug. Außerdem nahm ich die Pistole an mich, die er, wie ich ihm erklärte, angesichts seiner Schmerzmitteldosis ohnehin nicht führen durfte.

«Ich hab dich als einen verdammt guten Schützen in Erinnerung», erwiderte er. «Möglicherweise bin ich in Gefahr.»

Ich steckte die Pistole in meine Parkatasche, nachdem Nicky mir gezeigt hatte, dass sie gesichert war.

Nicky schaffte es, sich selbst auf den Beifahrersitz zu hieven und den Sicherheitsgurt anzulegen. Kaum waren wir losgefahren, bat er mich um eine Zigarette.

«Ich hab keine. Aber wir können unterwegs halten und welche kaufen.»

«Vielleicht auch noch eine Flasche Whisky. Ich könnte einen Drink vertragen.»

«Nein, Nicky, du stehst voll unter Kodein. Keinen Alkohol. Du hast auch so schon Schlagseite. Erzählst du mir jetzt, was passiert ist?»

Er schwieg kurze Zeit.

«Nun?», fragte ich ungeduldig.

«Okay. Ich erzähl's dir. Wenn mir überhaupt irgendjemand glaubt, dann du, nach der ganzen Scheiße, die du selbst kürzlich durchgemacht hast. Den Cops hab ich gesagt, ich hätte das Lenkrad herumgerissen, um einem Hund auszuweichen, aber so war es nicht, Kate. Ich war kurz zuvor bei dir losgefahren und auf dem Heimweg. Ich dachte so über alles Mögliche nach und war ziemlich in Gedanken versunken. Ich hab vor allem an dich gedacht. An gestern Nacht.» Er legte mir die Hand auf den Oberschenkel. Dann strich er ganz langsam mein Bein hinauf, bis ich mit meiner Hand dazwischenfuhr und ihn stoppte.

«Und was ist dann passiert?», fragte ich.

Er nahm seine Hand weg und blickte durch die Windschutzscheibe in die pechschwarze Nacht hinaus.

«Ich kam zur Kurve beim Fluss, da unten beim Wasserfall, weißt du?»

Ich nickte und dachte an die Postkarte mit dem alten Wasserrad, die Ellie in der Hand gehabt hatte. Die von Nicky beschriebene Stelle war genau die von dem alten Foto.

«Und, verdammt nochmal, genau in diesem Moment rennt so ein Mädchen mitten auf die Straße. Sie lief direkt vor den Truck. Blitzschnell wie ein Kojote. Ich riss das Steuer nach rechts. Einfach instinktiv. Als Nächstes krieg ich nur noch mit, dass der Pick-up die Uferböschung runterrutscht und sich überschlägt. Ich muss wohl das Bewusstsein verloren haben. Als ich wieder zu mir kam, lag der Truck mitten im Fluss neben dem Wasserfall, mit der rechten Seite nach oben. Zum Glück ist das Wasser nicht hoch, es reichte nur bis zur Oberkante der Reifen. Die Windschutzscheibe war zerbrochen, und alles war voller Blut und Scherben. Ich wischte mir das Blut aus den Augen und schaute aus dem Seitenfenster, und da stand das

Mädchen oben an der Uferböschung und lachte. Es war Del. Es war, Scheiße nochmal, meine kleine Schwester. Ich verlor wieder das Bewusstsein, und das Nächste, woran ich mich erinnere, war, dass Jim Haskaway und ein paar andere Feuerwehrleute mich aus dem Truck holten und mich auf einer Trage festschnallten.»

Ich sagte gar nichts, sondern packte nur das Steuerrad fester und starrte auf die dunkle Straße hinaus. Es begann zu schneien.

«Ich weiß, was du jetzt denkst», fuhr Nicky fort. «Du denkst, dass ich mir das nur eingebildet habe. Halluzinationen. Aber verdammt, Kate, es war Del, und sie stand genau so echt und sichtbar da, wie du jetzt neben mir sitzt. Es war Del.»

In Wirklichkeit glaubte ich ihm, aber ich fand es angenehmer, in meiner wohlvertrauten Rolle der Skeptikerin zu verharren. Das nahm der Sache ein klein wenig von ihrem Schrecken.

«Und du hattest nichts getrunken?»

«Mensch, Kate! Ich war doch gerade von dir losgefahren. Ich war stocknüchtern. Außer dem Thunfischsandwich und dem Glas Milch hatte ich nichts im Bauch.»

Der Schnee fiel immer dichter, und ich fuhr wie der Kapitän eines Raumschiffs, der sein Fahrzeug mit Warp-Geschwindigkeit durch den Weltraum manövriert. Ich verlangsamte zum Kriechtempo, weil ich schon fast nicht mehr erkennen konnte, wo die Straße war.

«Ich hab noch eine einzige Frage», sagte ich.

«Schieß los.»

«Weißt du, wer Opals Vater ist?»

Ich nahm den Blick von der Schneelandschaft vor mir

und fasste ein paar Sekunden lang Nicky ins Auge. Er begann, auf seinem Sitz herumzurutschen, als versuchte er vergeblich, eine bequemere Position zu finden.

«Ich weiß es. Raven hat es mir gesagt. Ausgerechnet am Tag von Daddys Beerdigung. Ich nehme an, sie ist nur deshalb zur Leichenhalle gekommen, um sich mit eigenen Augen zu überzeugen – um sicherzugehen, dass er auch wirklich tot ist. Zum Teufel, wahrscheinlich war die Hälfte der Anwesenden aus genau demselben Grund gekommen. Mein Vater war kein Heiliger. Er hat zu seinen Lebzeiten viele Menschen gekränkt und verletzt – Del und mich eingeschlossen. So, wie er mit uns umgesprungen ist, wenn er betrunken war, würde man keinen Hund behandeln. Und manchmal hörte ich nachts, dass er in Dels Zimmer ging. Ich wusste, was er im Sinn hatte. Aber Del hat nie ein Wort darüber verloren und ich auch nicht. Jedenfalls war ich nicht allzu überrascht, als Raven mir erzählte, was er ihr angetan hat.

Ich weiß nicht, was Raven eigentlich von mir erwartete, aber ich hatte das Gefühl, was es auch war, ich konnte es ihr nicht geben. Ich konnte mich nicht für ihn entschuldigen und auch nicht erklären, warum er so war, wie er war. Als sie mir dann erzählte, dass sie schwanger war und das Kind behalten würde, hab ich fast die Krise gekriegt. Ich hab ihr meine Hilfe angeboten, du verstehst schon, ihr so viel Geld zu geben, wie ich konnte, aber sie hat abgelehnt. Wahrscheinlich wollte sie nicht, dass man das unschuldige Kind mit unserer beschissenen Familie in Verbindung brachte. Das hab ich verstanden. Ich hätte mir nur gewünscht, ich hätte mehr für sie tun können.»

Während der restlichen Heimfahrt schwiegen wir. Ich

ließ den Motor laufen, während ich zu Haskie's hineinging, um ein Päckchen Zigaretten zu kaufen. Zu meiner Erleichterung stand eine Halbwüchsige hinter der Ladentheke; von Jim war nichts zu sehen. Die Lichter im Antiquitätenladen waren aus. Auch Ellie war heimgegangen.

Vor der Auffahrt zum Bullrush Hill blickte ich an dem kaputten Briefkasten und dem schaukelnden Schild vorbei zur alten Farm der Griswolds und bemerkte eine Bewegung auf dem Hof. Es war dunkel, und der Schnee fiel dicht, aber trotzdem war ich mir sicher, dass ich einen Blick auf ein blondes Mädchen erhascht hatte, das gleich darauf hinter dem Haus verschwand.

«Hast du das gesehen?», fragte ich und trat auf die Bremse. Der Wagen rutschte noch einen Meter weiter.

«Was denn?» Nicky folgte meinem Blick zur Ruine seines Elternhauses.

Del. Es war Del.

«Wahrscheinlich gar nichts. Muss ein Tier gewesen sein.» Ich sagte mir, dass Nicky ohnehin schon völlig überdreht war. Da brauchte ich ihn nicht noch zusätzlich aufzuregen. Vielleicht hatten mir meine Augen ja wirklich nur einen Streich gespielt. Der Schneesturm machte es schwierig, überhaupt etwas zu erkennen, und verlieh allem etwas Unwirkliches, Traumhaftes. Dels Unwetter.

Ich gab Gas, und die Räder rutschten und drehten im Schnee durch, als der Leihwagen den Berg hinauffuhr.

***

Raven war außer sich, als wir bei meiner Mutter eintrafen. Gabriel war bei ihr in der Küche.

«Opal ist weg», sagte sie. «Sie ist einfach spurlos verschwunden. Ich hab all ihre Freundinnen angerufen. Keine hat sie gesehen. Sie ist jetzt schon seit Stunden weg, und bei diesem Wetter kann sie auch nicht mit dem Fahrrad unterwegs sein. Irgendwas ist ihr zugestoßen.»

Nicky setzte sich unbeholfen an den Tisch und lehnte die Krücken gegen seinen Stuhl.

So gern ich Raven auch gut zugeredet hätte, sich zu beruhigen, weil Opal gewiss jeden Moment kerngesund auftauchen werde, wusste ich sofort, dass sie recht hatte.

«Hast du die Polizei angerufen?», fragte ich.

«Natürlich», antwortete Raven. «Die Detectives meinten, es gebe noch keinen Grund zur Sorge, aber sie wollen ohnehin in der nächsten Stunde hier vorbeikommen, um sich das Messer anzuschauen, das ich gefunden habe.»

«Messer?»

«Das hier habe ich heute Nachmittag beim Kochen in der abgeschlossenen Schublade deiner Mutter gefunden. Ihres ist es nicht. Ich habe es noch nie zuvor gesehen.» Raven hielt ein verschlossenes Plastiktütchen mit einem kleinen Küchenmesser hoch. Ich erkannte das Messer, mit dem meine Mutter an meinem ersten Morgen in New Hope die Erdbeeren in Stücke geschnitten hatte. Am Morgen nach dem Mord. Ich erinnerte mich schlagartig, wie zerzaust und verdreckt meine Mutter gewesen war, die Verbände voller Laub, Schmutz und etwas, das wie getrocknetes Blut ausgesehen hatte. War meine Mutter im Wald gewesen und hatte das Messer dort gefunden?

Noch ein anderer, entsetzlicherer Gedanke drang in

mein Bewusstsein vor: ein Gedanke, den ich schon seit Tagen verdrängte. Hatte meine Mutter das Messer vielleicht selbst als Waffe benutzt? War es denkbar, dass diese gebrechliche, kranke alte Frau Tori Millers Mörderin war? Sie war zweifellos den größten Teil der Zeit nicht zurechnungsfähig, aber war sie auch des Mordes fähig? Das bezweifelte ich.

Falls aber Del irgendwie in sie hineingeschlüpft war ...

«Unter dem Griff ist ein kleines blondes Härchen eingeklemmt», bemerkte Raven. «Wenn man genau hinschaut, kann man es sehen.»

Ich hielt das Tütchen vor die Augen und entdeckte schließlich tatsächlich ein feines blondes Stückchen Haar. Hellblond.

«Du weißt wohl nicht, wo das Messer herkommt?», fragte Raven, und ich schüttelte den Kopf.

«Es war schon bei meiner Ankunft da», erklärte ich. «An meinem ersten Morgen hier haben wir damit Erdbeerpfannkuchen gemacht.»

Raven warf mir einen kurzen Blick zu, nahm das Messer zurück und verstaute es sorgfältig in ihrer Handtasche.

«Wir fahren jetzt eine Runde mit dem Blazer», sagte Gabriel. «Vielleicht finden wir sie ja.»

«Soll ich euch begleiten?», fragte ich.

«Nein», antwortete Gabriel. «Du solltest hierbleiben und nach deiner Mutter schauen. Wir geben dir Bescheid, wenn wir irgendwas finden.»

«Seid vorsichtig», mahnte ich. «Die Straßen sind ziemlich glatt.»

«Ich lass schon mal den Motor warmlaufen», sagte Gabriel und ging nach draußen.

Raven eilte in den Eingangsflur, um Mantel und Stiefel anzuziehen. Ich folgte ihr. «Auf dem Herd steht Ratatouille – deine Mutter wollte nichts essen. Sie hat bis halb sieben an ihrem Bild gearbeitet und ist dann in ihr Zimmer gegangen, um sich hinzulegen. Sie sagte, das Bild sei fertig. – Kate, da ist noch was.» Raven schloss gerade den obersten Mantelknopf. «Reine Neugierde: Wo hat deine Mutter denn das alte Abzeichen gefunden?»

«Abzeichen?»

«Ja, sie hat sich einen verrosteten Sheriffstern an die Bluse gesteckt. Sieht aus wie so ein Blechdings für Kinder. Ich dachte, er hätte vielleicht einmal dir gehört.»

Ich starrte sie stumm an, als hätte sie gerade Chinesisch gesprochen.

Natürlich fragte ich mich, ob Raven nie von dem kleinen Detail in dem ungelösten Griswold-Mordfall gehört hatte: dem verschwundenen Stern. Doch dann hätte jetzt bestimmt schon die Polizei mit Handschellen und Fußfesseln auf mich gewartet.

«Ich befürchte nur, dass sie sich damit verletzen könnte», erklärte Raven. «Die Nadel wirkt ziemlich spitz. Vielleicht nimmst du ihr das Ding lieber weg.»

«Ja», stimmte ich zu. «Mach ich.» *Verdammt, und ob. Wo noch dazu die Polizei auf dem Weg hierher ist.*

Als Raven ging, trat ich in die Küche, füllte hastig eine Schale mit Ratatouille für Nicky und sagte ihm, ich müsse mich umziehen. Ich wollte ein paar Minuten in Ruhe alleine nachdenken.

Opal war verschwunden. Ich wusste, dass der Mörder sie in seiner Gewalt hatte. Lauter Puzzlestücke schwirrten mir im Kopf herum, aber nun fügten sich allmählich die ersten Teile zusammen. Ich wusste, dass ich als Nächstes mit meiner Mutter reden musste. Aber erst einmal wollte ich mir das fertige Bild ansehen.

Der Gedanke, allein ins Atelier zu gehen, machte mir Angst, aber ich würde Nicky nicht mitschleppen. Das war etwas, das ich allein erledigen musste. Außerdem, so sagte ich mir, war es ja nur ein Bild.

«Isst du nichts?», fragte Nicky, als ich die Schale vor ihn stellte.

«Nein. Ich hab schon in Burlington gegessen», log ich.

«Was hast du dort eigentlich gemacht? Raven sagte, du hättest einen alten Freund besucht. War es Mike?»

«Nein. Ich war in seinem Laden, aber er war nicht da.» Die zweite Lüge ging mir leichter über die Lippen als die erste. Ich fand es einfacher und ungefährlicher, ein bisschen zu schwindeln, als jetzt gleich mit allem herauszurücken, was ich erfahren hatte oder was ich inzwischen vermutete.

«Bin gleich wieder da. Ich zieh mich nur schnell um.»

«Ziehst du dir was Bequemeres an?», fragte er mit seinem verschmitzten Lächeln.

Ich fuhr ihm mit den Fingern durchs Haar, und er beugte sich vor und legte den Kopf an meinen Bauch. Er hob meine Bluse hoch und begann mich zu küssen, zunächst ganz behutsam, doch dann fuhr er mir mit der Zunge quer über den Bauch, immer am Hosenbund entlang, bis ich erschauernd zurücktrat.

«Ich glaub, du hast einen kleinen Kodeinrausch», sagte ich. «Iss weiter.» Er streckte die Hand nach mir aus, doch ich entschlüpfte ihm und versprach, gleich wieder zurück zu sein.

Ich ging mit einer Kerze ins Atelier und machte die Tür hinter mir zu. Meine Mutter hatte das Bild auf der Staffelei mit einem alten weißen Tuch verhängt.

Ich trat näher und hielt die Kerze mit zitternder Hand vor mich. Als ich das Tuch zurückschlagen wollte, kam es mir so vor, als würde ich einem Kind im Halloween-Kostüm die Verkleidung abstreifen. Ich hatte Angst, die leibhaftige Del darunter zu finden. Ich betrachtete das Tuch und hätte schwören können, eine Bewegung zu sehen, als kräuselte es sich in einem leichten Luftzug, den ich nicht spürte.

Es ist nur ein Bild. Nur ein Bild.

Ich streckte die Hand aus, packte das Tuch und riss es weg.

Die Flammen waren beinahe dreidimensional, und die Rot-, Orange-, Gelb-, Blau- und Purpurtöne schienen hypnotisierend zu flackern. Der schattenhafte Umriss in der Ecke war zu einer geradezu körperlich präsenten Person geworden, die im Feuer ihr Element zu haben schien. Als wäre sie daraus hervorgegangen. Das Mädchen, das meine Mutter in der Ecke gemalt hatte, sah haargenau aus wie Del.

Sie trug ihre gelbe Cowgirl-Bluse und blaue Kordhosen mit einem breiten Ledergürtel – so wie sie am Tag ihrer Ermordung gekleidet gewesen war. Die graublauen Augen starrten mich aus dem Bild heraus an, und während die Flammen um sie herumzüngelten und an ihren Füßen leckten wie hungrige Hunde, lag auf ihrem Gesicht die Andeutung eines Lächelns. Der Sheriffstern prangte an ihrer Brust, unmittelbar über dem verborgenen Buchstaben M. M wie Mike. Mein eigenes Tattoo reagierte darauf und brannte. Ich meinte fast zu hören, wie Del den Namen laut aussprach. *Desert Rose.* Ein hübscher Name für eine schöne Farbe. *Hallo, Desert Rose.*

«Hallo, Del», sagte ich zu dem Bild, weil ich meinte, meine Angst würde nachlassen, wenn ich meine Stimme hörte.

Die Kerze in meiner Hand flackerte plötzlich heftig auf und beleuchtete das Bild. Dels Gesicht glühte in dem bewegten Meer der leuchtenden Farben. Dann hörte ich ein Geräusch, ein ganz leises Lachen. Es schien nicht von dem Bild zu kommen, sondern von überall her – von den Wänden, vom Fenster und unter dem Bett hervor. Die Kerzenflamme duckte sich, flackerte, erlosch und ließ mich im Stockfinsteren zurück.

Ich wusste, dass ich nicht mehr allein war.

Siebzehntes Kapitel

17. November 2002

Ich habe im Laufe der Jahre viel über Patsy Marinelli nachgegrübelt – und immer wieder an das gedacht, was sie damals sagte, als ich ihr von Del erzählte: *Die Toten können nachtragend sein.* Aber noch viel öfter habe ich darüber nachgedacht, was schließlich mit ihr passiert ist, mit dieser riesigen Frau, die wir Tiny – *Winzling* – nannten.

Ich war nicht da, als es geschah, aber als ich zur Nachtschicht eintraf, sah ich noch, wie ihre Leiche hinausgetragen wurde. Die Krankenschwestern der Spätschicht erzählten mir ihre Version des Vorfalls, und die Einzelheiten ergänzte ich aus dem, was ich später im Stationsbuch las.

Nach dem Abendessen war Patsy herumgegangen und hatte sich von allen Leuten verabschiedet. Eine der Schwestern hatte sie, auf ihre Laune eingehend, gefragt, wo es denn hingehe. *Mein Mann holt mich ab,* antwortete Tiny. *Ich bin bald nicht mehr da.* Dann ging sie in ihr Zimmer und machte die Tür hinter sich zu.

Die arme Tiny, sagten die Schwestern zueinander. *Jetzt hat sie schon vergessen, dass ihr Mann tot ist.*

Bei der Bettenkontrolle um zweiundzwanzig Uhr fanden sie Patsy Marinelli mit blau angelaufenem Gesicht und weit aufgerissenen Augen tot im Bett. Sie war an ihrer eigenen Zunge erstickt.

Die Toten können nachtragend sein.

***

Ich stand wie erstarrt und wartete darauf, dass meine Augen sich an die Dunkelheit gewöhnten. Vom Fenster drang ein ganz schwacher Lichtschein herein, aber von diesem kleinen Rechteck abgesehen, war es stockfinster. Das Gekicher wurde lauter und schriller. Mir kam der Gedanke, nach Nicky zu rufen, doch ich wusste, dass er es kaum schaffen würde, zu mir zu kommen, falls er mich überhaupt hörte. Ron McKenzies Warnung schoss mir durch den Kopf: *Ein Kartoffel, zwei Kartoffel, drei Kartoffel, vier, dich jagt sie jetzt und schnappt dich gleich, schließ doch zu die Tür.*

Ich trat einen Schritt zurück, dann noch einen und wandte

mich langsam zur Tür um, die Arme ausgestreckt und mit den Händen hilflos ins Leere tastend. Die Luft im Zimmer war kühl und wurde immer kälter. Sie fühlte sich feucht an. Der Boden unter meinen Füßen wirkte weich, als ginge ich auf Erde. Als wäre ich wieder im Kartoffelkeller. In der Luft hing Dels Geruch – nach Feuchtigkeit, faulen Kartoffeln und Erde. Der Gestank drang mir in Nase und Kehle, bis ich das Gefühl hatte, meine Atemwege wären mit Dreck verstopft und ich bekäme keine Luft mehr.

Ich stolperte hastig da hin, wo ich die Tür vermutete, stieß aber nur gegen die Wand. Ich tastete mich daran entlang, erst fünf Schritte nach links und dann wieder nach rechts zurück. Die Wand fühlte sich an wie kalter Beton, nicht wie die glatten Kiefernholzbretter, die eigentlich dort sein mussten. Ich dachte an meinen ersten Besuch im Kartoffelkeller der Griswolds – wie Del damals die Tür zugemacht hatte und ich überzeugt gewesen war, dass sie mich eingesperrt hatte. Jetzt spürte ich wieder dieselbe helle Panik in mir aufsteigen.

Als ich schließlich den Türknauf aus Messing ertastete, war er so eiskalt, dass ich ihn kaum anfassen konnte. Ich schützte die Hand mit dem Blusenärmel, drehte den Knauf nach links und zerrte an der Tür, doch die ging nicht auf. Als wäre sie von außen verriegelt worden, aber ich wusste, dass sie keinen Riegel hatte.

Hielt jemand die Tür zu? Vielleicht meine Mutter, die sich nun dafür rächte, dass ich sie jede Nacht in ihrem Schlafzimmer einschloss, oder vielleicht auch Nicky, der mir unbedingt beweisen wollte, dass der Geist seiner Schwester tatsächlich existierte? Aber das Gelächter ...

Ich hämmerte gegen die Tür, während ich verzweifelt

versuchte, mir das, was mit mir geschah, zu etwas Vernünftigem zusammenzureimen. Doch mir fielen nur absurde Erklärungen ein.

«Nicky! Mom!», schrie ich. «Lasst mich raus! Macht die Tür auf! Mein Gott, macht die Tür auf!»

Ich legte das Ohr an die Tür und lauschte, ob vielleicht jemand zu meiner Rettung käme, doch ich hörte nur Dels Gelächter. Es schien von überall her zu kommen. Es war das hämische Lachen eines schlauen Betrügers, der die anderen hereingelegt hat. Ein *Ich krieg dich schon*-Gelächter. Das Gelächter, das ich gehört hatte, als Del sich am letzten Schultag auf der Erde wälzte.

Die Toten können nachtragend sein.

Ich rüttelte an der Tür und ließ mich schließlich schluchzend gegen das Holz fallen. Jetzt flehte ich leise.

«Bitte», flüsterte ich. «Bitte, lass mich raus.»

Ich versuchte nicht mehr, irgendein Szenario zu erfinden, mit dem sich das Geschehen rational erklären ließ. Del hatte mich geschnappt. Sie war zurückgekommen, genau, wie Nicky mich gewarnt hatte. Genau, wie Opal es die ganze Zeit behauptete. Ich lehnte mich gegen die verschlossene Tür und hatte dieses alte, vertraute Gefühl, dass das, was als Nächstes geschehen würde, ganz in Dels Hand lag. Sie stellte die Regeln auf. Es war sinnlos, gegen das Unvermeidliche anzukämpfen. Ich ließ die Schultern hängen.

«Okay, Del», sagte ich. «Du hast mich erwischt. Und jetzt?»

Als hätte jemand einen Schalter umgelegt, hörte das Gelächter ganz plötzlich auf, doch der überwältigende Geruch von Fäulnis und Erde wurde noch intensiver.

Jemand oder etwas stieß die Tür mit solcher Gewalt auf, dass ich zu Boden geschleudert wurde. Ich schlitterte gegen die Staffelei, und das Gemälde fiel krachend auf mich herunter – ich schob es hastig zur Seite, fast so, wie wenn man in panischem Ekel vor etwas zurückweicht. Licht ergoss sich ins Zimmer. Neben mir lag das Bild von Del, und sie hatte noch immer die Augen auf mich gerichtet. Ich krabbelte hastig von ihr weg und rutschte eilig über den Boden, als ich merkte, dass mich ein Schatten streifte – jenes Unbekannte, das die Tür geöffnet hatte, warf seinen Schatten auf mich.

Ich brauchte meine ganze Willenskraft, um den Kopf zur Tür zu drehen.

Als ich aufschaute, schwebte dort nicht Dels Gespenst. Vielmehr stand meine Mutter in der Tür, breit grinsend. Sie hatte einen Kaliko-Hauskittel an und trug Gummigaloschen an den Füßen. Die dicken Mullverbände an ihren Händen sahen aus wie zwei strahlend weiße Boxhandschuhe. An ihrer Brust prangte Dels alter Sheriffstern.

Ich stand auf und sah sie an, trat aber einen Schritt zurück, als ich bemerkte, dass der faulige Kartoffelgeruch jetzt von ihr ausging.

«Ich kenne dich!», schrie meine Mutter mit Dels Stimme. «Du hast ja keine Ahnung, Deputy. Von nichts 'ne Ahnung.» Sie machte auf dem Absatz kehrt, marschierte zur Haustür und riss sie auf. Ich folgte ihr in sicherer Entfernung durchs Wohnzimmer. Ein wilder Flockenwirbel stob durch die geöffnete Tür, ihr persönlicher kleiner Schneesturm. Sie trat in die Dunkelheit hinaus.

«Ma! Ma, wohin gehst du? Komm zurück. Du wirst noch erfrieren!»

«Fang mich doch, Desert Rose. Fang mich doch!»

«Ma! Warte!»

Ich stürzte zur Haustür und zog meine Stiefel an. Ich schnappte mir den Parka vom Kleiderhaken und die Taschenlampe von ihrem Nagel an der Wand.

«Was ist los, Kate?»

Nicky war aus der Küche herbeigehumpelt und stand unbeholfen auf seinem gesunden Fuß und den beiden Krücken.

«Mom ist gerade rausgelaufen. Nur glaub ich nicht wirklich, dass sie es ist. Ich glaube, sie ist Del.»

«Deine Mom ist Del?» Nicky sah mich schief an – jetzt hatte der große Geistergläubige einen zweifelnden Ausdruck im Gesicht.

Ich hatte keine Zeit, ihm irgendwas zu erklären.

«Nicky, bleib einfach hier, okay? Und schließ die Tür ab. Wenn sie allein zurückkommt, lass sie nicht rein. Warte auf mich.»

«Deine Mom nicht reinlassen?»

«Sie ist nicht *sie selbst*, Nicky.»

Ich machte den Reißverschluss meines Parkas zu, trat in den Schnee hinaus und schaltete die Taschenlampe ein.

«Schließ die Tür hinter mir ab.»

Die Schneeflocken peitschten mir ins Gesicht. Ich leuchtete mit der Taschenlampe die Hütte und den Waldrand ab, sah aber meine Mutter nicht. Nur ihre Spur war zu sehen, und die führte genau in die Richtung, die ich erwartet hatte.

Ich tastete nach Nickys Pistole in der Parkatasche und hoffte, dass ich sie nicht würde einsetzen müssen, fühlte mich aber durch die Waffe irgendwie sicherer. Würde ich notfalls meine eigene Mutter erschießen müssen? Galt das dann als Muttermord, obwohl ich in Wirklichkeit auf den Geist eines kleinen Mädchens feuerte? Und wie konnte man etwas totschießen, das ohnehin schon tot war?

Ich marschierte auf den Pfad zu, und bei dem großen Stein, der seinen Beginn markierte, bog ich nach rechts ab und begann ein weiteres Mal die Wanderung den alten Weg entlang. Zwischen den Bäumen war die Dunkelheit noch tiefer. Ich rutschte und schlitterte, und die durch die Luft wirbelnden Schneeflocken schienen den Strahl meiner Taschenlampe einfach aufzusaugen. Ich konnte keinen Meter weit sehen.

«Ma?», rief ich in die Dunkelheit hinein. Aber nein, eigentlich jagte ich ja gar nicht meiner Mutter hinterher. «Del? Del, warte auf mich! Warte auf mich, Del!»

Ich verfiel in ein langsames Schneejoggen, eher ein Rutschen als ein Rennen. Einmal fiel ich hin, dann ein zweites Mal. Beim dritten Mal glitt mir die Taschenlampe aus der Hand, und ich musste auf Händen und Knien in dornigem Gestrüpp herumkriechen, um sie zurückzuholen. Als ich wieder aufstand, blies der Wind plötzlich noch heftiger und trieb den leichten Pulverschnee in Böen vor sich her. Bäume ächzten. Ich hielt den Blick auf den Lichtkegel meiner Taschenlampe geheftet, der vor mir auf den Pfad fiel. Führte Del mich in den Tod? Hatte sie all die Jahre abgewartet, Ränke geschmiedet und ihre Rache geplant? Hatten Opal und Nicky die ganze Zeit recht gehabt? Hatte Del Tori Miller ermordet? Del in Gestalt meiner stumpfsinnigen, mit Medikamenten zugedröhnten Mutter? Meiner Mutter, deren Verbände am Morgen nach dem Mord mit Blut und Blättern verklebt gewesen waren und die ganz zufällig auch noch ein Küchenmesser geschwungen hatte?

Ich hatte sie fast eingeholt. War ganz dicht bei ihr. Ich hastete weiter durch den Wald und hielt den Lichtstrahl auf die Spur vor mir gerichtet, fest überzeugt, dass ich sonst vom Weg abkommen würde. Die Flocken fielen dicht und heftig, und der Sturm blies sie mir direkt ins Gesicht. Ich musste immer wieder stehen bleiben, um mir Schnee aus den Augen zu wischen. Die Kristalle froren an den Wimpern fest und trübten meine ohnehin schlechte Sicht noch mehr.

Die Spur meiner Mutter bog nach rechts auf den Seitenpfad ein und führte in gerader Linie auf die alte, windschiefe Hütte zu. Doch als ich blinzelnd auf den verschneiten Waldboden spähte, sah ich, dass noch zwei weitere Spuren hinzugekommen waren, und zwar aus der Gegenrichtung, von der alten Farm der Griswolds her: eine Spur von eher kleinen Fußabdrücken und eine von besonders großen. Sie wurden rasch vom Schnee verweht, überkreuzten sich immer wieder, und hier und dort sah man keine einzelnen Abdrücke mehr, sondern Schleifspuren, als wäre jemand geschleppt worden.

«Beeil dich, Desert Rose», drang die Stimme meiner Mutter aus der Dunkelheit zu mir, vom Schnee gedämpft. «Die Zeit wird knapp!»

Ich blickte auf die Spuren im Schnee, und plötzlich begriff ich.

Del führte mich nicht zur Hütte, um sich an mir zu rächen.

Sie führte mich dorthin, um Opal zu retten.

Unmittelbar vor mir erkannte ich jetzt den dunklen Umriss der Hütte. Sie wirkte gefährlich schief. Ich blieb stehen und leuchtete die Vorderseite mit der Taschenlampe ab. Aus dem Inneren drang ein schwacher Lichtschein heraus, und die Fenster sahen, zusammen mit dem aufklaffenden Eingang, wie eine erschreckende Fratze aus. Ich nahm keine Bewegung wahr, hörte aber Stimmen aus dem Inneren. Dann erklang ein halb erstickter Schrei.

Ich rannte zum Eingang – oder war es ein Maul? – und stürzte hinein.

Meine Mutter stand neben dem alten, bulligen Ofen und blickte zum Dachboden hinauf, wo eine alte Öllampe von einem Deckenhaken herabbaumelte. Darunter lag Opal, die Hände mit Stricken gefesselt, auf dem Rücken; ein weiterer Strick war um ihren bleichen Hals gelegt. Sie war mit einem Taschentuch geknebelt, und ihre Augen waren vor Entsetzen weit aufgerissen. Rittlings auf ihr aber, die beiden losen Enden des Halsstricks in der Hand, hockte Zack.

Achtzehntes Kapitel
17. November 2002

Ach, schau an! Wir kriegen Gesellschaft!», sagte Zack. Er wandte sich von Opal ab, um uns zu betrachten, behielt aber die Enden des Stricks in der Hand und hielt sie fest wie ein Pfadfinder, der vorführen will, was für Knoten er binden kann.

«Jean, Jean, Jean. Was treibst du denn um *Himmels willen* bei diesem Wetter hier draußen?» Er hielt den Strick etwas lockerer, was Opals Hals ein bisschen Spielraum verschaffte. «Und Kate, wie kannst du deine Mutter nur in einer solchen Nacht mit nichts als ihrem Nachthemd bekleidet draußen herumlaufen lassen? Die Ärmste wird sich noch den Tod holen.»

Aber sie ist nicht meine Mutter. Sie ist Del.

Ganz allmählich fügten sich die Einzelteile zusammen. Es war, als fädelte ich sie wie Fundstücke aus Holz, Glas und Schrott auf eine von Lazy Elks Halsketten. Wie diese Halskette, die ich gestohlen und dann Del geschenkt hatte. Das einzige Geschenk, das ich ihr je gemacht hatte.

Ein Freund von Nicky hat Del den Stern geschenkt. Jemand, der ihr etwas bedeutete.

Zack blickte bedauernd zu uns herunter und schüttelte den Kopf wie eine enttäuschte – aber nicht allzu überraschte – Mutter. Opal nutzte diesen Moment, in dem Zack kurz abgelenkt war, aus, strampelte wild mit den Beinen, bäumte sich mit dem ganzen Körper auf und versuchte, ihn abzuwerfen. Ganz kurz dachte ich, sie würde sich befreien, sich über die Dachbodenkante wälzen und drei Meter nach unten stürzen. *Wir haben die Matratzen vergessen*, schoss es mir verrückterweise durch den Kopf. Doch Zack rührte keinen Finger, setzte sich nur zurecht und stemmte ihr das Knie auf die Brust, damit sie still hielt. Als sein Knie Opals Brustkorb rammte, schoss ihr die Luft mit einem leisen *Uff* aus dem Mund.

All das Üben und Trainieren, das Fliegen und Fallen; die Sprünge vom Heuboden und wie sie mit ihrem Fahrrad über selbst gebaute Rampen hinweg durch die Luft geschossen war. Ihre maßlose Begeisterung für Stunts, die die Schwerkraft zu besiegen schienen; für die Wingwalkerinnen, die an Strickleitern hingen und im Himmel auf Zielscheiben schossen. Und da lag Opal nun flach auf dem Rücken, wie festgenagelt, und hatte keinen einzigen Trick mehr auf Lager, niemanden mehr, der sie retten konnte, außer mir.

Ich steckte die Hand in die Parkatasche, tastete nach der Pistole und entsicherte sie.

«Jetzt mal immer mit der Ruhe», sagte ich.

Die Pistole war aus hartem, kaltem Stahl. Ich schloss die Hand um den Griff und legte den Finger an den Abzug. Deputy Desert Rose meldet sich zurück.

Ich hatte niemals die Chance gehabt, Del zu retten. Dreißig Jahre später gab Del mir nun die Gelegenheit, Opal vor einer Wiederholung desselben Schicksals zu bewahren.

«Sag mir nur eines, Zack», fragte ich. «Warum ausgerechnet Opal?»

Ich hoffte, dass seine Wachsamkeit nachlassen würde, wenn ich ihn zum Reden brachte, und dass ich dann zum Schlag ausholen konnte. Auch wenn ich noch nicht wusste, wie dieser Schlag aussehen würde.

Zack schenkte mir ein schmieriges Lächeln und schwieg eine Weile. Gerade, als ich dachte, dass er nicht antworten würde, kamen die Worte dann doch.

«Das kleine Fräulein Langfinger hier hat sich das Falsche ausgeliehen.»

Aha, jetzt machte das Ganze Sinn. Hier war das letzte fehlende Puzzlestück. Es ging gar nicht um Opals Verwandtschaft mit Del. Sondern um ihren Tick, sich heimlich Sachen zu borgen.

«Dels Stern», riet ich.

«Ding-dong! Die Dame hat einen Preis gewonnen», rief Zack von oben herunter und schien vor echter Begeisterung zu strahlen. «Als Opal mir vor einiger Zeit die Kekse brachte, musste sie eine Weile auf mich warten, und da hat sie den Stern in meiner Schreibtischschublade gefunden. Und sie hat ihn sich nicht nur gemopst, sondern ihn tatsächlich an die Jacke ihrer Mutter geheftet und ihn in aller Öffentlichkeit getragen! Das kleine Miststück hat mich verhöhnt und ihr Spielchen mit mir getrieben. Es war genau wie mit Del, die gleiche Geschichte begann wieder von vorn.»

«Und da hast du beschlossen, sie umzubringen und dir den Stern zurückzuholen, bevor jemand ihn erkennt», ergänzte ich den Rest der nur allzu vertrauten Geschichte. «Aber Tori trug Opals Jacke, und du hast versehentlich sie erwischt. Wenigstens hast du dabei den Stern zurückbekommen.»

Und die arme Opal hat immer wieder im Wald danach gesucht und hatte keine Ahnung, dass er ein so wichtiges Teil des Rätsels war. Sie wollte ihn einfach nur in deine Schublade zurücklegen, bevor dir überhaupt auffiel, dass er fehlte.

«Die beiden Mädchen waren sich wirklich ähnlich, findest du nicht?» Zack seufzte leise. «Und diese grässliche Jacke, ja, ich gebe zu, dass die mich in die Irre geführt hat. Aber jetzt leistet ein kleines Stückchen von Toris Haut Dels M Gesellschaft. All die Jahre habe ich dieses kleine Stück Del bei mir aufbewahrt, ganz nah an meinem Herzen.»

«Im Rad des Lebens», sagte ich, und beim Gedanken an das winzige Hautstück, das in dem Silberrad vom Todesgott selbst festgehalten wurde, wurde mir schlecht.

Ich dachte an die großäugigen Gesichter mit den langen Hälsen im rechten, unteren Viertelkreis des Lebensrades – die Hungrigen Geister. Was könnte einen Geist hungriger machen als das Fehlen eines ganz entscheidenden Stücks seiner selbst, das sich ausgerechnet in den Fängen des eigenen Mörders befand? Und wenn dann ebendieser Mörder auch noch das Leben der eigenen Schwester bedroht, über die man seit zwölf Jahren gewacht hat? Und ob Del hungrig war! So hungrig, dass sie den Rückweg gefunden hatte.

Ich blickte zu meiner Mutter hinüber, deren weiß verbundene Hände so aussahen, als steckten sie in Boxhandschuhen, während Dels Stern an ihrer Brust im Licht der Öllampe schimmerte. Der Talisman, der Del, wie ich jetzt verstand, dabei half, zurückzukommen und im geliehenen Körper meiner Mutter zu wohnen. Der Stern war ein Anker zu Dels altem Leben in der Welt des Körperlichen.

Die immer größere Medikamentendosis, die wir meiner Mutter verabreicht hatten, hatte die ganze Zeit über gewirkt. Meine Mutter war tatsächlich ruhig gestellt worden. Aber je tiefer sie in sich selbst zurücksank, desto mehr Raum hatte sie für Del gelassen – es war, als hätte an ihrem Körper ein leuchtend rotes «Frei»-Zeichen geblinkt.

«Wie hast du meine Mutter eigentlich dazu gebracht, dich zu decken?», fragte ich. «Sie hat damals ausgesagt, du wärest am Tag von Dels Ermordung den ganzen Nachmittag bei ihr gewesen. Aber die Wahrheit hat sie bestimmt nicht gekannt.»

Zack lächelte zu meiner Mutter hinunter. «Ich sagte ihr, ich wäre bei Nicky gewesen. Sie wusste genug über meine Beziehung zu ihm, um zu verstehen, warum ich das lieber geheim halten wollte.»

Als wäre das das Stichwort gewesen, wurde in diesem Moment der auf Krücken humpelnde Nicky von einer heulenden Sturmbö in den Raum geschoben. Mit seinem vom Kodein vernebelten Blick nahm er das Szenario in sich auf und fragte: «Was soll denn das? Zack? Kate? Würdet ihr mir bitte mal erklären, was zum Teufel hier los ist?»

«Hallo, Loverboy. Gerade war die Rede von dir», rief Zack zu ihm hinunter.

«Der Professor hat mir eben erzählt, wie er meine Mutter unter Hinweis auf seine Beziehung zu dir dazu beschwatzt hat, ihm ein Alibi zu geben.»

«Ein Alibi?», fragte Nicky.

«Außerdem hat er uns erzählt, dass er ein Stück von Dels Haut in seinem *Lebensrad* aufbewahrt», fuhr ich fort. «Dieses *M* hat die ganze Zeit an seiner Halskette gehangen. Und seit neuestem leistet ein Stück von Toris Haut ihm Gesellschaft.»

Nicky spähte mit zusammengekniffenen Augen zu Zack hinauf. «Du? *Du* hast Del ermordet? Aber du und ich, wir ... Ich dachte ... *Mein Gott ...*» Seine Stimme erstarb mit einem leisen Zischen, wie wenn die letzte Luft aus einem Ballon entweicht.

«Armer Nicky. Du warst sozusagen nur Teil der Verpackung. Die rote Schleife. Deine Schwester war der Inhalt, die Schachtel voller Kirschen.»

Er packte den Strick fester und blickte so auf Opal hinunter, wie er Del damals angesehen haben musste. Vielleicht sah er ja tatsächlich Del in ihr.

«Sie war zu gut für euch», sagte Zack. «Ich wollte sie aus diesem elenden Leben herausholen: die tägliche Plackerei auf diesen gottverlassenen Äckern, die Hände immer voller Schnitt- und Quetschwunden; die dämlichen Kartoffeltrinen-Verse auf dem Schulhof; und abends schlafen gehen, nur um mitten in der Nacht ihren Daddy mit runtergelassenen Hosen neben sich im Bett zu finden. Ich hätte sie gerettet. Aber sie hat alles kaputt gemacht.»

«Ich verstehe, Zack», sagte ich. «Du hast sie geliebt. Diese Beziehung hat dir viel bedeutet – darum hast du ihr den Stern geschenkt. Aber dann kam sie mit der Tätowierung zurück ...» Ich zuckte die Schultern. «Da blieb dir wirklich keine andere Wahl. Aber, Zack, das damals war *Del*. Opal brauchst du dafür nicht zu bestrafen. Gib sie frei.»

«Tja, leider ist das unmöglich», antwortete er. «Das kleine Luder wird seiner Schwester Gesellschaft leisten.»

Opals Augen weiteten sich, als sie endlich die Wahrheit erfuhr. Aber ihr blieb nicht viel Zeit, das Gesagte zu verarbeiten.

«Nein!», schrie Nicky und humpelte, so schnell er mit seinen Krücken konnte, auf die Leiter zu.

Zack riss mit beiden Händen am Strick und zerrte Opals Kopf damit hoch. Sie trat und schlug, nach Luft schnappend, um sich, und nun sah ich endlich mit eigenen Augen, wie schrecklich Dels letzte Sekunden gewesen sein mussten.

Ich zog die Pistole aus der Tasche und nahm mein Ziel ins Visier, genau so, wie Nicky es mich vor all den Jahren gelehrt hatte.

Ich drückte ganz selbstverständlich ab. Ich zögerte nicht eine Sekunde – ich tat nun endlich dieses eine, Einzige, was ich mir mein ganzes Leben lang gewünscht hatte.

Endlich, endlich konnte ich das Mädchen retten.

***

Mit einem Gefühl, als bewegte ich mich in Zeitlupe, stieg ich die Leiter zum Dachboden hinauf und dachte dabei an die vielen Male, die ich als Kind hastig hinter Del und Nicky hergeklettert war. Es kam mir fast so vor, als könnte ich noch immer den Zigarettenqualm riechen und den Knall hören, mit dem das Messer in die Zielscheibe an der Wand einschlug. Das Messer, mit dem Del die Schnitte in ihren und meinen Finger geritzt hatte, um unser Blut zu vermischen und uns nicht nur im Leben, sondern bis in den Tod hinein miteinander zu verbinden. Blutsschwestern.

Ich ging um Zack herum, kniete mich hin, nahm Opal den erschlafften Strick vom Hals und befreite ihre Hände und Füße von den Fesseln. Sie schnappte mehrmals laut keuchend nach Luft, als ich ihr den Taschentuchknebel aus dem Mund nahm.

«Wir haben es geschafft», sagte ich. «Bald ist alles wieder in Ordnung. Ich bring dich hier raus.»

Dann wandte ich mich Zack zu, der ungefähr in der Form eines Fragezeichens dalag. Ich musste ihm nicht den Puls fühlen, um zu wissen, dass er tot war. Dennoch legte ich die Finger an seine Halsschlagader und spürte nichts als kühle, feuchte Haut. Es floss überraschend wenig Blut, und das Loch in seiner Brust wirkte klein und erinnerte mich an die Taube, die Del damals, vor vielen Jahren, geschossen hatte. Ich dachte daran, wie sie die Federn zurückgeschoben und das Einschussloch mit dem Finger bedeckt hatte.

Dieser Mann war der Liebhaber meiner Mutter, dachte ich.

Er hat sie immer zum Lachen gebracht. Damals im Tipi. Damals, als wir alle noch glaubten, dass Utopien machbar sind.

Ich griff nach dem Lebensrad und zog es dem toten Professor vorsichtig über den Kopf. Angesichts seiner Größe und seines Inhalts war der Anhänger erstaunlich leicht. Der Todesgott zog eine wütende Fratze, und die Hungrigen Geister schienen einen kollektiven Seufzer der Erleichterung auszustoßen.

Ich half Opal die Leiter hinunter und hielt dabei das Lebensrad in der rechten Hand. Ich setzte das zitternde Mädchen auf eines der mottenzerfressenen Feldbetten und brachte den Anhänger zu meiner Mutter, die ihn mit breitem Lächeln unmittelbar über dem Herzen an ihre Brust presste.

So vieles hätte ich gerne gefragt und so vieles gerne gesagt, doch stattdessen sprach Del.

«Ich denke, jetzt sind wir quitt», sagte Dels Stimme. Ich erhaschte den modrigen Geruch nach Feuchtigkeit und faulen Kartoffeln in ihrem Atem. «Du bist immer noch mein Deputy.»

«Für immer», versprach ich. «Hand aufs Herz.»

Und zum Beweis knöpfte ich meine Bluse auf und riss den Verband ab. Da war es: mein eigenes Geheimnis in schwarzer Tinte, an den Rändern rötlich entzündet und geschwollen, unmittelbar über dem Herzen.

Meine Mutter schloss lächelnd die Augen, und Del flüsterte meinen Namen ein letztes Mal: «Desert Rose.»

Das Lebensrad entglitt den Händen meiner Mutter und fiel mit einem dumpfen Schlag auf den Kiefernholzboden.

Ein vertrauter Ausdruck der Verwirrung huschte über das sonderbar unbewegte Gesicht meiner Mutter. «Katydid?», fragte sie mit weit aufgerissenen Augen.

Und damit war Del verschwunden.

Dritter Teil

24. November 2002

Neunzehntes Kapitel
24. November 2002

Opal zupfte an ihrem Rollkragen, unter dem sie ihr in allen Schattierungen schimmerndes Halsband von Quetschungen und blauen Flecken versteckte – dicke purpurrote, gelbe und braune Würgemale. Seit jener Nacht in der Jagdhütte hatte sie manchmal Panikattacken und musste um Luft ringen wie eine Asthmatikerin, und der Trick, den der Psychofritze ihr dagegen verraten hatte, war, ganz langsam im Kopf mitzuzählen: einatmen, eins, zwei, drei, vier. Ausatmen, eins, zwei, drei, vier.

Genau das tat sie jetzt, als sie Kate im Flughafencafé gegenübersaß. Dabei stocherte sie in dem Stück Kirschkuchen auf ihrem Teller herum, dessen Früchte in dem leuchtend roten Guss merkwürdig matschig und blass aussahen. Kates Flug ging in zwanzig Minuten, und dabei hatte Opal ihr noch so viel zu sagen und noch so viele Fragen zu stellen, auf die Kate vielleicht eine Antwort wusste. Raven und Nicky waren ein Stockwerk tiefer in die Geschenkboutique gegangen, um eine Flasche Ahornsirup als Mitbringsel für Kate zu besorgen.

«Ich wollte immer eine Schwester haben», sagte Opal.

«Del auch», erzählte Kate.

Dels Schwester. Opal würde eine Weile brauchen, um sich an diese Vorstellung zu gewöhnen, obgleich sie tief im Herzen sofort gewusst hatte, dass es die Wahrheit war, gleich als Zack es ausgesprochen hatte. *Das kleine Luder wird seiner Schwester Gesellschaft leisten …*

Opal zählte wieder ihre Atemzüge und stocherte weiter in dem viel zu süßen Kirschkuchen herum. Sie nahm die rechte Hand vom Tisch, griff sich in die Manteltasche und befingerte ihre jüngste Beute: ein Fläschchen mit Teebaumöl-Shampoo. Kate würde wahrscheinlich gar nicht merken, dass es fehlte, falls aber doch, würde sie einfach glauben, dass sie es in der Dusche der großen Scheune vergessen hatte.

Mit dem Ausleihen würde sie Schluss machen. Sie wusste, dass sie damit Schluss machen *musste.* Wenn sie nur an all das Schreckliche dachte, das dadurch ausgelöst worden war. Hätte sie an dem Tag, an dem sie Zack die Kekse vorbeibrachte, nicht den Stern aus der Zigarrendose in seinem Schreibtisch stibitzt, wäre Tori noch am Leben.

Wieder dieses Gefühl, als würde ihr die Luft abgeschnürt. Ein raues Seil, das sich eng um ihren Hals legte. Sie zupfte an ihrem Rollkragen und rieb sich die schmerzhaften Würgemale. *Einatmen, eins, zwei, drei, vier. Ausatmen, eins, zwei, drei, vier.*

Sie dachte über die Neuigkeit nach, die sie am Morgen erfahren hatten: In Zacks Lebensrad-Anhänger war noch ein drittes Stück Haut gefunden worden, und die Polizei rollte einmal mehr alte, ungelöste Mordfälle an Mädchen im Umkreis von Toronto auf. Sie konnte sich noch immer nicht vorstellen, dass ihr geliebter Onkel Zack zu solchen Untaten fähig gewesen sein sollte. Es kam ihr vollkommen unwirklich vor: die kaltblütige Berechnung, die vorausschauende Planung und das Geschick, mit dem es ihm gelungen war, alle Spuren zu verwischen.

Sie war sich sicher gewesen, dass irgendein Missverständnis vorliegen musste, als Kate ihr von Dels Stern erzählte. Sie war sofort mit dem Fahrrad zum College geradelt, um Zack zu fragen, wo er den Stern herhatte, fest davon überzeugt, dass es dafür eine nachvollziehbare Erklärung geben musste. Und er hatte so ehrlich überrascht gewirkt, als sie ihm erzählte, dass der Stern, den sie in seiner Schublade gefunden hatte, Del gehört haben musste. Er hatte sogar vorgeschlagen, auf der Stelle mit dieser Information zur Polizei zu gehen. Er hatte gesagt, unterwegs werde er ihr dann erzählen, wo er den Stern herhabe. Sie hatten ihr Fahrrad hinten in seinen Subaru gelegt, und dann war er mit ihr losgefahren, das Gesicht aschfahl, und zwar nicht zur Polizeiwache, sondern zur alten Farm der Griswolds, wo er den Wagen über die verschneiten Felder gelenkt und im Wald geparkt hatte. Als sie kapiert hatte, dass sie in Schwierigkeiten steckte, war es schon zu spät gewesen.

Einatmen, eins, zwei, drei, vier. Ausatmen, eins, zwei, drei, vier.

«Ich verstehe immer noch nicht, woher deine Mutter – Del, meine ich – den Stern plötzlich hatte», sagte Opal.

«Sie hat ihn in meinem Zimmer gefunden. Zack hatte ihn Tori abgenommen und ihn in meine Handtasche gesteckt. Ich weiß nicht, ob das irgendein merkwürdiges, psychotisches Spielchen war oder ob er hoffte, dass die Polizei den Stern bei mir finden würde. Nach allem, was er getan hatte, um den Stern zurückzubekommen, sollte man meinen, dass er ihn behalten wollte. Aber vielleicht war ihm mit irgendeiner noch rationalen Seite seiner selbst klar, dass er ein so belastendes Beweisstück nicht bei sich behalten durfte. Vermutlich hat er mir bei derselben Gelegenheit mein Schweizer Armeemesser gestohlen.»

«Und was heißt das? Dass er dir den Mord anhängen wollte?»

«Ja», antwortete Kate. «Das war wirklich eine Steilvorlage für ihn – dass ich genau zum richtigen Zeitpunkt in der Stadt auftauchte, wo doch jeder von meiner damaligen Beziehung zu Del wusste. Er hat sich ganz schön viel Mühe gegeben, diese falsche Fährte zu legen – er hat sogar das Messer, mit dem er Tori ... verwundet ... hatte, auf den Küchentisch meiner Mutter gelegt. Am nächsten Morgen fand ich es dann in Mas Hand. Mein Gott, ich hatte sie sogar im Verdacht! Sie war in der Nacht, als Tori ermordet wurde, im Wald. Wir werden vermutlich niemals erfahren, ob sie dort etwas gesehen hat, und falls ja, was. Ich vermute sogar, dass es eigentlich Del war, die in meiner Mutter steckte und versuchte, dich zu retten.»

«Der Geist, den ich gesehen habe, als ich wegen der Jacke umkehrte, war in Wirklichkeit deine Mutter?», fragte Opal.

Kate nickte. «Ich denke schon.»

«Und was war in der Nacht, als wir beide uns im Wald begegnet sind?», fragte Opal.

«Das Komische ist», antwortete Kate, «dass ich gerade versucht hatte, ebenjenes Ding loszuwerden, das du zur selben Zeit suchtest. In der Nacht damals habe ich den Stern im alten Kartoffelkeller der Griswolds vergraben. In der folgenden Nacht hat Nicky mich dann überredet, ihn wieder auszugraben – ich hab ihn unter mein Kopfkissen gelegt, und dort hat meine Mutter ihn gefunden.

Ich glaube, erst danach hatte Del die Kraft, wieder ganz zurückzukommen.»

Opal stieß einen tiefen Seufzer aus. «Ich habe ihr schrecklich Unrecht getan», sagte sie leise.

«Das haben wir alle», erwiderte Kate. «Es ist wirklich traurig. Sie war im Tod genauso verkannt wie im Leben.»

«Immer, wenn ich sie sah, hat sie in Wirklichkeit über mich gewacht, nicht wahr? Sie hat ein Auge auf mich gehabt und versucht, mich zu warnen, oder?»

«Ja», sagte Kate und blickte, die Tasse in der Hand drehend, auf den Bodensatz ihres Kaffees hinunter. «Das glaube ich auch, Opal, wirklich.»

Raven und Nicky kamen zurück und schwenkten eine Tüte mit Ahornsirup, Ahornzuckerbonbons, einem T-Shirt mit Elch-Aufdruck und der Zeitschrift *Vermont Life*.

«Damit solltest du bis Weihnachten auskommen, und dann besuchst du uns ja wieder», sagte Raven.

«Jetzt fühle ich mich wie eine echte Touristin», erklärte Kate, als sie die Tüte in Empfang nahm.

Kate warf einen Blick auf die Getränkerechnung, legte Geld auf den Tisch und griff nach ihrem Handgepäck.

«Ich kann kaum glauben, dass ich abreise», sagte sie. «Und dass ich heute wieder in meiner eigenen Küche zu Abend esse. Meine Güte, was habe ich meine Mikrowelle vermisst – und die Geschirrspülmaschine erst! Aber komisch ist es doch, nach allem ...»

«Kate», sagte Raven. «Wegen deiner Mutter kannst du ganz unbesorgt sein. Meg sagt, das Spruce View hat den allerbesten Ruf. Und wir werden sie ganz oft besuchen, nicht wahr, Opal?»

Opal nickte energisch. Am Vormittag hatten sie Jean in einem kleinen, sorgfältig hergerichteten Speisesaal bei einem zweiten Frühstück zurückgelassen. Jean hatte das Marmeladenglas auf dem Tisch in die Hand genommen, Kate zugezwinkert und gesagt: «Erdbeeren, Katydid. Unsere Lieblingsmarmelade. Mimi und ich haben dieses Jahr besonders viel davon eingekocht. Es war eine gute Ernte.»

«Ja, wirklich, Ma», hatte Kate geantwortet. «Der beste Sommer seit langem.»

***

Nach Umarmungen, Küssen und dem Versprechen, miteinander zu telefonieren, sahen sie Kate nach, die den Sicherheits-Check passierte und zu ihrem Gate einbog. Opal legte dabei die Hand um das Shampoo-Fläschchen. Als sie sich umdrehte, sah sie, dass Nicky Tränen in den Augen hatte, was ihr ein bisschen merkwürdig vorkam, aber schließlich hatte er in den letzten Tagen allerhand durchgemacht.

«Weihnachten ist sie wieder da», sagte Opal zu dem Mann, der, wie sie seit neuestem wusste, ihr Bruder war. Er lächelte matt, wie ein kleiner Junge, dem man einen Nachtisch verspricht, wenn er seinen Spinat runterwürgt.

«Können wir auf den Aussichtsturm steigen?», fragte Opal.

«Wenn du magst», antwortete Raven.

«Ich warte hier auf euch», sagte Nicky und manövrierte sich auf einen Stuhl.

Opal ging durch den mit grauem Teppichboden ausgelegten Korridor voran, bog ab und stieg die schmale Metallwendeltreppe zur Turmspitze hinauf, die ihr seit je vom ganzen Flughafen das Liebste war. Dort oben war ein kleiner Raum, und in alle vier Wände waren riesige Fenster eingelassen. Der alte Mann, der manchmal Führungen gab, hatte erzählt, dass das Gebäude früher, vor dem Neubau, als Tower gedient hatte. Vor den Fenstern, mit Blick nach draußen, standen ein paar hässliche orangegelbe Sessel, und aus einem knisternden Lautsprecher an der Decke hörte man alle Funkkontakte des Towers mit. Opal und Raven waren die einzigen Besucher.

Opal trat zum westlichen Fenster und entdeckte die kleine DC-9, mit der Kate nach Boston fliegen würde, um dort in eine größere Maschine nach Seattle umzusteigen. Opal sah zu, wie die letzten Fluggäste die Gangway hinaufstiegen. In wenigen Minuten würde man die fahrbare Treppe wegrollen und die Türen schließen. Das Flugzeug würde zur Startbahn rollen und der Pilot über Funk mit dem Typ im Kontrollturm brabbeln.

«Komm, Schatz, gehen wir», sagte Raven, die schon auf dem Weg zur Treppe war und mit Schritten, die auf den Metallstufen widerhallten, hinunterstieg. «Nicky wartet.»

«Komme schon», rief Opal ihrer Mutter nach. Doch dann fiel ihr genau in dem Moment, in dem Kates Flugzeug abhob, etwas auf dem Rollfeld ins Auge. Etwas blitzte vom Flügel herüber, wie wenn jemand mit einem Spiegel Lichtsignale schickt. Der Strahl fiel ihr ins Gesicht, spiegelte sich im Fenster hinter ihr und war verschwunden. Das Flugzeug hob ab und stieg in einer Linkskurve stetig nach oben.

Dort auf dem Flügel schien Del zu stehen – ihre Schwester: Ihr Silberstern glänzte im Sonnenlicht, und mit ausgebreiteten Armen vollführte sie ein kleines, der Schwerkraft hohnsprechendes, tollkühnes Tänzchen. Die Cowgirl-Bluse bauschte sich im Wind, und das Haar umwehte ihr Gesicht, als sie auf dem großen weißen Vogel zu den Wolken hinaufflog; die großartigste Wingwalkerin aller Zeiten. Und selbst durch das dicke Fensterglas des Aussichtsturms konnte Opal ihr Gelächter im Wind hören, gefolgt von einem spöttischen Ruf: *Fang mich doch.*

Dank

Ich danke meinem Agenten Dan Lazar und meiner Lektorin Jeanette Perez sowie allen Mitarbeitern und Mitarbeiterinnen von HarperCollins, die am Erscheinen dieses Buches beteiligt waren. Außerdem danke ich Michael Hatch, Coleen Kearon, Donna Thomas, Paul Garstki und meinen Eltern Donald und Dorothy McMahon. Nicht zuletzt aber danke ich Drea Thew, die hinter jedem meiner Erfolge steht, beim Schreiben wie auch im Leben. *Du glaubst, das sei ein Geheimnis, aber das war es nie.*